With Love in Sight
by Christina Britton

侯爵と内気な壁の花

クリスティーナ・ブリトン
辻早苗・訳

ラズベリーブックス

望みうるかぎり最高の息子と娘に、果てしない愛をこめてこの本を捧げます。
あなたたちほどたいせつな宝物はありません。

そして、わたしをけっして見捨てずにずっと信じ続けてくれた、すばらしい理解者のエリックにも。
柄《つか》に秘密の細工をした剣を登場させる案を却下したにもかかわらず、ね。愛しているわ。

謝辞

出版までの道のりは、長く曲がりくねったものでした。その最初から最後まで、たくさんの人々に支えてもらえたわたしは、信じられないほど恵まれていました。

わたしの本に完璧な家を見つけようと疲れも見せずにがんばってくれたすばらしいエージェントのキム・リオネッティに感謝します。

わたしを支えてくれ、長年の夢を現実にしてくれたエリザ・カービー、マロリー・ソート、それにダイヴァージョン・ブックスのみんなにもありがとうを。

安全な避難所となって嵐の数々をやり過ごさせてくれたアメリカ・ロマンス作家協会、二〇一七年ゴールデン・ハート賞のファイナリスト仲間である反骨精神の麗しの同志《レベル・シスターズ》、それにシリコンヴァレーＲＷＡに感謝を送ります。

本書の刊行前に原稿を読んでくれたマリア、ケイティ、ヘザーに。あなたたちのアドバイスはたいへん役に立ちました。

何週間も何週間もそばにいて、わたしがぜったいに諦めないようにしてくれたル・ブーのクルーのジュリー、ハンナ、ジョニ、デビー、リック、シルヴィに。

ずっと昔に純真な十四歳の女の子のよき指導者となってくれて、小さな火種に空気を送りこんで炎を立たせてくれたゲリー・オハラに。

女の子が望みうる最高のパパでいてくれた、亡くなった祖父のロバート・ジェット・シニアに。亡くなった何年もあとに見つけた手紙が、わたしをいまの道に進ませてくれました。調子がいいときも悪いときもずっとそばにいてくれた友人と家族に。特に夫と子どもたちに。泣きたいときに寄りかかる肩が必要だったり、チアリーダーが欲しかったりしたときも、ぜったいに見放さずにいてくれてありがとう。愛しているわ。

侯爵と内気な壁の花

主な登場人物

イモジェン・ダンカン……………………タリトン子爵令嬢。
ケイレブ・マスターズ……………………ウィルブリッジ侯爵。
アーネスト・ダンカン……………………タリトン子爵。イモジェンの父。
ハリエットン・ダンカン…………………タリトン子爵夫人。イモジェンの母。
フランシス…………………………………イモジェンの妹。サムナー伯爵夫人。
ジェイムズ…………………………………サムナー伯爵。フランシスの夫。
マライア・ダンカン………………………イモジェンの妹。
エミリー・マスターズ……………………ケイレブの妹。
ダフネ・マスターズ………………………ケイレブの妹。
ウィルブリッジ侯爵夫人…………………ケイレブの母。
トリスタン・クロスビー…………………ケイレブの友人。
マルコム・アーボーン……………………モーリー子爵。ケイレブの友人。

1

「ミスター・デイヴィーズと踊っている美しいブロンドの女性はどなた？」

「今シーズンの人気者のミス・マライア・ダンカンですわ」

楽団の奏でる音楽や、孔雀の群れが鳴き声をあげているかのような舞踏室の喧噪を通して、イモジェン・ダンカンの耳にその会話がかすかに届いてきた。妹のマライアの名前を聞き取って、はっとする。

この一時間ほど背を押しつけていた柱の反対側で、年配女性の一団がきれいな色のターバンをつけた頭を寄せ合っているのが見えた。目を細めてだれだか確認しようとしたが、結局いらだちのため息をついただけだった。輪郭はぼんやりとながらわかったものの、細かい部分となるとまるで見えなかった。

無力感に苛《さいな》まれ、手袋をした手を握りしめる。眼鏡があればよかったのに。でも、眼鏡は自宅の化粧台に置いてきていた。人前に出るときはそこに置いておきなさい、と母から命じられているからだ。当然ながら、眼鏡が化粧台の上にあるのは不都合きわまりない。顔にかけてこそのものなのだ。けれど、どの戦《いくさ》なら戦えるかはずっと以前に学んでおり、眼鏡に関する戦は勝てる望みのないものだった。

つかの間静かだった年配女性たちがまた話をはじめ、イモジェンはそちらに注意を戻した。

「今年デビューしたなかで一番ですわね。殿方たちは蜂蜜に群がる蠅のように惹きつけられていますもの」三人めが言った。

「あれほどの美人ですもの、殿方たちを責められて？」最初のレディの声は退屈そうだった。

「彼女のような外見に恵まれていれば、わたくしだって若者から追いかけまわされるに決まっていてよ」

いらだちが頭をもたげ、彼女たちに抱いていた親しみを消し去った。いまのようなことばを耳にするのはこれがはじめてではなかったし、最後でもないだろう。このいまいましい街の人が気にするのは、女性が美しいかどうかだけなの？

イモジェンは踊っている人たちのなかに妹の姿を探した。目がよく見えない状態でも、白に近い色合いの髪を高く結い、裾とボディスに薄ピンクがあしらわれた白いドレスを着たマライアはすぐに見つかった。堂々としていて、この場のだれもかなわないほどたおやかに優雅に踊っている。眼鏡などなくても、妹がだれよりも光り輝いているのがわかった。

でも、どうしてだれもマライアのやさしさに目を向けないのだろう？　たしかに見た目もたいせつかもしれないけれど、妹はびっくりするほどやさしい子なのだ。外見の下にあるものまで見てくれる人がいればいいのに。

「だれが彼女の心を射止めると思って？」ふたりめのことばに、イモジェンははっとわれに返った。

「何年か前にサムナー伯爵と結婚したお姉さんのフランシスよりも美人だから、今年のうちに侯爵との縁談が決まってもおかしくないでしょうね」

「それ以下の相手に娘を嫁がせるとしたら、父親は愚か者だわね」最初のレディだ。「あれだけの美貌があれば、公爵だってつかまえられるでしょう」

イモジェンは顔をしかめた。泥水の浴槽に浸かったみたいに肌がむずむずする。妹に向けられる汚らわしいことばをこれ以上聞きたくなくて、母のもとへ行こうとあとずさりをはじめた。けれど、次のことばを聞いて凍りついた。

「彼女にはもうひとりお姉さんがいなかったかしら？」

体中の筋肉がこわばる。足は床に釘づけだ。息を殺し、年配女性たちのほうへ身を寄せる自分に困惑する。

「ええ」三人めのレディが意味ありげな間をおいてから言った。「いたと思うわ。地味で、見ていて痛々しいくらい不器用なの。彼女はどうなったのかしら？」

こんな話は聞きたくなかった。それなのになぜ動けないのだろう？　意地悪な女性たちに自分の話をされているのに、どうして立ち尽くしているのだろう？

「思い出したわ。内気なぽっちゃりさんね。いつも眉根を寄せて目を狭めているお嬢さんよ。レディ・サムナーと同じ年に社交界デビューしたのだったわ。完全に妹の陰に追いやられて、そのあとはすっかり忘れられてしまったのよ。かわいそうに、それ以前にもまったく注目されていなかったのですけどね。妹さんが結婚したあとも一年だけ社交シーズンを経験したはずだけれど、控えめに言っても母親の努力はむだに終わったというわけよ」

「ミス・マライア・ダンカンのデビューのために、彼女も街に戻ってきていると聞いたけれど」

ひとりが同情して舌を鳴らした。「社交シーズンは彼女にとってはつらいわね。もう縁組みは期待できないのですもの。あの年齢ではね」

「少なくとも、タリトン卿ご夫妻には老後もかたわらにいてくれる娘さんがひとり残ることになるわ」

彼女たちの忍び笑いが聞こえてきて、ついにイモジェンは追われるように隠れ場所を出た。涙で目をひりつかせながら年配女性たちの背後を横歩きで抜け、おおぜいの客の視線を避ける。姿を見られて哀れみの目を向けられるのは耐えられなかった。妹の名前が出たときに、すぐにあの場を立ち去るべきだった。うわさ話なんて盗み聞きしたばちがあたったのだ。

結局のところ、あの女性たちはまちがったことなど言っていなかったではないの？　わたしは不器用で、地味で、結婚できる望みがまったくない売れ残りだもの。それに、この先ずっとわたしが一緒に暮らすだろうと両親が考えているのだって、ことばにされなくたってわかっている。だったら、無作法な三人のおしゃべり女に同じように見られているとわかったからって、どうしてこんなに傷ついているの？

舞踏室を抜けようとするイモジェンは、あちこちで人にぶつかった。涙のせいでいつも以上によく見えなかったせいだ。懸命に瞬きをして涙をこらえる。あの三人と同じように自分を見ているだろう人たちの前で泣いてたまるものですか。泣こうと泣くまいと、わたしのことなどだれも気にもかけていないかもしれないけれど。そう思っても、心は思うようにならず、必死で忘れようとしていることを何度も何度も思い出させた。どんな男性からも愛されず、将来などなく、自分の人生を歩む望みなどまったくないと。

すすり泣きが漏れそうになり、唇を嚙む。右手のテラスに出るドアが開いているのに気づき、さっとそちらに向きを変えた。ほんの少しひとりになったところで、だれも、母ですら、文句は言わないだろう。

ひんやりした夜気に包まれ、そよ風で頰が冷たくなったとき、こらえたつもりの涙が伝っていたことにはじめて気がついた。またすすり泣きがこみ上げてきて、慌てて口を手でおおう。テラスに逃げただけではだめだ。もっと遠くへ行かなくては。スカートを両手でつかみ、石段を庭へと駆け下りる。すばやく表面に出てこようとしているものを吐き出すには、暗がりという保護が必要だった。

手入れの行き届いた小径を駆けて、木々の作る暗がりのさらに奥へと入る。先へ行くにつれてランタンの数が減っていったものの、まだじゅうぶんではなかった。隠れ場所を探して暗い木々のあちこちに目をやりながら、ばかな自分をののしる。もう二十六歳なのよ。未婚でいる状態に慣れるのに八年もあったでしょう。社交界デビューをした年に、人気者にはなれない、どんな男性からも愛情を向けてもらえない、と悟った。別段驚きもしなかった。

とはいえ、悲惨な人生を送っているというわけではなかった。大絶賛の輝かしい結婚をした妹のフランシスが、イモジェンの知るかぎりではもっとも不幸な女性だ。そんな妹を見ているうちに、胸が張り裂けるような真実に気づいたのだ。愛のない結婚ほどつらいものはないのだと。

それに、イモジェンは多くの面でほんとうに恵まれている。家族に愛され、安全に守られている。世の中には、自分よりもっとひどい境遇の女性が数多くいる。それでも、自分がちゃんとした人間ではないかのように話されているのを聞くのは耐えがたかった。

自制心を失うようなまねはめったにしなかった。将来については考えないようにしていたけれど、取り憑こうと待ちかまえている邪悪な霊のように常に頭の隅にあった。だから、いまのように彼女の守りを打ち破ってそれが出てくると、ぎょっとするほど残酷な仕打ちを味わわされてしまう。

頼りになるのが月光だけになったため、小径からはずれずにいるのに苦労してよろめきはじめた。枝がドレスに引っかかり、腕にぶつかった。むだと知りつつ、眼鏡があったらと思わずにいられなかった。

その思いは、数秒後に陰のなかにいたとても大きくて、とても温かく、とても男っぽい人にぶつかったときにますます強くなった。力強い手にしっかりと上腕をつかまれた。助けを呼ぶ間もなく、暗がりのなかで唇を奪われた。

衝撃のあまり、こちらに押しつけられた固く引き締まった体、白檀と石けんのかすかな香り、しっかりと重ねられた唇を意識しながら、イモジェンは長いあいだばかみたいに突っ立っていた。男性からキスをされるどころか、父や弟たち以外から抱きしめられたことだってなかった。しかも、このキスといったら！　まるで息のすべてを盗まれているようだった。これまで眠っていたなにかが勢いよく目覚めた。手脚が震えはじめる。彼にしがみつきたくて、指がうずうずする。けれど、男がうめき、舌を差し入れてくると、ブランデーの味に圧倒され、ついにわれに返った。ふたりの体のあいだに両手を入れ、足を踏ん張り、力いっぱい押した。

ウィルブリッジ侯爵ケイレブ・マスターズは、すばらしい時を過ごしていた。カードルームで大金を勝ち取り、ほろ酔いで、睦《むつ》みごとに大胆で積極的な未亡人をひんやりした庭で待っているところだった。長くは待たされなかった。不意に彼女が現われて身を投げ出してきた。おっと、ヴァイオレットはいつもより積極的じゃないな。にんまりして彼女の両腕をつかみ、成熟した孤独な女性たちが相手をしてくれる自分の幸運に感謝をして唇を重ねた。

ぼんやりした頭を予期せぬ感覚が襲う。このすばらしい変化はいったいなんだ？　いつものヴァイオレットならシェリー酒の味がして、ボンド・ストリートで調合させた鼻につく香りをまとっているのに。いまの彼女はさわやかなレモネードの味がして、その唇はやわらかくてしどけなく、たわわな胸をこちらに押しつけている。陶然となる香りはかすかに柑橘系とわかる簡素でさっぱりしたもので、涎《よだれ》が出そうなくらい魅力的だ。

今夜の彼女はどこか新鮮で刺激的だ。その体に手を這わせて抜群の曲線を探索したくてたまらない。だが、いくら相手がヴァイオレットでも、その前に少しばかり甘いことばをささやいてやらねば。今夜はゆっくり進める気になり、キスを深めた……。

そして、乱暴に押しやられて驚いた。よろよろとあとずさり、生け垣があったおかげで倒れる寸前に体勢を立て直せた。

背筋を伸ばし、顔をしかめて上着から葉を払い落とす。「どうしたんだ、ヴァイオレット？　取り澄ますなんてきみらしくもない」

彼の不機嫌なことばに対し、憤然とした小さなあえぎ声があがった。ケイレブは腹部に奇妙な不安をおぼえた。薄明るい月光のなかで、はじめて相手をしっかりと見る。

予期していた手のこんだ漆黒の巻き毛ではなく、ふっくらした逆三角形の顔をあらわにする、薄い色合いの引っ詰め髪だとかろうじてわかった。おまけにドレスは、どきりとするほど胸もとが深くくれたシルクではなく、ひだ飾りやフリルのひとつもない、慎ましくて質素なものだった。

　彼女の口から出た怒りのことばが最後の一撃となった。ヴァイオレットの声は足の先まではっきりと感じるようなかすれたものなのに対し、この女性はそよ風に乗ってやっと届くような高めの震え声だったのだ。

「こんな風に襲いかかるなんて、あんまりではないですか」

　不意に腹が立つほど酔いが醒め、ケイレブはまちがいの重大さに気づいた。放蕩者ではあっても、無垢な女性にはぜったいに淫らなまねはしないのに。気を落ち着けて失態を取り繕おうと、これまで数えきれないほどの窮地から救ってくれた魅力的な笑顔を精一杯浮かべて深々とお辞儀をした。

「心からお詫びします。ある人を待っていたのですが、あなたを彼女とまちがえてしまったようです」

　小柄な女性はなんの反応も示さなかった。両腕で体を抱きしめて、無言で立ったままだ。長々と返事を待っていたケイレブは、彼女が震えているのに気がついた。頰を濡らす見まちがえようもない涙が、月明かりを受けてきらめいていた。

　社交界向けの仮面がすぐさま剝がれ落ちた。ああ、くそっ、私はなにをしてしまったんだ？　ケイレブは慌てて彼女のもとへ行き、チョッキのポケットから出したハンカチを渡したが、彼女がじっとしたままだったので指を曲げて握らせた。

「申し訳なかった。どうか泣かないでほしい」近づいたせいで、女性がとても惨《みじ》めそうな表情をしているのが見えた。

彼女はくすんと鼻をすすり、ハンカチを目にあてた。「いいえ、謝らなければならないのはわたしのほうです。隠れる場所を探していたのですが、いきなりあなたにぶつかってしまって」

そう言われたものの、無垢な女性に襲いかかってしまった罪悪感は大きく、この先十年は酒を断ちたくなった。謝罪の応酬をしてもなんの役にも立たないと思い、落ち着きを取り戻させてやれる場所はないかと見まわす。そう離れていないところに石のベンチがあったので、彼女の肘に手を添えてそちらにいざなった。彼女はありがたそうに腰を下ろし、ケイレブに向かってなんとか小さな笑みを浮かべた。

ケイレブも隣りに座る。「隠れるってなにから？」

「不愉快な人たちからです」

「傷つけられたのかい？」

「いえ、そうではないんです。自分についていやなことを言われているのを耳にしてしまっただけなんです。その場に留まって盗み聞きなんてしたから、自業自得なのですけど」唇は笑みらしき形になったが、目は笑っていなかった。瞳は薄い色合いだったが、おぼろげな月明かりの下では何色かまではわからなかった。

「自業自得なんかじゃないよ」この女性を守ってやりたいという奇妙な感覚にどっと襲われ、ケイレブははっとした。道義をわきまえて誘惑する相手を選んでいるかもしれないが、自分はアーサー王伝説に登場する気高い騎士のギャラハッドではない。無垢な女性にあまり関心はなかったし、感情的になろうと、困っていようと、なにを欲していようと、気にかけたためしがなかった。それなのに、ほんの一瞬でなにもかもが突然変わってしまったようだった。もの静かで、悲嘆に暮れているこの女性は何者なのだ？　ずっと避けてきたデビューしたての女性たちよりも年齢がかなり上のようだが、着ているドレスや装飾品をつけていないことから、未婚なのは明らかだった。

ケイレブは座ったまま片手を胸にあててお辞儀をした。「紹介してくれる人がいないので、自己紹介させてほしい。ウィルブリッジ侯爵ケイレブ・マスターズだ」

彼女の目に理解の色が宿った。「そうでしたか。おうわさは聞いています」なめらかな顔にかすかに渋面を浮かべ、舞踏室のほうに目をやる。「あなたとふたりきりでいるのはよくないかもしれませんね」

「心配はまったくいらない。そう言われても仕方のないふるまいもしてきたが、周囲からずいぶん由解されているんだ」

彼女の顔にはじめてユーモアらしきものが浮かんだ。「では、途方もない放蕩者で女たらしではないと？」

ケイレブはいたずらっぽい笑みを浮かべた。「いや、それはほんとうだ」彼女が笑った。鈴を転がすような笑い声だった。

「きみはまだ名前を教えてくれていないね」ケイレブは引き下がらなかった。

彼女が笑いを引っこめた。咳払いをして、小声で答える。「名乗らないほうがいいと思います」

「なるほど。謎めいて見せようというわけか。うん、かなりの効果を上げているよ」

「ちがいます」ぎょっとした口調だ。「わたしにはそういう手管は使えません」

「からかっただけだよ」

暗がりのなかでも、彼女の頬が赤くなったのがわかった。「そうに決まっていますよね」ぼそぼそと言う。「でも、たとえ公《おおやけ》の場で会うことになったとしても、正式に紹介されていないあなたを知っていると認めるわけにはいきません。ですから、このままにしておいたほうがいいのです」

ケイレブはうなだれた彼女を見つめた。名前なら簡単に聞き出せるだろう。だが、そんなことをしたらますます困らせるだけだ、というのもわかっていた。ひざの上できつく握り合わされた彼女の手に目をやる。やはりやめておこう。これまでの人生で犯してきた罪に、もうひとつつくわえるなどできなかった。

「お望みのままに」軽い口調で言う。

彼女がぎこちなくうなずいた。「そろそろなかに戻ります」

彼女と一緒にケイレブも立ち上がり、腕を差し出した。わけがわからないようすで、彼女はつかの間その腕を凝視した。

「付き添いなしにモーレッジ公爵邸の庭という未開地を歩かせるわけにはいかないよ。どんな獣《けだもの》が身を潜めているかわかったものじゃないからね」

彼女は少しだけ微笑んでケイレブの腕を取った。舞踏室の明かりに向かって歩きながら、ケイレブは重々しく考えていた。こんなにやさしくて無垢な女性にとって、自分ほどひどい獣はいないだろうと。

2

イモジェンは手の下に感じる筋肉質の腕をひどく意識していた。不意打ちの口づけから解放された瞬間に逃げるべきだったのだ。きちんとした淑女ならそうしていたはずだ。それなのに、留まってしまった。そのあとこの男性がとてもやさしい面を見せてきたせいで、立ち去りたくなくなってしまった。

彼は、イモジェンが想像していたロンドン屈指の悪名高い女たらしからはまるでかけ離れていた。彼にはやさしさがあった。見せかけでない思いやりがあり、耳にしたうわさ話はどれもまちがっていたとわかった。そう、彼についてはいろいろなうわさを聞いていた。夜明けまで酒を飲み、賭けごとに興じているとか、無垢な女性も経験豊かな女性も区別なく誘惑するとか、同類の男性が耽《ふけ》るありとあらゆる危険な娯楽を楽しんでいるとか。その場にいることも忘れられるような人間の前で人が話す内容といったら、驚くばかりだ。

そんな彼がイモジェンにキスをした。地味で不器用なミス・イモジェン・ダンカンに。彼はほかの女性とまちがえたのであって、彼女にキスをするつもりではなかったのだけれど。

それでも。

テラスからの明かりがちょうど途切れ、暗がりが屋敷側面を包んでいるところまで来ると、イモジェンは足を止めた。隣りで彼も立ち止まった。

「ここでお別れしたほうがよさそうだね」彼の低い声がイモジェンの全身を震わせた。

イモジェンはうなずいた。「そうしなければ――」

彼が片手を上げる。「その先は言わないで。庭から舞踏室に一緒に入ったら、きみの評判が傷つくことになるが、それは望んでいない」彼女の手を取ってそこに慇懃にお辞儀をする。「今夜は一緒に過ごしてくれてありがとう、謎めいたレディ。また会えることを願っているよ」

イモジェンは顔を赤らめて正式なお辞儀をした。「ウィルブリッジ侯爵さま」

意志の力をかき集め、彼に温かく包まれている手を引き抜いた。そのとたんに胸が張り裂けるほどの喪失感をおぼえた。ばかなまねをしてしまう前に背を向けてテラスへの階段を駆け上がったが、彼を意識してうなじがちくちくした。安全な舞踏室になんとか戻り、苦もなく人混みに紛れると、身を隠せそうなアルコーブを見つけた。分厚いビロードのカーテンの背後に入ると、思いきって舞踏室を覗いてみた。

テラスのドアがしっかりと見えた。眼鏡をかけていないにもかかわらず、ウィルブリッジ卿が舞踏室に戻ってきたのがすぐにわかった。熱いものが背筋を駆け下りる。彼は信じられないくらい背が高く、堂々としていて、人を惹きつける魅力にあふれていた。明るいろうそくの光のなかでその男らしい美しさをはっきりと見られればよかったのに。

そんな思いに答えるかのように、彼が向きを変えてアルコーブに向かってきた。イモジェンは小さなあえぎ声を漏らしてさらに奥へと身を縮こめた。ここに隠れているのを見られたはずはない……わよね？

おそろしいことに――内心うれしくもあったが――イモジェンの隠れているアルコーブのまん前で彼が立ち止まった。カーテンの奥から手を伸ばせば触れられそうに近かったので、眼鏡がなくてもすばらしい彼の姿が隅々まで見られた。

青白い月明かりの下にいたときもハンサムだと思ったけれど、何百ものろうそくで照らされたモーレッジ公爵邸の舞踏室にいる彼は、息を呑むほどだった。つやめく赤銅色の乱れ髪は、多くの若者がまねをしようとしてもうまくいかずに終わるものだ。サファイアブルーの夜会服と縦縞模様のチョッキは完璧な仕立てで、広い肩と細いウエストを際立たせている。鳩色のぴったりしたひざ丈ズボン《ブリーチズ》に包まれた脚は長く筋肉質で、自信のある者だけが身につけられる堂々とした雰囲気を醸し出していた。

彼の薄い色合いの目が一心に人混みを見まわしている。そこにいらだちの表情がよぎり、自分を探しているのだとイモジェンはどきどきしながら思った。彼がそのまま通り過ぎると、安堵の吐息を小さくつき、奇妙な胸の痛みを無視した。彼に見つからなくてよかった、と無理やり自分に言い聞かせる。

しばらくして、思いきってもう一度舞踏室を覗いてみる。彼は少し離れたところにいた。

はっきり見るには遠すぎたけれど、彼だとわかる程度には近い。そして、彼はひとりではなかった。だれだかわからない女性と親密に寄り添っている。イモジェンは目を狭めた。漆黒の巻き毛を揺らし、まっ赤な唇からひそめた声で矢継ぎ早にことばを発しているところを見ると、彼に腹を立てているようだ。ウィルブリッジ卿が身を寄せて女性の耳もとでなにかをささやいた。女性はくすくすと笑い、大胆なほど露出した胸もとで扇を忙《せわ》しなく動かした。

イモジェンはアルコーブのなかに顔を戻した。彼はわたしを探していたわけではなかった。おばかさんね、と自分を叱る。そういえば、彼が庭にいたのはだれかと逢い引きをするためだった。唐突に先ほどのキスが鮮明によみがえる。熱く唇を重ねられた。でも、その相手はわたしではなかった――彼がキスをしようとしていた相手は、巻き毛の黒髪と、磁器のような肌と、体の線をあらわにした深紅のシルクのドレスの彼女だったのだ。胸に痛みをおぼえながら、それを忘れないようにしようと決意した。

「ちょっと訊きたいんだが」翌日の午後、ハイドパークで乗馬中のケイレブが考えこむように言った。「ある女性を描写したら、それがだれなのかわかるかい？」

サー・トリスタン・クロスビーは、前の晩にはめをはずしすぎた者ならではの充血したぼんやりした目でケイレブをちらりと見た。それでも、遅れずに馬を操りながら笑みを浮かべた。「気になる女性を見つけたなんて言わないでくれよ」

「いや、そういうんじゃないんだ」ケイレブは注意深く返事をした。昨夜の女性は美人ではなかったし、あの外見からして売れ残りだろうと思われた。だが、健康そうなかわいらしい女性だった。ドレスは慎ましやかで地味ながら上質のものだったし、立ち居ふるまいも申し分なかった。名のある人物の姉妹か、上流社会でもかなり裕福な貴族に雇われた話し相手《コンパニオン》あたりかもしれない。

だが、彼女は心地よい人で、現実に存在していた。今朝、ベッドのなかで彼女の目のなかにあった静かな悲しみに思いを馳せながら、あれはだれだったのだろうと考えた。彼女のような人に自分はふさわしくない、明らかに無垢な女性とはけっして知り合いになどなってはいけないと思いながらも、彼女を見つけ出して元気でいるとたしかめたかった。

「その女性は困っていたんだ」なにか言わなければと、ついにそう口にした。

トリスタンがブロンドの眉を片方吊り上げた。「困っていた？　きみがそうさせたのか？」

ケイレブはふんと鼻を鳴らした。「やめろよ。私という人間をよく知っているだろう。彼女はうぶだった。そういう女性に手を出しはしない」だが、そのとき腹部がよじれ、鞍の上で身じろぎした。キスと、自分のとんでもない反応を思い出したのだ。ちがう、彼女の波乱の夜は自分だけの責任ではない。くそっ、私は善良なものすべてを汚す宿命なのだろうか？

心の内でぶるっと震える。いや、あれは事故だったんだ。もう一件も事故だったように、な、と頭のなかでささやきが聞こえた。動かぬ幼い弟の生気のない顔が浮かんでぎくりとする。

暗い思いのなかに、好奇心をそそられた友人の声が割りこんだ。「じゃあ、話してみろよ。わかるかどうかやってみるから。きみとちがって、私は経験のない女性をたまに愛《め》でるのもやぶさかではないからね」

ケイレブは記憶の残骸を無視した。この十年、その記憶に苛まれすぎるのをなんとか避けてきたのだ。いまも脇に追いやるくらいできるはずだ。

昨夜出会った女性を思い出すことに集中する。「小柄で丸みを帯びた体つきだ。明るい色合いの髪を引っ詰めにしていた。瞳は淡い色をしている。地味だがかわいらしい。ドレスは装飾のまったくない慎ましいものだった」

「それだと街にいる壁の花と売れ残りのほとんどがあてはまるじゃないか」

ケイレブはいらだちの息を吐いた。「そうじゃないかと危惧していたんだ」むだな努力なのはわかっていたが、それでも訊いてみなくてはならなかったのだ。彼女の静かなやさしさと無垢さのおかげで、長いあいだ感じていなかった心の平穏を得られたのだから。

トリスタンが探るような目を向けてきた。「きみの好みの女性とは全然ちがうように思えるんだが」

「言っただろう、きみが思っているような意味で関心があるわけじゃない。心配しているだけだ」

トリスタンは片手を上げた。「お好きなように。きみがそんなに高潔な騎士みたいだとは知らなかったよ。それをおぼえているようにしないとな」

ケイレブはにやりと笑ったが、顔が引きつるようだった。だれも彼を〝高潔な騎士〟などとはみなさないと、ふたりともわかっていた。「そうしてくれ」

しばらくのち、ふたりはハイドパークを出た。別れ際にトリスタンがケイレブに向いた。

「あとでモーリーと私に合流しないか？　比類なきミス・マライア・ダンカンを訪問する予定なんだ。謎のレディを忘れられるかもしれないぞ」

ケイレブは笑った。「私がそんなすばらしいレディの応接間に歓迎されるかどうか疑問だな」

トリスタンが天を仰ぐ。「おいおい。きみは堕落した男かもしれないが、いまいましくも彼女の父上の十倍は裕福な侯爵さまなんだぞ。それってあれこれ見逃してもらえるくらいの資質だろうが」

昨夜ちらっと見かけた亜麻色の髪の美女を思い出し、ケイレブはしばし考えた。たしかに目を瞠る女性ではあったが、自分の好みではなかった。それでも、楽しい時間になるかもしれない。これも、数えきれないほどある気散じのひとつだ。

「いいだろう。そう言われては断れないものな。あとでまた会おう」

物語のリリパット人の世界に没入していたせいで、寝室のドアをそっとノックする音がイモジェンには聞こえなかった。部屋に入ってきたその人物に名前を呼ばれてはじめて、われに返る。

「イモジェン。また本を読んでいるの？」

「フランシス」イモジェンは満面に笑みを浮かべて立ち上がり、本を脇に置いて妹に駆け寄った。フランシスの頰にキスをして、椅子とテーブルのある隅の一画へといざなう。

一歳しか離れていないフランシスは、子どものころはなんでも打ち明けられる親友だった。けれど、サムナー伯爵夫人となった妹がノーサンプトンシャーにある夫の本邸で一年の大半を過ごしているいまは、めったに会えない状態だ。だから、マライアの社交界デビューと時を同じくしてフランシスがロンドンに来たのは、すばらしいめぐり合わせだった。

「長くはいられないの。よくない知らせを持ってきたのよ」

フランシスの口の両側にこれまでなかったしわができているのを見て、イモジェンは眉をひそめた。「ゆうべモーレッジ邸の舞踏会にいなかったから、おかしいと思っていたの。なにがあったの？」

フランシスがため息をつく。「ジェイムズが急ぎの仕事でラトランドにある地所のひとつに行かなくてはならなくなったのよ。すぐに発たないとならないの」

「そんな」イモジェンは泣きたくなった。散々なシーズンのただなかで、妹と過ごす時間まで奪われてしまうなんてあんまりだ。

「あなたはここに残って、あとからご主人に合流するわけにはいかないの？」イモジェンは言ってみた。「お仕事の場にあなたがいなくてもいいんじゃないの？」

「それはぜったいに無理よ」フランシスが答える。「妻は夫と一緒にいるものだから。夫から一緒に来いと言われたら、そうするしかないの」

苦々しさを聞き取って、イモジェンは身震いした。

フランシスが背筋を伸ばす。「ここに来たのには理由があるの。マライアと話がしたかったのだけど、お客さまを迎える準備でお母さまと応接間で忙しそうにしていたから、じゃまをしたくなくて」きつく握り合わせた両手に視線を落とす。「もっと時間があって、あの子に直接助言できればよかったのだけど」必死のまなざしでふたたびイモジェンを見る。「でも、お姉さまに話すほうがいいかもしれない。お姉さまは頑固で無鉄砲なところがあるから」

不安になったイモジェンは、前かがみになって妹の両手を自分の手で包んだ。「どんな話なの？」

「マライアに気をつけてやって。あの子はとてもやさしくて世間知らずだから。わたしもそうだった。いまとなっては夢みたいだけれど、たしかにそうだったの」せつなそうな声で言ったあと、頭をふり、イモジェンの手をきつく握って続けた。「あの子がだれを選ぶにしろ、相手があの子を愛しているかどうかをたしかめて。ただの好意ではなくて、真の愛よ。

もし相手もあの子を愛していないようなら、求婚を受けるのを全力で思いとどまらせて。わたしの言っていることをわかってくれた？」

イモジェンにはわかった。フランシスを思って胸が痛んだ。妹はかつて夫を愛した。けれど、夫はその愛を返してくれなかった。最初はそれらしくふるまっていた。でも、それは、ほかのなによりもフランシスの持参金のためだったのがすぐに明らかになった。

抑えきれない憤怒のせいで顔が赤くなったが、イモジェンはなんとかこらえた。伯爵の文句を言ったところで、フランシスにはなんの役にも立たない。それでも、もし過去に戻れるのならば、妹が伯爵と結婚するのをためらうことなく止めるだろう。けれどそれは無理だから、イモジェンにできるのは、マライアが同じ運命をたどらないよう守ると約束することだけだった。

「もちろん、気をつけて見守るわ、フランシス。マライアに注意しておく。あの子にはつらい結婚はさせない。約束するわ」

フランシスは安堵で気が抜けたようだった。目のなかで涙がきらめいていたが、すばやく瞬きをしてこらえた。「ありがとう。お姉さまをあてにできるってわかっていたわ。お姉さまがわたしみたいな目に遭わずにすんで、毎日神さまに感謝を捧げているのよ。マライアが身を落ち着けたら、あと心配するのはエヴァリンだけになるけれど、あの子の縁談にはちょっと手を焼くかもしれないわね。弟三人についてはわたしたちが心配する必要はないわれど、末っ子のエヴァリンは頑固だから、ひどい結婚をさせないためにはふたりで力を合わせなければならないかもしれない。でも、デビューまであと二、三年あるから、あの子がお母さまに影響されずに幸せになれるようにしてやれる時間はあるわ」

大きく息をすると、フランシスは立ち上がった。「そろそろほんとうに帰らなければ。どこに行ったのかとジェイムズが気にしているでしょうから」夫の名前を口にしたときだけ快活な口調がなりをひそめた。

イモジェンは無理やり笑みを貼りつけて妹を抱きしめると、部屋を出ていく姿を見送った。フランシスが出ていったあとも、しばらくドアにもたれていた。サムナー卿が妹をいまのような抜け殻にしてしまったのだ。希望と活力に満ちあふれた開けっぴろげなかつてのフランシスをありありとおぼえている。いまのフランシスは、その明るかった少女の悲しげな複製だ。

悲しみがこみ上げてきたが、ぐっと抑えこんだ。いまは感情に溺れているときではない。階下の応接間に行かなくてはならない。さっと鏡を見て、ほつれた髪を手早くなでつけると、急ぎ足で部屋を出た。

一階へと下りる曲線を描く階段へ行く前に、それが聞こえてきた。人を不安にさせる重低音の雷に屋敷が乗っ取られたかのような、男性の太い話し声だ。イモジェンは唇をきつく結んだ。では、すでにはじまっているのだ。つまり、彼女は出遅れたわけだ。母はかなり機嫌を悪くしているだろう。

　悩みを抱えたフランシスが来たことで、予定を忘れてしまったのはたしかだわ。階段を下りはじめながらそう考える。でも、それよりも知らない男性でいっぱいの応接間に行きたくないという気持ちのほうが大きかった。それを思っただけで逃げ出したくなる。社交行事に出る前はいつもそうなる。自分にはけっしてできないようなやり方で会話をする、知らない人々に囲まれるなんて。まるでこちらが見えないかのように視線が行き過ぎるのだ。もっとひどいときは、哀れみのまなざしを向けられる。けれど、ほんとうに困るのは、だれかに話しかけられたときだ。なにを言ったらいいのかわかったためしがなく、自分の内気さが大半の人に無作法とみなされているのはわかっていても、それをどうにもできないのだ。

　階段を下りきったところで立ち止まる。だから、ウィルブリッジ卿と気楽に話せたのが不思議だった。これまで知らない人の前であんなにすぐに打ち解けられた経験がなかった。だからといって、そこからなにかが生まれるというわけではないけれど。そう、彼はすばらしく親切で、認めたくないくらいやさしくて思いやりがあった。でも、きっとだれに対してもそうなのだろう。そうでなければあれほどの人気者になれるわけがない。彼の評判といったら、とんでもないものなのだから。彼にとってイモジェンは特別な存在ではなく、魅力をふりまく女性のひとりにすぎなかったはず。目の前からいなくなった瞬間に、二度と思い出すこともない存在。

けれどイモジェンは、あのすばらしかった時間を、彼がどれほど眉目秀麗だったかを、たとえ短いあいだだけだったにしてもこちらの話に耳を傾けてもらえてたいせつにされていると感じたことを、けっして忘れないだろう。

ちょうどそのとき、むっと鼻につく強い香りがしてもの思いから覚めた。鼻にしわを寄せて顔を上げる。玄関広間は温室育ちの花でいっぱいで、目立つようにカードが挿されていた。置ける場所すべてに花が置かれており、床に置かれた花束まであった。

文字どおりにあんぐりと開いた口をぴしゃりと閉じる。数週間前にマライアがデビューしてからというもの、町屋敷にどんどん花が贈られてきたのは事実だ。けれど、これは予想以上だった。

事実上の花の海のなかに足を進め、応接間に向かう。くぐもった男性の話し声と笑い声が大きくなり、緊張のあまり巨大な鉢植えのそばでよろめいた。そのとき、眼鏡のことを思い出した。

ああ、もう、化粧台の上に置いてくるのを忘れてしまった。眼鏡をかけているのを客のだれかに見られでもしたら、お母さまが卒中の発作を起こしてしまうだろう。でも、眼鏡をかけずにいるのは嫌いだった。

それでも、小さくため息をついて眼鏡をはずした。途端に視界がぼやけ、花の色がごちゃごちゃに混じり合い、美しい水彩画に水をかけたかのようになった。焦点を合わそうとするせいで、すぐさま目の奥が痛くなってくる。目を狭め、花でいっぱいのいくつもの小さなテーブルという障害物の場所を見定めようとする。応接間のドアはその突きあたりだ。

大きく息を吸って肩をいからせ、奇怪な植物を避けながら前に進んだ。けれど、二歩も行かないうちにとても大柄なだれかにぶつかった。相手の幅広のタイ《クラバット》に鼻が突っこみ、なじみのある白檀の香りに襲われる。イモジェンは目を閉じた。顔を上げたらだれが見えるのか、なぜかわかっていた。

そのとき彼が口を開き、屈辱という名の棺に最後の釘を打ちこんだ。

「こんな風に鉢合わせするのをほんとうにやめないとね」

前夜と同じすばらしいバリトンの声を耳にして、イモジェンの背筋を震えが駆け下りた。目を上げて挨拶の笑みを浮かべようとしたが、心許なく揺れて消えた。

「ウィルブリッジ侯爵さま、ここでお目にかかるなんて驚きましたわ」でも、ほんとうに驚いているわけではなかった。彼ほどの男性なら、マライアに群がる一団のなかにいないわけがないじゃないの。

「こっちもだよ。ミス・マライア・ダンカンを訪ねてきたのかい？」

イモジェンは笑いたくなった。でも、笑ったら泣いてしまいかねない。そして、泣き出したが最後、止まらなくなりそうだった。

「いいえ、わたしはここに住んでいるんです」ぼそぼそと言う。彼に驚いてことばをなくしたようだった。ウィルブリッジ卿が気を落ち着けているあいだに、ふたりきりではないことにイモジェンは気づいた。ほかにも人がいたのだ。

執事がいるのはもちろんわかっていた。けれど、視界がぼやけているせいでふたりの紳士がだれなのか思い出すのに苦労した。目を狭める。ああ、思い出した。彼らはこれまでも何度か訪問してきていた。

イモジェンはひざを曲げるお辞儀をした。「サー・トリスタン、モーリー子爵さま、またお目にかかれて光栄です」喉が詰まってささやきのような声しか出なかった。執事に向きなおる。「わたしがみなさんをマライアのもとへお連れするわ、ギリアン。ありがとう」

執事が立ち去り、ふたりの紳士がイモジェンにお辞儀をした。

「その、ありがとうございます。すばらしい歓迎をしていただいて」色の浅黒いほうが朗らかすぎる口調で言った。そういう口調ならイモジェンはよく知っていた。こちらがだれだかわからないのをごまかそうとしているのだ。

ウィルブリッジ卿もそれに勘づいたようだ。すぐそばにいたから、彼がすばらしい薄灰色の目を細くして友人を見ているのに気づいた。そこにはいたずらっぽいきらめきがあった。

「まだこのレディに紹介される栄誉を受けていないから、すでに知り合いのきみに頼めないだろうか、モーリー」のんびりと言う。

眼鏡をかけていなくても、言われた男性が困惑に目を見開き、顔をなかなかおもしろいピンクに染めるのがわかった。同情心が湧き起こる。忘れ去られる存在でいるのには飽き飽きしていたものの、困っている彼を放ってはおけなかった。

とてもハンサムでよく知りもしない三人の男性から注意を向けられたイモジェンは、喉をふさぐ不安の塊《かたまり》を押して声を出した。「わたしの名前でつまずく方たちは多いんですよ。ちょっと変わっているので」ウィルブリッジ卿に顔を向けて手を差し出し、震えを抑えようと深く息をする。「イモジェン・ダンカンと申します。マライアのいちばん上の姉です」

彼はすぐさまイモジェンの手を取って深々とお辞儀をした。「ミス・ダンカン、お目にかかれて光栄です」

いま、彼の唇が指をかすめた？　イモジェンにはそうとしか思えなかった。わかるかわからない程度のものだったけれど、薄い手袋を通して焼きつくように感じられた。つかの間頭のなかがまっ白になり、意味のあることばをひとつも思いつけずに立ち尽くす。

「応接間まで連れていくと言ってくれてありがとう」ウィルブリッジ侯爵が言った。「屋敷のご令嬢に案内してもらうとは感激です」

凍りついた状態からわれに返るのにまさにぴったりのことばだった。イモジェンがほっとして笑みを浮かべた顔を上げると、彼の目も微笑んでいた。差し出された腕に手をかけて進むと、残りのふたりの紳士があとをついてきた。

近づいてくるイモジェンたちを見て、従僕が慌てて大きな両開きドアを開けた。よく見えない目で部屋にいる人々を見まわすと、奥の隅にいる黒っぽい人影に行きあたった。母だ。

ウィルブリッジ卿のおかげでまだ浮かべていた笑顔が、すぐさま消える。下唇を嚙み、目をそらしたまま三人の紳士にお辞儀をした。

「では」もごもごと言うと、背を向けて立ち去ろうとした。だが、腕に手を置かれて止められた。

「案内してくれてほんとうにありがとう、ミス・ダンカン。うれしかったですよ」ウィルブリッジ卿の声はとてもおだやかでやさしげだった。男性にしては美しすぎるその目がイモジェンを虜にした。なんとか会釈をすると、彼の手から逃れて隅に引っこんだ。

「侯爵さまはなんとおっしゃったの？」そばに座ったイモジェンに母がひそめた声で詰問した。

「応接間までお連れしたお礼を言ってくださっただけよ」足もとの籠《かご》から刺繡《ししゅう》を取り、これで母の質問が終わるようにと願った。けれど、母はいつもどおりにその程度では諦めなかった。

「なぜあなたがあの方たちをここに案内してきたの？　ギリアンはどこにいたの？」

「玄関広間で彼らとばったり出くわしたから。ギリアンにはドア前のいつもの場所に戻ってもらったわ」

それを聞いた母は、満足するどころか怒った。「あなたはとっくにここにいなくてはならなかったのに。あのぞっとする眼鏡をかけてうろうろしていたのではないでしょうね」レディ・タリトンは部屋を見まわしながら小さく身を震わせた。「そんな姿を見られたら、みなさんになんと言われるか。きっと才女気取りの文学かぶれだと決めつけられてしまうわ。マライアまであなたと同類に見られるのはいやですからね。そうなったら、あの子はどうやって夫をつかまえればいいの？」

求婚者たちを見るかぎり、それは問題ないと思うけれど。イモジェンはそう言いたかったが、黙ったまま刺繍仕事に戻った。母も同じようにしてくれるよう願う。今度は運が味方してくれて、手きびしい攻撃は終わった。

娘の評判を気にかけるあまり、ただの眼鏡が家族全員を破滅させると考える母から、これまで何度同じことを言われただろう？　レディ・タリトンにとっては、見た目がすべてだった。醜かったり場ちがいだったりするものはどんなものであっても、植木ばさみで傷んだ枝を切り取るがごとく、高名な家族からつまみ出されなければならないのだ。

そしてイモジェンは、もっとも場ちがいな枝というわけだ。

そちらの方向に思考をさまよわせても、いいことはなにもない。母は母なりにイモジェンを愛してくれている。それで満足しなければ。

母親の注意がそれたので、イモジェンはウィルブリッジ卿がこの場にいることについて思いをめぐらせられた。マライアに会いにきたのは明らかだ。イモジェンを見て驚いたようすだったのがその証拠だ。

それでも、自分というものを認めてもらえたのはよかった。知らない人と話をするのは大の苦手だけれど、哀れみの目を向けられるのではなく、対等に見てもらえるのはすばらしかった。思わず知らずによく見えない目で部屋を見まわしていた。彼はすぐに見つかった。赤銅色の髪が、淡いブロンドや焦げ茶色の海のなかで明るく輝いていた。彼はこちらを見ているの？　次の瞬間、彼がティーカップをイモジェンに向かって上げる会釈をした。

彼女は顔をまっ赤にしてさっとうつむいた。期待感で心臓がどきどきする。でも、なにを期待しているというの？　彼がわたしと交際してくれるわけでもあるまいし。友だちになるのだって論外だ。上流階級でウィルブリッジ卿のような立場にいる男性は、たとえそうできたとしても、未婚女性に友情を求めたりはしない。

そう、彼とのあいだにはなにも生まれない。ちょっとしたまわり道にすぎなかったのよ。じきにわたしはおもしろみもない直線的な人生の道に戻る。イモジェンは刺繍に集中し、絶望的な心のささやきを無視して必要以上に強く針を刺した。

3

彼女は婚期を逃した女性だった。

ケイレブは、部屋の隅で刺繍に精を出しているイモジェンを見つめた。玄関広間で会ったときは驚いた。ゆうべからずっと考えていた人を見つける確率はどれくらいだろう？　それも、タリトン子爵の令嬢で、比類なきミス・マライア・ダンカンの姉とは。運命の女神が自分に微笑んでくれたことに驚愕し、それからついに彼女を見つけられたことを喜んだ。その喜びが大きかったせいで、彼女の置かれた状況をしっかり理解できなかった。

だが、そのあと応接間に入り、彼女は逃げるように母親のいる隅に行ってしまった。部屋のあちらとこちらに離れていたにもかかわらず、彼女が母親に噛みつかれ、刺繍を手に取るときに肩をこわばらせ、静かに針を動かしはじめるとおだやかな顔つきになったのがわかった。だが、彼はその顔つきにだまされはしなかった。

ようやく彼女の状況を観察する時間ができた。そして、目にしたものに啞然とした。

彼女は、同じような地位の女性としてはもっとも哀れみを受ける立場だった。妹や弟たちが交際し、結婚するのを見ていなければならない未婚の姉。年老いていく両親の面倒をみて人生を永遠に浪費するのを期待されている。家族の重荷で、この先の安寧をその家族の慈悲にすがるしかない。

どうして彼女は結婚していないのだ？　地味な髪型とドレスに目が行きがちだが、昨夜気づいた静かな美しさが陽の光のなかではさらにはっきりとわかった。ドレスそのものは美しくない黄色で、肌の色が悪く見えた。だが、顔の骨格は繊細で上品で、丸みを帯びた体はそれを引き立てるドレスさえ着れば魅力的に見えるはずだった。前夜、彼自身がその曲線を感じたから証言できる。とはいえ、はじめて目にするのがいまのような彼女だったら、そうとはわからなかっただろうが。

日中に近くで見ると、もっとも際立っているのは彼女の目だった。緊張しているのか目尻にこわばりが見られたものの、くるりとカールした濃いまつげに縁取られており、瞳はおだやかな海の澄みきった碧青色をしている。髪は美しい薄茶色だ。きつく引っ詰めていないで、幾筋かの巻き毛を顔のまわりに垂らしたらどんな風に見えるのだろう、とちらりと考える。

ゆうべ彼女がぶつかってきて、内面を垣間見せてくれなかったら、この部屋にいるほかの紳士同様に自分も無視していただろうと気づいて恥ずかしくなった。調度類に静かに溶けこむ物腰のせいで、彼女はほとんど目に見えない存在になっていた。美しい妹が部屋の中央で星のように燦然《さんぜん》と輝いているため、特にそうだった。

レディ・タリトンが彼女に身を寄せてまた小言を言いはじめたのを見て、ケイレブはいらだちに歯を食いしばり、無理やり視線を引き剝がした。自分になにかできればいいのだが。

いや、それは私の仕事ではない。

しばらくすると、友人たちが立ち上がっていとまごいをした。ケイレブもそれに倣《なら》ってかわいらしいミス・マライアにお別れを言い、イモジェンと母親の前に行ってお辞儀をした。しかし、ドアに向かいかけたとき、このままにはしておけないと思った。前夜、さらけ出されたイモジェンの心の内を見てしまったせいで、放っておけなくなった。自分はほかの者たちのように彼女を扱ったりしない。彼女はもっといい扱いを受けるにふさわしい女性だ。


「ミス・ダンカン」

ウィルブリッジ卿の低く朗々とした声はやわらかで、胸が締めつけられるほどすてきだった。けれど、あまりにも彼を意識しすぎていたせいで――そして、彼になどなんの影響も受けていないというふりを必死でしていたせいで――きゃっと飛び上がり、刺繍を落としてしまった。

彼はすぐさまかがんで拾い上げてくれた。それなのに、イモジェンに返しかけた手を止めた。痛みを感じているかのような奇妙な表情が彼の顔をよぎる。

「これは、その、とてもおもしろい図柄ですね、ミス・ダンカン」むせそうな声だ。

彼から刺繍を受け取りながら、イモジェンは眉をひそめてそれを見た。上質の布に丁寧に写した図柄からはかけ離れた、めちゃくちゃな色づかいになっていた。

手でさっと口をおおい、あえぎ声が漏れるのを抑えた。顔をまっ赤にして、ひどい作品をクッションの後ろに突っこむ。

「いつもはこんなに下手じゃないんですけど」なんとかそう言う。

「そうだろうとも」彼が慇懃《いんぎん》に返事をした。イモジェンはすぐに、ほんとうはちがうのだろう、というふくみを聞き取った。

彼に険しい目を向ける。「信じてらっしゃらないのね」

青みがかった灰色の目がおもしろそうにきらめいているのを見て、イモジェンはすぐさままちがいを悟った。彼はわたしをからかっていたのだ。緊張も、屈辱感も、腹立ちも、流れ出ていった。

「きみがすばらしい才能の持ち主であることを疑ってなどいないよ」

イモジェンの口角が笑みをこらえてひくついた。そのとき、小さな悪魔にそそのかされ、ほかの人にはぜったいに言わないようなことを彼に言っている自分の声が聞こえた。「わたしにはそれはそれはたくさんの才能があるから、きっと驚かれますよ」

彼がにやりとした。「きみにはすでに驚かされているよ、ミス・ダンカン」

「イモジェン！」

レディ・タリトンの声が割りこんだ。イモジェンは楽しかった気分が池の水面で弾ける泡のように消えるのを感じた。幸福感のさざ波ですらが凪《な》いでしまった。母の顎《あご》に視線を据える。その顔に浮かんでいるだろう怒りを目にするのは耐えられなかった。

「はい、お母さま」

「お友だちが待ってらっしゃるのに、侯爵さまをお引き止めしてはだめでしょう。恥ずかしい思いをさせないでちょうだい」

ウィルブリッジ卿に向きなおった母の態度がころりと変わった。「娘の無作法をお赦しください。これに懲りずにまたわが家をご訪問いただけるよう願っていますわ。マライアもきっとあなたに訪問していただきたいと思っているでしょう」

レディ・タリトンの声はへつらいに満ちていた。

イモジェンは気分が悪くなった。当然ながら、母は妹にウィルブリッジ卿をと願っているのだ。驚くにはあたらないでしょう？　彼は侯爵で、裕福で、眉目秀麗なのだから。でも、なによりも、イモジェンが知っている男性のなかでもっともやさしい人だ。

「ありがとうございます」しばし間があったあと、彼はそう返事をした。その声にはいらだちがにじんでいるようだった。表情はおだやかで、唇には笑みを浮かべているが、目のなかにちょっとした怒りが燃えていた。けれど、イモジェンをふり向いたときにはその怒りは消えていた。彼に見つめられて、イモジェンはとろけた。

「ミス・ダンカン、お目にかかれて光栄でした。またお会いできるのを楽しみにしています」

お辞儀をすると、ウィルブリッジ卿に部屋を出ていった。

友人の馬車に乗りこんだケイレブは、フラシ天の座席に座ってため息をついた。母親にいじめられるイモジェンを見て、口のなかにいやな味が残った。あの母親はなにが気にくわないんだ？　長女が宝石のように類い稀な女性なのがわからないのか？

トリスタンが隣りに腰を下ろした。「彼女が今日ハイドパークで話していた女性なんだろう、ウィルブリッジ？」

モーリー子爵マルコム・アーボーンも乗りこんできた。彼が黒檀のステッキで天井を叩くと馬車ががくんと走り出し、比類なきミス・マライアの屋敷から遠ざかった。イモジェンからも。

「なんの話をしているんだい、トリスタン？」モーリーが袖口を整えながらもの憂げに訊いた。

「ウィルブリッジがミス・ダンカンに想いを寄せているんだ」トリスタンは大きな笑みを浮かべた。

モーリーが肩をすくめる。「みんなそうだろう？　彼女は美しい。惹かれない男は多くない」

「ミス・マライア・ダンカンじゃないよ、うすのろ。彼女の姉上のミス……」トリスタンは眉根を寄せた。「彼女の名前はなんだったかな?」

「思い出せないな」

ケイレブはむっとしてふたりの友人を見た。「ほんとうか?」声を荒らげる。

友人ふたりはぎょっとした顔でケイレブを見た。

「イモジェンだ。ミス・イモジェン・ダンカンだよ。玄関広間で名乗ってくれただろう。忘れたおまえに恥をかかせまいとしてくれたんだぞ、モーリー。私だったらあんな親切はしなかったのにな」

モーリーはケイレブに頭がふたつ生えたかのようなまなざしになった。トリスタンは満面の笑みになった。「本気で惹かれているんだな」

友人のばかげたことばには返事をする価値もなかった。ケイレブはふたりをにらみつけた。

「妹のような目を瞠る美しさだときらめきがないからといって、取るに足りない女性ということにはならないんだぞ」

「いったいどうしたっていうんだよ、ウィルブリッジ?」モーリーだ。「なんでいきなり説教をする? きみが壁の花にダンスを申しこむところなど、一度だって見たことがないぞ。しなだれかかってくる、派手で気前のいい未亡人たちに満足しているようだったのに」

ケイレブは歯を食いしばり、窓の外に目をやった。モーリーの言ったことはすべて正しい。これまではイモジェンのような女性に関心を持ったこともなかった。そういう女性たちなど存在しないというふりをして満足していた。彼女たちは自分になにもしてくれたことがない。この十年ずっとつきまとっている絶え間ない罪悪感から気をそらしてくれたことがない。つらい過去の罪を忘れるには、経験豊かな女性たちから常に刺激をあたえてもらわなければならなかった。

それならなぜ、人気《にんき》のない未婚の姉の扱われ方に急にひどく気分を害したのだ？

その答えなら、もちろんわかっていた。もしゆうべぶつかってきた彼女の苦しみを目の当たりにしていなかったら、もし時間をかけて彼女をなだめていなかったら、もし外面の下にあるものを垣間見せてもらっていなかったら、自分はいまだって友人たちと同じように、イモジェンのような女性に気づきもせずに愉快な気分で馬車に乗っていただろう。

彼女のような女性を見過ごしてきたこれまでの人生をふり返ったケイレブは、自分をとても卑小に感じた。なお悪いことに、イモジェンその人とすれちがいながら、風景の一部であるかのように気にも留めなかったことが何度あっただろうか。

「きみの言うとおりだな」ようやくモーリーに返事をする。「これまで彼女のような立場の女性を無視していたという点では、私も同罪だ」

だが、もうそんなふるまいはしないぞ、とケイレブは誓った。

また舞踏会だ。また、手持ちぶさたのまま過ごす時間。鉢植え植物のふりをするのが上手になってきたわよね。イモジェンは皮肉っぽく思った。彼女はいま、母親たち既婚婦人が並んで座る椅子のあいだに立っていた。マライアはすでに、優美に可憐にダンス・フロアを舞っている。踊りながらそばに来たマライアが姉を見つけ、にこりと笑って目玉をまわした。イモジェンは離れていく妹に微笑み返した。きょうだい全員が好きだったが、フランシスが結婚して以来、特にマライアと仲よくなっていた。八歳も年下だけれど、いつだって姉のイモジェンのために戦い、守らなければと思っているらしかった。姉をちゃんと見てくれない人たちに腹を立てていた。

「誓うわ」その日の午後、公園を馬車でまわって戻ってきたときに、マライアがきっぱりと言ったのだった。「お姉さまに敬意を持って接しない人は断じてお断りだって。お姉さまの存在を認めるという当たり前の礼儀を示せない人の求婚は、金輪際受けません」

マライアはその前の唾棄《だき》すべき一時間を引き合いに出しているのだった。かなりおおぜいの紳士がタリトン子爵家の馬車に挨拶に来た。崇拝者のひとりひとりに対し、マライアはイモジェンに挨拶するよう仕向けた。ところが彼らは、おざなりに横目でイモジェンを見てわからない程度に会釈をし、すぐにマライアをちやほやした。マライアの腹立ちはどんどん大きくなっていった。

イモジェンは手袋をした手を妹の手に重ね、ぎゅっと握った。「昔からこうだったのよ。十八歳で結婚市場に出たばかりの年ですらね。あなたが気にしなくてもいいのよ。わたしはもうすっかり慣れたから」

「慣れたですって？　お姉さまが慣れたとしても、わたしはぜったいにそうはならないわ。そうよ、たいせつなお姉さまに礼儀正しくやさしく接してくれる男性じゃなければ、求婚なんて受けないから」

イモジェンは感動した。けれど、そんなことをしたらマライアが結婚できるのはうんと先になってしまうだろう、と密かに思っていた。

体の横に衝撃を感じ、イモジェンはわれに返った。危ないところで壁でなんとか体を支えた。ぶつかってきた紳士はほんのちらりと彼女を見てもごもごと詫びを言い、仲間のもとへ向かった。イモジェンは吐息をついた。ほんとうに透明人間になった気分。

そこではっとする。どれほど透明なのだろう？　顔をしかめ、こっそりとあたりをうかがう。みんなぼやけていたけれど、近くにいる人たちはイモジェンを見た気配をみじんも漂わせていなかった。

大胆な気持ちになって両手でスカートをつかみ、足をちらちら出しながら軽快なダンスのステップを小さく踏んだ。隣りに座っている母ですらが気づいていなかった。手袋をした手を口にあてて笑った。こんなことがありうる？　わたしってそこまでみんなに見えていないの？

だれにも気づかれないことにはある種の開放感があるにちがいない。妹はその言動を常に見られている。身繕いが完璧の域に届いていなかったら、礼儀作法が優雅でなかったら、みんなの口に上ってしまうのだ。けれど、わたしはちがう。

だから、スカートをたくし上げ、こっそりとではあったが完璧にくるりとまわってみせた。

背後から低いふくみ笑いが聞こえてきて、イモジェンはどきりとしてよろめいた。温かな手が腕をつかんで支えてくれ、顔を上げると笑っているウィルブリッジ卿の薄灰色の目と目が合った。

4

イモジェンが乱暴に押されて倒れかけたのを見たとき、ケイレブは彼女を助ける白馬の騎士となり、人混みをかき分けていこうと思ったのだった。だが、近づいていき、彼女が小さくジグを踊り、それから笑いをこらえたのを目にして、自分がまちがっていたのを悟った。安堵とユーモアの波に襲われる。彼女の落ち着いた外見の下にはお転婆娘が隠れていたのだ。

彼女がちょうど小さくくるりとまわり終えたとき、ケイレブはにやつきながらそばへ行った。笑い声が思わず漏れてしまい、そのせいでイモジェンがふらついたのを申し訳なく思った。

彼女が転ばないように支える。「ダンスの相手がだれかはわからないが、うらやましくてたまらないよ」

彼女は顔をまっ赤にしてうつむいた。ケイレブはその顎の下に指を添えて顔を上げさせた。「だめだよ」やさしくたしなめる。「また隠れ場所に逃げこませはしない。タリトン卿の応接間で予想外に出会ったレディをかなり気に入ったし、またそのレディに会いたいと思っている。彼女はまだそこにいるんだろうか？」

イモジェンが驚いたように小さく笑ったので、ケイレブはうれしくなった。「あいにく、ほとんどの人はそのレディの存在を知らないんですよ」

ケイレブの笑みが大きくなる。「ふむ、それなら彼女にこう伝えてほしい。私はちらりとでも見られて光栄に感じていると」

「そう感じるのは当然だわ」そうからかったあと、自分の大胆さに気づいてイモジェンは目を丸くした。

ケイレブが静かに笑う。「きみの正体がやっとわかったのは、じつに思いがけなかった。あちこち捜しまわったんだよ」

イモジェンは信じられないとばかりに片方の眉をくいっと上げた。けれど、碧青色の瞳には、ほかの感情も潜んでいた。希望だろうか？

「ほんとうだ」ケイレブは言い募った。「まあ、朝のあいだにできる範囲でだけどね」

「暗いお庭を駆け抜けるのが男性の関心を引く方法だと知っていたら、何年も前にそうしていましたわ」まじめな表情だったが、目のなかにはからかいの色があり、そのせいで顔全体が明るく輝いた。

ケイレブは彼女を好ましく思った。心から。彼女にはすばらしく現実的ななにかがあり、驚くべきユーモアのセンスには意表を突かれる。常に自分につきまとっている暗雲がつかの間消えたような気がした。

ケイレブは腕を差し出した。「一緒に散歩してくれないか？」

疑わしげなまなざしを向けられた彼は、そばに座っている既婚婦人たちのほうを目で示した。彼女たちはケイレブがなぜ舞踏室のこちら側にいるのかと、ちらちらと好奇のまなざしを向けはじめていた。イモジェンの母親はまだ気づいていないのが幸いだった。

彼女が頬を染める。「あなたがいらっしゃる前は、わたしは完璧に見えない存在でいられたのに」いたずらっぽく不平を漏らす。彼女の手が腕に置かれたので、ケイレブは人混みを縫って歩き出した。

「心から謝罪する。既婚婦人や付き添い人の目は鋭いからね。私もときどき彼女たちの視界にいる獲物の気分を味わうと打ち明けても、責めないでくれるよね」

彼女が軽く笑った。目を狭めてまっすぐ前の人混みを見ているが、驚くほど瑞々《みずみず》しい唇には小さな笑みが浮かんでいた。

瑞々しいだって？　まさかそんな形容のことばが頭に浮かぶとは。ケイレブは頭をふった。

「きみは謎だ。どういう人なのかがわからない。どうしてほんとうの自分を隠すんだい？」

「謎ですか」イモジェンがぼそぼそと言う。「はじめて言われました。あいにく、わたしは見た目どおりの人間です」

ケイレブの眉間にしわが寄る。「それはないよ、ミス・ダンカン。私が垣間見たのを忘れたのかな。きみには見かけ以上のものがある」

イモジェンは唇をきつく結んで頭をふった。「やさしいことばはありがたいですけど、ほんとうじゃありません」

ケイレブは壁の近くで足を止め、彼女を自分のほうに向かせた。「やめるんだ」

「やめるって、なにを？」

「ほめことばをはねつけるのをだ」思わず声にいらだちがにじんでしまった。心からのことばだと、どうしてわかってくれない？　なにがあって、自分はほめられるには値しないと信じこむようになったんだ？　彼女の屋敷を訪問したときを思い返す。母親は温かみのある人ではなかった。長女に一度もやさしいことばをかけたことがないのではないだろうか。あんな暮らしを続けていたら、だれだって心が傷つくだろう。

ふと気づくと、不思議そうに見上げられていた。ケイレブはにっこりし、ふたりを包む奇妙な雰囲気を消し去った。「そういうのはよくないよ。ほめられたら、女性は扇を顔の前に持ってきて作り笑いをし、まつげをパチパチさせなくては」

「どうしましょう」イモジェンがわざとらしく不安そうな声を出す。「扇を忘れてしまったわ」

ふたりでともに笑うすばらしいときを分かち合った。彼女の笑い声はほんとうに美しい。唇を閉じてくすくす笑うのではなく、心から楽しそうに笑うのだ。もう何年も感じていなかった心の平和という完璧な瞬間をケイレブは突然味わった。

そのとき、音楽がやんだ。ケイレブは首を傾げて耳を澄ませ、彼女に顔を戻した。手を差し出してゆがんだ笑みを浮かべる。彼を見るイモジェンは訝しげだった。

「次のダンスをご一緒できれば光栄です、ミス・ダンカン」

ケイレブのことばを聞き終わる前に、彼女はすでに首を横にふっていた。「いいんです。ほんとうはわたしと踊りたくなんてないのでしょうから」

ケイレブは手を引っこめなかった。「いや、ほんとうに踊りたいんだ」

彼女は長々とケイレブを見つめたあと、顎をつんと突き出して震える手で差し出された手を取った。ケイレブはにんまりして彼女をダンス・フロアへといざなった。


コティヨンというダンスの曲がはじまったところで、ふたりの周囲で踊り手たちが位置につく。イモジェンの胸は早鐘を打っていた。どうして彼の誘いを受けたりしてしまったのだろう？　少し前に彼と大胆にからかい合ったせいね、と苦笑しながら考える。今夜はミス・イモジェン・ダンカンとは正反対の大胆な他人に体を乗っ取られてしまった気分だった。

マライアも同じ組にいた。ちらりとこちらを見た顔が明るくなる。イモジェンは体中が活気を帯びているように感じ、妹に笑みで応えた。横にいるウィルブリッジ卿に視線を移したマライアの目が丸くなり、両の眉を吊り上げてまたイモジェンを見た。楽団が曲を奏ではじめたため、それ以上のやりとりはできなくなった。

だれともわからないハンサムな男性とロンドンの大舞踏会で踊っていると想像して、ダンカン家の本邸ヒルヴュー・マナーの応接間で妹たちと笑いながら何度踊っただろう。

それが実現したのだ。ウィルブリッジ卿と手を触れ合わせるたび、つま先まで衝撃を感じた。

「きみにはまた驚かされたよ、ミス・ダンカン」すれちがいざまに彼が耳もとでささやいた。

どういう意味かとイモジェンは顔を上げて彼を見た。ふたたび向かい合うと、彼がまた身を寄せてきた。

「一度も私の足を踏んでいないだろう。きみにできないことはないのかな?」

イモジェンは思わず小さく噴き出した。「やめてください」別れ際に混ぜっ返す。

次に向かい合ったとき、また彼がイモジェンの耳に唇を寄せた。「だめじゃないか、ミス・ダンカン。心からのほめことばはちゃんと受け取らなければいけないと言っただろう」

「そのほめことばが侮辱と紙一重でもかしら?」

ケイレブがくすりと笑った。「侮辱じゃないよ」次のときにそう返す。「これまでの舞踏会で何度足を踏まれたかを知ったら驚くだろうね」

イモジェンはからかいの目を向けた。「あなたのリードが悪いのかもしれなくってよ」

彼の静かな笑い声を耳にして、イモジェンは顔を赤くした。刺激的なやりとりのせいで、体中が活気づいている。だれかに対してこれほど気楽な気分でいられるのははじめてだった。

いつだって、なにか言う前に考えすぎてしまうのだ。でも、この人は、イモジェンが持っているのも知らなかった自信を引き出してくれた。

あっという間に慣れてしまいそう。

曲はあまりにも早く終わってしまった。ウィルブリッジ卿は舞踏室の隅へとイモジェンを連れていき、手を取ってそこに深々とお辞儀をした。「ありがとう、ミス・ダンカン。きみはダンスがとてもうまいね」にやりと笑って人混みのなかに消える。イモジェンは、たとえそうしたくても浮かべた笑みを消せなかった。


その晩、イモジェンがベッドに入った直後にドアをノックする音がして、応じる前にマライアが飛びこんできた。そして、スキップしてくるとベッドに飛び乗り、イモジェンにくっついた。

「くたくたに疲れていると思っていたけど、マライア」イモジェンは小声で言い、毛布で妹をくるんでやった。マライアは上掛けの下に入ってくすくす笑った。

「じっとしていられなかったの。ウィルブリッジ卿を何度も思い出していたのよ。あんなに颯爽としたふるまいは見たことがないわ」

イモジェンはにやりとした。「たしかにすごく意外だったわよね」

「彼ってとってもダンスが上手よね、イモジェン。お姉さまを選ぶなんて目が高いわ。未婚の若い女性とは踊らないと聞いていたのに。あの人は放蕩者だけれど、すごく高潔な印象を受けたの。お姉さまはびっくりした？」

「ええ」あの美しい薄灰色の瞳に頭のなかを占領されていた。「でも、彼を放蕩者と呼ぶなんていけないわ。わたしに対しては、ずっと完璧な紳士らしくふるまってくれたもの」

ううん、いつも完璧な紳士ではなかったかもしれない、と頬が熱くなってくるのを感じながら思った。はじめて会ったときの口づけは、完璧な紳士の範疇には入らない。

マライアの澄んだ青い目が見開かれる。「口がきけなくなった？　はじめて会った人が相手だとおしゃべりできなくなるでしょう。だから、心配していたの」

「不思議なのだけど、平気だったのよ。彼には特別ななにかがあるみたい。すぐに気を楽にさせてくれたの」

「お姉さまに交際を申しこむつもりだと思う？」

イモジェンは驚いて大きく笑ってしまい、はっと手で口をおおった。ふたりはしばらくドアを凝視していたが、物音も動きもないままだった。一緒に安堵の吐息をつく。マライアが自分のベッドにいないのを母が知ったら、美容のためにしっかり睡眠を取らなくてはだめでしょうとくどくどと説教されるはめになっていただろうけれど、ふたりともそんな目には遭いたくなかったのだ。

「頭がどうかしたの？」イモジェンは声をひそめて言った。

「彼がお姉さまに関心を持ったっておかしくないでしょう？」熱く反論する。「お姉さまはきれいだし、すばらしい人だし、妻にできたらどんな男性だって鼻が高いわ」

イモジェンは怪しむように妹を見て、ぼそぼそと言った。「眼鏡が必要なのはあなたのほうみたいね」

マライアが姉の腕をぴしゃりと叩く。「やめて。それをされるのは大嫌い。お姉さまはほめられるのが苦手よね」

イモジェンの口があんぐりと開いた。

「なによ?」

「ウィルブリッジ卿から今夜同じことを言われたの」

マライアはぷっと噴き出した。「そうなの? 彼の評価が十倍に跳ね上がったわ」

「ふたりが同じ考えでもどうでもいいわ。彼はわたしと交際するつもりなんてないもの。この話はこれで終わり」

マライアが呆れて天を仰ぐ。「わかったわ。好きなだけ悲観してふさぎこんでいればいいわ。ロマンティックな考えを持つのはわたしの勝手ですからね」マライアが夢見る表情になる。「彼ってすっごくハンサムよね」

イモジェンは返事をする必要を感じなかった。全面的に同意だった。

マライアがうっとりとため息をつき、今夜の思い出話をはじめた。特にウィルブリッジ卿の資質について。イモジェンはぼんやりと聞いていたが、不意にある思いが浮かんだ。彼はどうしてダンスに関してお世辞を言ったのだろう？　ウィルブリッジ卿はハンサムで、人気者で、望ましくない評判を得てはいても、あの場にいたどんな女性だって選べただろうに。なぜわたしを選んだのだろう？

そのとき、とんでもなく激しい勢いで気づいた。彼が求めていた相手はわたしではなかったのかもしれない。

イモジェンは馬車のなかでマライアが言っていたことを思い出した。姉のイモジェンに礼儀正しく接してくれる人しか選ばないと誓ったではないか。昨日、ウィルブリッジ卿はマライアに会いにやってきた。マライアを妻にしようと決めて、その心をつかむにはイモジェンに取り入る必要があると悟ったのかもしれない。どうしてそれに気づかなかったのだろう？

心底屈辱的だった。ほんのつかの間ではあったけれど、彼はわざわざ自分に会いたくて来てくれたと信じたのだ。ロマンティックな意味合いではない。そういう風に彼がわたしを見ることはけっしてない。そう思ったら胸が痛んだが、無視した。でも、ほかの人が気づいてもいないなにかをわたしのなかに見て、気に入ってくれて、ひょっとしたら友だちになりたいと思ってくれたのかもしれないと感じたのだ。そう思うのがそんなに悪いこと？

ふと、部屋が静まり返っているのに気づく。マライアが腕を枕にして眠りに落ちていて、編んだ白っぽい金髪が肩に垂れていた。ほつれ髪を頰からどけてやり、ろうそくを消して妹の隣りに潜りこんだ。

フランシスに約束させられたことをありありと思い出す。ウィルブリッジ卿がほんとうにわたしを利用してマライアに近づこうとしているのだとしても、そこまで極端な方法を取る彼を責められなかった。マライアと交際したがっている積極的な男性がおおぜいいるのだから。けれど、妹を愛していない男性に嫁がせるわけにはいかない。彼のような人に迫られたら、どこまでも無垢な妹は心を守りきれないだろう。

つまり、わたしがなんとかするしかないわけね。イモジェンは唇をゆがめた。とてもたいせつに思うようになった男性から妹を守らなければならないなんて、これほど残酷な運命があるだろうか？

けれど、マライアはぜったいに守らなければならない。それに、彼にどれだけ微笑まれ、ひざに力が入らなくなったとしても、ばかみたいに利用されたりはしない。

イモジェンは固く決意して目を閉じた。

5

翌日の晩、エイヴリー卿の音楽会に出たケイレブは、ある特定の人物の顔を探してきょろきょろした。イモジェンに会いたいというこの気持ちにはもはや驚かなくなっていた。自分がよく一緒にいる自堕落な仲間とはまるでちがって、新鮮みがあって清々しい人だ。純真なところに惹きつけられる。おまけに頭の回転も速いし、ダンスをしたときに思いがけず楽しんでくれた彼女は魅力的で、手管とは完全に無縁だった。

胸が軽くなったと感じるのは、思い出したくもないほど久しぶりだ。彼女と一緒に過ごしたかった。とんでもない放蕩者ではなく、ただ女性と一緒に過ごすことに喜びを感じる紳士になるのが待ち遠しかった。

煌々と照らされた屋敷のなかで歩みを進めたが、イモジェンも彼女の家族も見つけられなかった。失望をこらえ、笑みを貼りつけて友人数人と軽めの討論をし、言い寄ってきた既婚女性をいなし、音楽室へと向かった。戸口をくぐり、落ち着いたクリーム色とセージ色で設《しつら》えた部屋をざっと見渡すと、広さを確保するために隣接する応接間のドアが開け放たれていた。何列も椅子が並べられており、最前列の通路から二席めで、ひとりで演目表を見ている彼女が見つかった。母親も妹も姿がなかったが、きっとどこか近くにいて、イモジェンがふたりの席を確保しているのだろうと思われた。ケイレブは彼女のほうに向かった。

まだそれほど近づいていないときに、イモジェンが突然目をぎゅっと狭めて彼のほうを見た。彼女と会うとかならず感じる一風変わった喜びに満たされる。ケイレブはにっこり微笑んだ。さらに近づいていくと彼女も笑顔を返してくれたが、かなり控えめなものだった。

「ミス・ダンカン、今夜はとても美しいね」隣りの椅子を身ぶりで示す。「いいかな?」

さっとうなずきが返ってきたので、ケイレブは通路側の椅子に腰を下ろした。イモジェンは両手で演目表を握りしめていた。手袋の下の関節は白くなっているのだろう、とケイレブは想像した。

「きみも今夜ここに来ているといいなと思っていたんだ」

彼女がはっとケイレブを見た。「わたしを探してらしたの?」

「もちろんだよ」

「なぜ?」

「なぜ?」その問いに驚いたケイレブは、おうむ返しに訊いた。

「ええ。なぜわたしを探してらしたの? あなたがふだん一緒にいる女性とはちがうのに」

顎を突き出す。「妹に関心をお持ちなの?」

言いたくない質問をするには、イモジェンは持てるかぎりの力をかき集めなくてはならなかった。そして、いったん口にするや、取り消したくなった。さらに少し顎を上げ、手と腹部の震えを無視して待った。

彼が椅子にもたれ、信じられないとばかりに息をふうっと吐いた。「すまない、いまなんて？」

ほんとうに先ほどのことばをくり返さなくてはならないの？「妹に関心をお持ちなんですか？」

彼はあんぐりと開いた口をぴしゃりと閉じた。「妹さんがなんの関係があるんだ？」

イモジェンはひざに視線を落とした。「おおぜいの男性が妹の愛情を勝ち取ろうとしてきましたけど、妹はいまのところだれかを特に気に入ったようすを見せていません」

張り詰めた間があった。「それで？それが私となんの関係があるのかな？」

彼の声ににじんでいるのはいらだち？イモジェンは彼の美しい目をさっと見た。「ありとあらゆる関係があるわ」

「説明してくれ」断固とした口調だ。

そんな風に言われて、イモジェンは腹が立ってきた。「妹とわたしがとても仲がいいのは秘密でもなんでもありません。妹がわたしを愛していると気づき、それを利用して妹に近づこうとする人が出てくるのも時間の問題でした」

彼が呆然とした表情になった。「私をそんな男だと思っているのか？」その声には、信じがたいという思いと傷ついた気持ちがにじんでいた。「私がそこまでひどいろくでなしだとほんとうに信じているのか？」

イモジェンは疑念に襲われた。「そうじゃないと信じられるほどあなたという人を知りませんから」

彼は長々とイモジェンを凝視した。「きみの言うとおりだな」ついにそう口にする。

イモジェンは落胆した。「そうなのですか？」

「ああ。本心からきみに会いたいと思っていたことを信じてもらえる理由はない。知り合ってからまだ日も浅いし、会話だってたいして交わしていないからね」そこで声を落とし、苦痛に満ちたささやきをした。「私のしてきたことの半分も知っていたら、いますぐ悲鳴をあげながら逃げていくだろうね」

衝撃のあまり、イモジェンはことばを失った。気を取りなおす間もなく、先ほどよりもきっぱりとした口調で彼が続けた。「だが、これだけははっきり言っておく。まじめな意図であろうとなかろうと、妹さんに近づこうとは思っていない。妹さんを悪く言うつもりはないが」ゆっくりと慎重に言う。「私の好みではない」

イモジェンの怒りがすぐさま戻ってきた。「好みではないですって？」信じられない思いだった。「そんなはずはないでしょう？　あの子はとてもやさしくて、きれいで、しとやかなのに。あなたにあの子を妻にする気があれば、すばらしい侯爵夫人になるのよ」

彼がぷっと笑った。「きみは妹さんの最高の擁護者なんだね」

この状況のばかばかしさにイモジェンはふと気づいた。マライアに近づくために自分を利用しているのでしょうと彼を責めた舌の根も乾かないうちに、マライアを望まないなんてどうかしていると非難しているなんて。でも、いまさら引き下がれなかった。肩をいからせる。

「そうよ」

「気のすむまで妹さんを擁護してくれてかまわないが、私の気持ちは変わらないよ。ミス・マライアはたしかに美人かもしれないが、妻にしたいとは以前も思っていなかったし、いまもまったく思っていない。それに――」一語一語を明確に発する。「きみが好きだから、会いたいと思って探したんだ」

イモジェンはぐったりと椅子の背にもたれかかり、下唇を噛んだ。「まあ」息が漏れるような声だった。

「きみと友だちになりたがっている者がいるというのは、そんなに信じがたいことかい？」

「これまでそういう人はいませんでしたもの。わたしが驚くのもわかっていただけるんじゃないかしら」

「愚か者ばかりなんだな」彼がにやりと笑う。「きみを分かち合わなくてすむから、私にとっては幸運だけどね」彼は笑みを消し、しばしのあいだ奇妙な表情でイモジェンを見つめた。「きみみたいなお姉さんがいて、ミス・マライアはとても運がいい。仲のいいきょうだいばかりではないから」

イモジェンは首を傾げて彼をしげしげと見た。「裏に隠された意味があるような気がするのですけど。ごきょうだいはいらっしゃるの？」

彼は顔を背けたが、その前に目に苦痛がよぎるのをイモジェンは垣間見た。「ああ、いまは四人きょうだいになった。でも、あまり親しくはないんだ。昔とちがって」

彼の言い方が気になった。「いま、は？　亡くなられたきょうだいがいるの？」

「そうだ」もごもごとした声だった。「弟だ。もうずっと昔の話だけどね」

イモジェンは彼の腕に触れて慰めたくなった。けれど、彼は不意に落ちた暗い雰囲気をふり払うようにして笑顔を向けてきた。「さて、今夜エイヴリー卿はどんな楽しみを提供してくれるのかな？」

唐突に話題が変わって、イモジェンは目眩を感じた。彼が手を差し出した。イモジェンはその手をぼんやりと見つめたあと、演目表を渡した。

張り詰めた空気を彼が簡単にふり払えるのなら、わたしだってできる。彼がきょうだいの話を続けたがっていないのは明らかだ。イモジェンは背筋を伸ばし、彼の手のなかにあるクリーム色の厚紙に目を向けた。「イタリアからソプラノ歌手を招いたそうよ」

「ほんとうに？」彼がぼそりと言う。「その歌手はたしかにイタリアから来たのか、それともこの前の歌手と同じくグロスターシャー経由でイタリアから来たのか、どっちだろうね」

彼が流し目をくれると、イモジェンは思わず漏れそうになった忍び笑いをこらえた。

「嘘でしょう」

「嘘じゃない」もっともらしい顔でうなずく。「だが、口外無用だぞ。エイヴリー卿は完全にだまされているみたいだからね。彼女のあのひどい訛りにどうして気づかないのかは謎だが」

イモジェンは笑った。「正直に言って、その歌手がイタリアから来たのだろうとインドだろうとイースト・エンドだろうとどうでもいいわ。すばらしい声の持ち主だったら、喜んで聴くつもりよ」

「きみは歌うの？」

「どうしても歌わなくてはならないときだけ。めったにないけれど」

ウィルブリッジ卿がにんまりする。「じゃあ、私が無理強いしないとな」

イモジェンはぎょっとした。「ぜったいにやめてください」彼は返事として片方の眉を吊り上げただけだった。彼女はうめいた。「そんなことはしないと約束してください。おおぜいの前で歌わされたりしたら、気絶してしまうわ」

「気絶するって？　まさか。きみはそんなやわじゃないはずだよ、ミス・ダンカン」

ちょうどそのとき、客たちが部屋に入ってきて、席につきはじめた。イモジェンの母と妹がすぐさま近づいてきた。

「ウィルブリッジ侯爵さま」レディ・タリトンが作り笑いをしながら大仰に言った。「ここでお目にかかれるなんてうれしいですわ。先日はうちの応接間にお迎えできて光栄でした。娘のミス・マライア・ダンカンはおぼえておいでですわよね」

ウィルブリッジ卿が立ち上がってお辞儀をした。「マイ・レディ。ミス・マライア。あなた方の席を取ってしまったようですみません」

「とんでもありませんわ」レディ・タリトンはイモジェンの隣りに座った。「ぜひご一緒してくださいまし。でも、下の娘の隣りに座られたほうがいいと思いますわ。そちらのほうがよく見えますから」

イモジェンは顔が赤くなるのを感じた。母の態度があからさますぎたからだ。命令も同然のことばに侯爵は従うだろう。母に逆らう人は多くはないし、逆らったとしても二度めはない。

けれど、彼はふたたびイモジェンの隣りにしっかりと座ったので驚いた。「そちらのほうがいい席なのでしたら、どうぞあなたがお座りください。私のためにいい場所を譲っていただくのは申し訳ないですから」

イモジェンはさっと母を見た。侯爵に断られた母がどんな顔をしているか見たくなったのだ。

レディ・タリトンの微笑みから甘ったるさが少しだけ引っこんだ。「まあ、ご親切にありがとうございます」それっきり黙りこんだが、イモジェンには母の頭がすばやく回転している音が聞こえる気がした。思っていたとおり、いくらもしないうちに母が気を取りなおした。

「イモジェン」突然目をきらめかせて母が言った。「あなたはこちらに来て、マライアをそこに座らせてはどう?」

イモジェンが小さくため息をついて立ち上がろうとしたとき、腕にウィルブリッジ卿の手が置かれてまた座らされ、その拍子にうめき声が出た。レディ・タリトンがはっと息を呑む。

「ミス・ダンカンが演目表を一緒に見ようと言ってくれたので、おことばに甘えることにしたんです。音楽についてはまったくわからないので、彼女が説明すると申し出てくれたのです」

イモジェンの母がフクロウのように目を瞬いた。

「その、もちろんですわ。なんて……気の利く娘かしら」侯爵に向かって困惑したような笑みを見せたあと、部屋の正面に視線を転じる。母の隣りにいるマライアも前を向いたが、その前にイモジェンに向かっていたずらっぽく微笑んだ。

イモジェンが無言でいるあいだに、ソプラノ歌手が位置について歌い出した。その歌声に紛れてウィルブリッジ卿のほうへ少しだけ身を寄せ、演目表に視線を落として説明しているふりをした。彼が如才なく意図を察し、やはり身を寄せた。

「どうやってあんなことができたの?」小声で言う。

彼はわざとわからないふりをして目を見開いた。「あんなことって?」小声で返し、そのあとにやりと笑ったので芝居が台なしになった。

「すごいわ。あなたの半分でもうまく母をあしらえたらいいのに」

「意表を突けばいいだけなんだ」ささやいているのに権威者みたいに聞こえるのがなぜだか、イモジェンにはわからなかった。「相手を不安定にさせ続けるんだ。そして、話をそらして、そらして、そらす」

イモジェンは眉をくいっと上げた。「それがあなたの秘密？　愛想をこれでもかというくらいふりまくことかと思っていたのに」

彼はウインクをして歌手に注意を戻した。「まあ、それもあるかな」

イモジェンは呆れて頭をふった。

不意に右腕をきつくつかまれた。イモジェンは危うく大きなあえぎ声を出すところだった。さっとふり向くと、母がおそろしい形相をしていた。

「いったいなにをしているつもりなの？」レディ・タリトンが激しい口調の小声で言った。

イモジェンは感情を消していつものおだやかな表情を繕った。「なにも、お母さま」

「ウィルブリッジ卿にばかなまねをしてもの笑いの種になっているのよ。彼を独り占めしてなにがしたいのかしら。彼はマライアのお相手にと思っているのに」

そんなことはとうの昔に知っていたわ。イモジェンはそう思いながら、懸命におだやかな表情を保とうとした。母の肩越しの一点に視線を据えていると、目の奥が痛み出したけれど、薄暗い照明だとか眼鏡をかけていないことが原因ではなかった。

「わかっていると思うけれど、彼はそういう意味であなたに関心を持っているわけではないのよ」娘が無言で落ち着いているのを見て、レディ・タリトンはますます怒りを募らせていくようだった。「いまのうちにそれをしっかり頭に叩きこんで、あとで胸の張り裂ける思いを味わわないようにしなさい」

長広舌がやっと終わると、イモジェンはゆっくりと前に向きなおった。

そうよね。胸に痛みをおぼえている自分に驚きながら、イモジェンは思った。彼がわたしに関心を持っているなんてありえない。この先もずっとそうはならない。

6

一週間後、イモジェンは家族とともにノールズ家の毎年恒例のハウス・パーティへと旅立った。ロンドンを発つ馬車内の全員がしょぼつく目であくびをしていた。斜めに射しこむ暁光が、疲れた顔にあたっている。とはいえ、ばかみたいに早く出発すると言って譲らなかったレディ・タリトンにはだれも逆らおうとしなかった。この一週間ずっと、彼女はウィルブリッジ卿を独り占めしたとイモジェンを咎《とが》め、彼がマライアに関心を向けてくれなかったと嘆いてばかりだった。結婚相手を探している女性たちのだれよりも先に到着することでレディ・タリトンが満足するのであれば、夜明けとともに起きるのも全員が厭《いと》わなかった。

家で絶えず説教されていたにもかかわらず、イモジェンはこれまでになく幸せだった。ウィルブリッジ卿が毎晩欠かさず彼女のもとへやってきてくれたからだ。舞踏会だろうとカード・パーティだろうとオールマックスだろうと、笑みを浮かべた彼がイモジェンを待っていた。ダンスをしたり、話をしながら散歩をするだけで、礼儀にもとるほど長く一緒に過ごしたわけではなかったが、イモジェンにとっては最高にすてきで、楽しみな時間だった。

ウィルブリッジ侯爵のような地位と外見の男性に惹かれる理由がわからなかった。でも、幸せを感じるのに理由を理解する必要などないのでは？　彼も自分と同じように孤独なのかもしれない。彼みたいな人でもときには寂しくなり、刺激や不節制にうんざりし、ただの友情が欲しくなるのかもしれない。

いま、自分は一週間にわたるハウス・パーティへ向かっていて、ウィルブリッジ卿も来る予定になっている。背筋を興奮が駆け上る。これは友人に感じる浮き浮きした気分とはちがうかもしれない、と不安になる。その興奮は日に日に強くなっていた。彼が自分になんの思いも抱いていないことをしっかりおぼえていなければ、その興奮は危険なものになりうる。

毎日自分にそう言い聞かせなければ、いとも簡単に心を奪われてしまいそうだった。そう思ったら、いつものように胸のあたりがちくりと痛んだ。けれど、そんなのはばかげていた。彼と恋に落ちるつもりなどないのだから。

不安な気持ちが忍び寄ってきた。ううん、彼に恋をしかけているなんてありえない。そうなるのは愚かなことだ。ぜったいにそうはならない。彼はお友だちというだけ。

けれど、胸の奥深くではこうささやく声がしていた。心がその気になれば、頭にはそれを止められない、と。

そんな声を遠ざけておこうと、イモジェンは訪問先の屋敷について聞いた話を思い出すことに意識を集中させた。チューダー王朝時代の建物は、建築された当初から外観は変えられていなかった。異なる時代の様式を使った改装は行なわれていない。だから、三百年前とほとんど同じに見えるはずだ。そして、何エーカーも広がる庭園は、その美しさにおいて屋敷に引けを取らないと言われている。

イモジェンは小さく吐息をついた。しっかり見られたらよかったのに。けれど、屋敷に到着する前に眼鏡を片づけ、ロンドンへの帰路につくまで出してはならないと母からすでに命じられていたのだった。眼鏡を押し上げる。一週間もの長いあいだ眼鏡なしで過ごすと思っただけで、目の奥になじみの痛みを感じていた。

まるで合図を受けたかのように、母の鋭い声が馬車内に響いた。「イモジェン、お願いだから眼鏡をしまってちょうだい」

イモジェンはもの思いからはっと覚め、反射的に細縁眼鏡をはずしかけたが、そこで手を止めた。かけたままでいたらどうなるだろう？　ついに母に立ち向かい、人のいるところでもかけたままでいたいと言ったら？　母に逆らうことの不安と、周囲の世界の美しいものを見てみたいという奥深くの願望がせめぎ合い、つかの間指が震えた。

しばらくして願望が勝った。上げた手をきっぱりとひざに戻す。「パルトニー・マナーはとても美しいと聞いているから、近くでよく見てみたいわ」ゆっくりとおだやかな口調だった。

レディ・タリトンは何度か目を瞬いたあと、唇をきつく結んだ。「いいでしょう。でも、馬車が停まる前にはずしなさい。まったく、だれかに見られるかもしれないのよ」

イモジェンはさっと窓の外に目を向け、なぜかこみ上げてきた笑いをぐっとこらえた。だれかに見られる？　なんて皮肉なの。

エイヴリー卿の音楽会で母をすばらしく巧みにあしらったウィルブリッジ卿が頭にぱっと浮かんだ。もしわたしが同じようにしたらどうなるかしら？　そのほうが家族全員が暮らしやすくなるからと、母の命にはいつも従ってきた。人前で眼鏡はかけるなと命じられれば、頭がひどく痛くなるにもかかわらず、言われたとおりにした。仕立屋では母が采配をふるい、イモジェンの立場にふさわしいと考える色やデザインを選び、イモジェンはそれがぞっとするほど似合わないと知りつつ、自分の好みのドレスにしたいと我を張るほどでもないと思って黙っていた。なぜなら、レディ・タリトンの機嫌が悪いときは、屋敷中がそれを感じるからだ。

でも、これまでの方法で日々がよくなるとはかぎらないとわかるようになった。ほんとうにひょっとしたらだけれど、たとえ一時的に後退するはめになったとしても、人生のちょっとしたことだってたいせつなのかもしれない。少しだけ押し返すころ合いなのかもしれない。実家で一生過ごす運命だとしても、それが不幸せな人生でなければならないと決まったわけではない。きょうだいたちはじきに成人して結婚し、イモジェンひとりだけが両親と一緒に残ることになるのだから、そうなる前に自己主張をはじめなければ、一生惨めに過ごすことになりそうだ。

人前で眼鏡をかけているために戦うなんて、いろんな意味でばかげている。それでも、それが第一歩だ。それに、母のことならよくわかっている。今回のような些細なことでも、それ自体が戦いなのだ。眼鏡戦争だわ。イモジェンは小さく笑った。ただ知らんふりして眼鏡をかけたままでいたっていいのかもしれない。けれど、母が大好きだったし、その母に反抗するのはどうあっても気が引ける。

それでも、近ごろは自分のくすんだ世界にすばらしい彩りが添えられるようになった。これまで持ったこともないような友だちができて、その人が自分に会いたがってくれ、ともに笑ってくれ、将来のない売れ残り以上の存在に感じさせてくれた。自分を取り巻く世界を見て楽しみたいという気持ちが強くなってきたのがわかったけれど、眼鏡がなくてはそれがますますむずかしくなってきてもいた。見るものすべてがぼんやりしている世界で半分しか生きていない状態には、ほとほとうんざりだった。

少なくとも、この小戦闘には勝った。イモジェンは周囲を貪るように見つめ、ノールズ家の敷地の端にある門番小屋、並木の私道、地面近くで咲いている色とりどりの野草を見ていった。そんな風景が永遠に続くように思われ、名だたる荘厳な屋敷が見えないかと首を伸ばした。

不意に木々が途切れ、赤煉瓦ときらめく縦仕切り窓の屋敷が遠くに姿を現わした。中央の玄関上方に大きな時計塔がそびえ立ち、金色の金具が陽光を反射している。お仕着せをまとった使用人数人が、弧を描く石階段の上で待っていた。起伏のある芝が環状の馬車まわしの両脇に広がっている。そしてそのまん中では、大海蛇の形をしたみごとな大理石の噴水が上空高く水を噴き上げていた。

「まあ」イモジェンがため息に乗せて言う。マライアもその光景をよく見ようとしてくっついてきた。

「なんてすてきなお屋敷なのかしら。あちこち探索してまわりたいわ」

「やめてちょうだい」レディ・タリトンが割りこんだ。「納屋で育ったのかと思われるでしょう。ヒルヴュー・マナーはばかにするような屋敷ではなくってよ」

「もちろんよ、お母さま」マライアがなだめにかかる。「でも、はじめて見るほかの場所には、いつだってすばらしくて刺激的なものがあるでしょう」

イモジェンはふたりのやりとりにくわわらず、風景を隅々まで堪能していた。屋敷の正面を三階までさっと見上げ、そこに並んだ窓を見ていく。ウィルブリッジ卿はもう来ているのかしら。いま見上げている部屋のひとつにいるのかしら。到着したわたしたちを見ているのかしら。彼のことを思うといつもの高揚感に襲われ、朝食のときに会ったり、一緒に出かけたり、夕食後に応接間でゲームをしながらくつろいでいたりする光景が勝手に浮かんできた。

母の声が割りこんできて、きびしい現実が楽しい空想場面を追いやった。「もうたっぷり見たでしょう。馬車が停まりそうよ——いますぐ眼鏡をしまいなさい」

イモジェンはしぶしぶ眼鏡をはずして手提げ袋に入れた。座席に背を預けてふっと吐息をつく。頭に浮かんだあんな場面が実現することはないのよ。そういう人生を送る夢を見るのはすてきだけれど、自分には自分の居場所というものがあって、ゲームやお出かけなどにくわわることはないの。けれど、馬車がガタンと揺れて停まり、扉が勢いよく開けられたとき、自分の置かれた状況がちがっていればよかったのに、とはじめて思った。

好天に恵まれたが、ケイレブはもう少し早く出立していればと思った。いや、もっと早く、だ。それでも、もう正午過ぎで先はまだ長いとはいえ、暑すぎはしなかったので助かる。こらえきれない幸福感で胸が膨らみ、陽気な曲を口笛で吹きはじめた。側仕えを荷物と一緒に先に送り出し、自分たちは馬で旅すると決めたことや、遠縁にあたるフレデリックが社交シーズンのはじまった直後にハウス・パーティを開くという良識を持っていてくれたことに感謝した。概して前途洋々のすべり出しだ。

口笛をじゃまするうなり声がした。「そのいまいましい騒音を止めてくれないか？　頭が痛くなってきた」

ケイレブはにやりとトリスタンに笑いかけ、曲の最後にとんでもなく高い音を出した。トリスタンがたじろぐ。「どうしてそんなに浮かれているんだ？」

ケイレブが肩をすくめる。「いい天気じゃないか。ほかに理由が必要か？」

トリスタンは頭をふり、視線を道に戻した。「きみらしくもない」

モーリーが馬をにじり寄せてきた。「ばかだなトリスタン、ゆうべ――というか、早朝まで か――あんなに飲みすぎなかったら、ケイレブが上機嫌なのはノールズの屋敷で待ってい るある女性のせいだとわかっただろうに」

トリスタンの顔にようやく理解の色が浮かんだ。「そうか、ミス・イモジェン・ダンカン もハウス・パーティに来るんだったか？」

曇天の日の太陽のように、ケイレブの笑みがすばやく消えた。「何度説明すればわかって くれるんだ？ ミス・ダンカンにはなんの意図も持っていない。一緒に過ごすのを楽しんで いるだけだ。彼女には新鮮みがあるから」

「よく言うよ」モーリーがあざ笑う。

「真実だ」ケイレブは歯を食いしばりながら言った。

「きみは惑わされているんだ」モーリーが言い返す。「きみみたいな男はひと晩でそこまで 大変身しない」

「どうしてわかるんだ、モーリー？」

「私も同類だからだよ、ウィルブリッジ」のんびりした口調だ。「イートン校時代からきみ を知っている。あのころから、きみは一度だって変わらずにきた」モーリーは不意に気まず そうになり、トリスタンと心配そうな視線を交わしてから咳払いをした。「すまない」もご もごと言う。

ケイレブは顎をこわばらせた。ふたりがなにを考えているか手に取るようにわかっていたので、なかなかことばが出てこなかった。ジョナサンが亡くなった日、彼らもその場にいたのだ。ふたりはあのときのおそろしさも、あれ以来ケイレブがどんな思いをしてきたかも知っている。

「謝らなくてもいいさ」作り声で返事をした。

忘れたほうがいい過去の記憶を掘り起こした張本人のモーリーが続けた。「最近のきみは友人もいつもの女性たちも避けている。モーレッジ邸の舞踏会でヴァイオレットの誘いをあからさまに無視しただけでなく、あれ以来彼女のもとを訪れていないだろう。それを言えば、彼女以外の愛人のところにも行っていない。すべての兆候があるじゃないか」

ケイレブは鞍の上で少し身じろぎし、無頓着な口調を試みた。「ばかを言うなよ。なんの兆候だ？」

「きみはもう半分以上ミス・ダンカンと恋に落ちているって兆候だよ」トリスタンが言い、モーリーもうなずいた。

「私はミス・ダンカンに恋などしていない」ケイレブは叫ばんばかりだった。驚いた鳥が、沿道の茂みから羽ばたき出てきた。

「思うに、彼は躍起になって否定しすぎる」モーリーがぼそりと言う。

ケイレブはいらだちの息を吐いた。「女性の友人を持つことはできないのか？」

「ああ」ふたりが異口同音に言った。

ケイレブが彼らをねめつける。

トリスタンが片手を上げた。「気をつけてほしいだけなんだ」

「気をつける」ケイレブがばかみたいにくり返す。

「そうだ」モーリーが答える。「気をつける、だ。きみが彼女に関心を持つ理由をわかったふりはしない。退屈を解消してくれる新奇な存在ってだけなのかもしれない。おい、怒るなよ」ケイレブが低く悪態をついたのだ。「彼女に感じているものが友情だけにせよ、紳士が未婚女性と友人として親しくなれないのはわかっているはずだ。人がうわさをしはじめ、きみに求婚をするつもりがないとわかれば彼女は破滅する。そこまでいかなくても、確実に笑い物になる」

ケイレブはことばを発する自信が持てず、長々と黙りこんだ。そして、ついにぶっきらぼうに言った。「考えてみる。約束する。これでいいか？」

後悔するようなことを言ってしまう前にと、馬に速度を上げさせてふたりの友人を置き去りにした。どうして彼らは私の人生において唯一の純粋で清らかなものをいやらしい目で見ようとばかりするのだ？

けれど、自分には純粋で清らかなものに触れる権利がもうないのかもしれない。昔の苦痛に貫かれ、それとともにあまりにも早く閉じてしまった目や、いくらこすっても血が取れない自分の両手、愛する者たちの顔に刻まれた悲嘆の光景が望んでもいないのに浮かんでしまった。

自分があんなに残酷でなければ、弟はいまも生きていたはずだ。ジョナサンを失ったことで、人生のすべてが変わってしまった。しかも、影響を受けたのはケイレブひとりだけではない。生前の父はそれを否定するためにできるかぎりのことをした。母はいまでも、あれはケイレブのせいではないと説得しようとする。だが、ケイレブにはわかっていた。常に心に罪悪感を抱いていた。だから、苦痛を精一杯遠ざけておく生き方をしてきた。

イモジェンに出会うまでは。

彼女だけが、暗い魂を抱える彼に心の平穏をあたえてくれた。けれど、その平穏を求めるあまり、彼女の評判を取り返しのつかないほど傷つけるかもしれない可能性が見えなくなっていたのだろうか？

自分勝手な行動のせいで人生をめちゃくちゃにされた人々の列に、イモジェンも入れられてしまうのだろうか？

ケイレブはまともに考えられなかった。自分の不幸は彼のせいだと非難する人たちの顔が次々と浮かんだ。だが、いまはそんなことにかかずらっているときではない。こんな思いに頭を占領されていては、イモジェンをどうしたらいいか考える助けにはならない。

ケイレブは荒々しく頭をふった。目前の道に意識を集中し、全速力で馬を走らせる。体と心が疾走に合わせていくうちに、過去の記憶が消えていくのをあたかも遠くから眺めているような感覚になった。

7

その日の後刻、ケイレブは、金色や赤紫色の使われた優美な応接間で晩餐前に集まっている人々から離れて立っていた。ノールズ家のハウス・パーティへの招待を断った人はひとりもいないかのようで、応接間ははちきれんばかりにいっぱいだ。それなのに、イモジェンがいないことを強烈に意識していた。

彼女が入ってきたときの反応も強烈だった。胸が膨らみ、肩が軽くなったのだ。実際、周囲の空気が濃度を薄めたように感じられた。しかし、まっすぐそばに向かいたい気持ちをこらえ、必死でその場から動かずにいた。それでも、視線だけは彼女から引き剝がせなかった。イモジェンはいつもどおり、星屑のなかに浸っていたかのごとく輝く妹の陰になっていた。だが、ケイレブには彼女しか見えないのだった。

なかなかたいへんだったここまでの道中で、自分が彼女に惹かれている件について深く考えた。トリスタンとモーリーに注意されて最初はかっとしたものの、たしかにイモジェンに対する自分の気持ちを批判的に見つめる必要があると気づいた。彼女はなぜここまでの影響を自分にあたえるのか？　彼女のなにが自分を惹きつけるのか？　だが、自分の心を一時間探っても、答えはまるでわからなかった。いま、イモジェンを見つめながら、午後中ずっと思考の縁にあった問いを敢えて考えた。私は彼女を欲しているか？

もちろん、彼女はケイレブがいつも相手にしている女性とはちがっていた。自分よりも性的な技巧に長けたふくよかで官能的な女性に惹きつけられる傾向があった。けれど、イモジェンはそういった類の女性ではない。出るべきところは出て、引っこむべきところは引っこんでいるものの、小柄でもの静かだ。全身からおだやかさと純潔さと無垢さが発散されている。

そのとき、いつものように目を細めた彼女がケイレブに気づき、小さく笑みを浮かべてきた。あの目。お辞儀をして、部屋の反対側で意地悪な母親の隣りに行く彼女を見つめながら、あの目のなかで溺れたいと思った。あの目の深みのなかで全宇宙が見つかったのだ。あのすばらしい碧青色の目が自分に向けて微笑んでくれたときほど、過去の呪縛から自由になれたと感じられた経験はなかった。

私は彼女を欲しているか？　あいにく、答えはイエスのようだった。それについて考えているいまでも、あの最初の晩に彼女から盗んだ口づけをいきなり思い出して体がこわばった。抱きしめた体はやわらかく、驚きにしどけなく開いていた唇は美酒のように甘かった。なにをおいてもまた彼女にキスをしたいと思った。

その思いが浮かんだとたん、実際にはっとひるみそうになった。相手はイモジェンなんだぞ。彼女は自分の友人で、無垢で、ぜったいに手を出してはならない女性だ。

トリスタンとモーリーなど地獄に堕ちろ。ふたりはケイレブにとって最高の喜びとなったものをぶち壊したも同然なのだから。もう二度とイモジェンを以前のように見られなくなってしまった。自分の気持ちに気づいてしまったいま、彼女との関係を続けられるわけがない。

実際、やましさを感じずに彼女と会い続けるなどできなかった。認めるのは癪だが、トリスタンとモーリーの言うとおりだ。彼女に関心を示し続け、それ以上先へ進まなければ、ケイレブはイモジェンをもてあそんだのだと上流階級の全員が考えるだろう。社交シーズンの残りの期間だけでなく、さらにそののちも、彼女は笑い物になってしまう。

そのとき、ミス・マライアがイモジェンの腕に腕をからませて耳もとでなにやらささやいた。イモジェンはまっ赤な顔になり、視線をそらしたままささやき返した。ミス・マライアがケイレブにちらりと目を向けて小さく微笑んでから、姉のイモジェンに向きなおった。

ケイレブの気持ちが沈んだ。自分とイモジェンのあいだに友情以上のものがあると近しい人たちが信じはじめているのなら、上流社会のほかの人たちがそうなるのも時間の問題だろう。

自分のことだけを心配していればいいのなら、他人にどう思われようとかまわず、考えを改めはしなかっただろう。社会の規範に屈したことなどなく、この先もそうするつもりはない。だが、すでにじゅうぶん悲しみを味わっているイモジェンもかかわっている。自分のわがままのせいでさらに悲しませるわけにはいかない。どれだけつらくとも、彼女から離れなければ。

ケイレブは顎をこわばらせてイモジェンに背を向け、近くで寂しそうにしている未亡人のほうへ断固とした足どりで向かった。きびすを返してイモジェンのそばにいきたい気持ちを懸命にこらえながら。


晩餐が進むにつれ、イモジェンはどんどん料理の味を感じられなくなっていった。ウィルブリッジ卿は、混み合った応接間のあちらとこちらで目が合ったあと、一度も彼女を見なかった。彼は、濃いサファイア色の繊細なシルクのドレスから胸がこぼれ落ちそうになっている、目の覚めるような女性のところへ行った。そのあとは、赤褐色の巻き毛を完璧に際立たせるエメラルドグリーンの美しいドレスの女性と一緒だった。いまはブロンド女性の隣りに座っている。眼鏡がなくても、ウィルブリッジ卿が相手をとろけさせる笑みをその女性に向けているのがわかり、大きなマホガニーのテーブルの半分ほども離れているイモジェンのつま先が丸まった。彼のほうを見ないように努めたけれど、彼が楽しそうな笑い声をあげたり浮ついたそぶりをするたびにそちらに目が行ってしまった。

イモジェンの向かい側に座っているマライアは、困惑を隠そうともしなかった。両側の紳士を無視し、募りつつあるいらだちをこめて侯爵をにらんでいる。ときおり信じられないという思いをこめてイモジェンを見たあと、また上座近くに視線を戻すのだった。

ポート・ワインを楽しむ男性たちを残して女性陣が応接間に戻るころには、マライアは怒り心頭に発していた。彼女はすぐさまイモジェンを脇に引っ張っていった。

「ウィルブリッジ侯爵はどうしてしまったの？」嚙みつかんばかりの勢いだ。

イモジェンは周囲を見まわし、だれも、特に母が声の届く場所にいないのをたしかめた。

「どうもしないわ。落ち着いて」

「でも、今晩はずっとお姉さまを無視しているじゃないの」

「わたしは彼のただひとりのお友だちじゃないのよ。それに、わたしにべったりつきまとったりしたら、人のうわさに上ってしまうでしょう」

マライアが腹立たしげに息を吐く。「まあ、たしかにそうね」曖昧に言った。

「そうよ」マライアの肩からこわばりが少しだけ抜けて、イモジェンはほっとした。けれど、ふたりして母のところへ行く途中で、マライアに腕をつかまれた。

「でも、彼がいちゃついていた女の人たちを見たでしょう！ イモジェン、彼の仕打ちはあんまりだわ」

「マライア」いらだちのにじむ声になった。「彼の評判はずっと前から知っていたじゃないの。あの人は修道士じゃないのよ」

マライアはしばし姉を見つめたあと、ぷっと噴き出した。「ええ、そうね」

女性たちが落ち着くのを見計らい、レディ・ノールズが立ち上がってみんなの注目を集めた。「みなさん、わが家においでいただきありがとうございます。社交シーズンがはじまったばかりの時期に、一週間という短い期間にせよロンドンをあとにさせるなんて、無作法きわまりないのは重々承知しています」

低いささやきが広がった。たとえ社交シーズンまっただなかに催される六週間のハウス・パーティだったとしても、この場にいる女性のだれひとりとして招待を断らなかっただろう。ノールズ家のハウス・パーティは短いながらも催し物がたっぷり用意されていて、最終日には仮面舞踏会も開かれるため、毎年だれもが楽しみにしていて、招待状をもらうのもひと苦労なのだ。招待を受けられなかった若い女性の多くは、がっかりして気絶するくらいだ。

レディ・ノールズが女性たちの顔を見ながら鷹揚に微笑んだ。「今夜は敷物を片づけて即席のダンス・フロアを作りましょう。サー・フレデリックがウィーンから招いたピアニストが、わたくしたちのために演奏してくださいます。明日は、ここからそう遠くないところにある中世の廃墟でピクニックをする予定です。歩きたくない方たちには、ここでアーチェリーなどを楽しんでいただければと思います」

だらだらと続くレディ・ノールズのおしゃべりを、イモジェンは聞くともなしに聞いていたが、廃墟ということばには心を惹かれた。ウィルブリッジ卿の不可解なふるまいでふさいだ気持ちを脇に押しやり、明日のお楽しみについて考えることにした。ひょっとしてひょっとしたら、彼に無視されているのではないかという疑念がまちがっていたとわかるかもしれない。

イモジェンが座っている場所は垂れ下がった柳の枝がベールのようになり、芝生のあちらこちらに敷いた毛布から立ち上がった人たちから隠してくれていた。食事を堪能した彼らが、絵のように美しい中世の修道院跡を歩きまわっている。苔むした石壁が、女性たちの色鮮やかなドレスやボンネットの美しい背景となっていた。

けれど、そんなすべてもイモジェンにとってはいつものようにぼやけていた。従僕たちによって籠や毛布が準備され、廃墟へ出発するというとき、イモジェンはふたたび眼鏡戦争を戦った。そしらぬ顔で眼鏡をかけたままでいれば、周囲に気を取られてなどいないというふりをしている母に気づかれないかもしれないと期待した。けれど、すぐに母がそばに来て顔を寄せ、激しい口調の落とした声で言った。

「イモジェン、いますぐそれをはずしなさい」マライアと同じ澄んだ青い目は氷のように冷たかった。

「かけたままでいたいの、お母さま」体の前で両手を拳に握る。

「いけません。どうしてお父さまがそんなものをあたえたのか、理解に苦しむわ」

「よく見えるようになるからよ」皮肉のこもった声だった。母の目が丸くなる。

「いったいどうしてしまったのやら。反抗的な娘に育てたおぼえはありませんよ。いいから言われたとおりに眼鏡をしまいなさい」

イモジェンはとうといやいやながら従った。気に障る眼鏡がしっかりとしまわれると、レディ・タリトンは友人たちのもとへ行った。

せっかくすばらしい風景が見られると楽しみにしていたのに、これでぼんやりとしか見えなくなった。でも、ロマンティックな濾光板《ろこうばん》越しに見ていると思えば、色がにじんだ風景も幻想的になってすてきかもしれないわね、と苦々しげに思った。木陰から目を細め、組になって探索する人々を見ていく。サー・フレデリック・ノールズの長男であるミスター・イグナティウス・ノールズと腕を組んで廃墟のなかを歩いているマライアを見つけた。

視野の隅に突然、今日ずっと痛いほど意識していたウィルブリッジ卿の赤銅色の髪が飛びこんできた。彼は体をかがめて石のアーチをくぐり、小さいけれどほとんど崩れていない建物のなかに入っていった。彼はどうやらひとりのようで、イモジェンは驚いた。

彼女は唇をぎゅっと結んだ。昨夜の彼はまさに女たらしだった。彼の奇妙な冷ややかさはましになるどころか、夜が更けるにつれてひどくなっていった。ポート・ワインを飲み終えた男性陣が応接間の女性たちにくわわると、彼は洗練された女性全員といちゃついた。常に女性のそばにいた。そしてダンスがはじまると、ロンドンの舞踏室よりも気を張らない場であるのをいいことに、次から次へと相手を変えて踊った。イモジェンは母の隣りで部屋の隅から眺め、彼がちらりと目を向けもせずに通り過ぎていくたびに胸のうずきを感じてしまう自分を叱った。

彼の奇妙な態度は今朝も変わらなかった。一度だけイモジェンを見たけれど、目は微笑んでおらず、会釈はそっけなかった。彼が顔を背けると、イモジェンは胸が潰れるのを感じた。なんの予兆もなく、彼はイモジェンに対していきなり上流社会のほかの男性たちと同じ態度になった。ずっと退屈しのぎに彼女を利用していただけの、心底下劣な人だとは信じられなかった。彼は残酷な人ではない。直感的にそう感じていた。それならなぜ急にあんな風にふるまうようになったのだろう？

腹部でゆっくりと熱いものが燃え出した。頻繁に感じるものではなかったけれど、それがなにかはすぐにわかった。怒りだ。彼にものすごく腹が立っていた。友だちというのは相手をこんな風に扱わない。友だちはほとんどいなかったけれど、自分の名前を知っているのと同じくらい確信があった。

なにも考えずにイモジェンは立ち上がった。さっと周囲に目を走らせる。母がこちらに背を向けておしゃべりに興じているのを確認すると、垂れた枝のベールを押しのけて、ウィルブリッジ卿を最後に見た方向へとすばやく向かった。

8

正気を保つには、廃墟を散策する人たちから離れる必要があった。だれも彼もから忘れられた青白い幽霊のようなイモジェンを思い出し、ケイレブの気持ちがかき乱された。自分も彼女を無視したひとりだったことに罪悪感をおぼえる。柳の枝の下にひとりきりで座る彼女は途方に暮れているようだった。近づいていって、あの悲しげな目に微笑みをもたらしたくてたまらなかった。

だが、離れていなくてはならなかった。崩れた壁を通り過ぎ、廃墟のあちこちにある大きな石のアーチをくぐっていきながら、ロンドンに戻るべきかもしれないと考えた。偶然視線が合ったとき、その目に傷ついた色が見え、彼女の悲しみを全身で感じたのだった。やはりロンドンに帰るのが最善だろう。ふたりのどちらにとっても。

なにをどう決めようと、結局は彼女を傷つけてしまうことが運命づけられているようだった。イモジェンと友だちでい続ければ、彼女の評判がいわれもなく傷つく危険を冒すことになる。背を向ければ、ふたりの友情が裏切られたと彼女に思わせてしまうことになる。ケイレブは悪態をついて小石を拾い、いまくぐってきたアーチに思いきり投げた。

「きゃっ！」

ケイレブははっとして、狭い空間に響いた女性の悲鳴がしたほうを見た。ちょうどそのとき、太腿をさするイモジェンが姿を見せた。すたすたと向かってくる彼女を、ケイレブはただあんぐりと凝視するだけだった。

「あなたの気持ちがそんな風だと知っていたら、追いかけてこなかったわ」眉間にしわを寄せて不平がましく言った彼女が、少し手前で足を止めた。今朝の傷ついた表情ではなく、唇をきつく結んだ怒りの表情を目にして、ケイレブは驚いた。

「申し訳ない」口ごもりながら言う。この新たなイモジェンにどう接していいのかよくわからなかった。

「申し訳ないですって？」以前と変わらないやわらかな声ではあったが、そこにはどこかこわばったものがあり、ケイレブは内心たじろいだ。「そうね、たしかに謝ってもらうべきだと思うわ。いまのことだけでなくね」

ケイレブは警戒気味のまなざしになった。こんな彼女は見たことがなかったし、彼女にこんな面があるとも知らなかった。イモジェンはいつだっておだやかで、感情的にならなかった。ミス・イモジェン・ダンカンにこれほどの怒りをあらわにできるとは、だれも思っていないだろう。

「どうしてわたしを無視していたの、侯爵さま？」

イモジェンのもとへ急いで両手を取ったのは、その質問のせいではなかった。声が少しだけ詰まり、唇がかすかに震えていたからだ。彼女はたしかに腹を立てている。だが、傷ついてもいた。肩をいからせ、顎を突き出しているようすから、彼に対峙するためにありったけの勇気をかき集めたのだとわかった。さっき決意したとおりにここから逃げて彼女とのかかわりを断つべきなのに、そうできなかった。こんな風に彼女が目の前にいては。

「すまなかった」ケイレブは彼女の手の甲をなでながらぼそりと言った。「最善のことをしようとしているんだ」

「わからないわ」イモジェンは手を引っこめようとはしなかったが、その手が震えているのにケイレブは気づいた。

どう説明しろというのだろう？　結局は端的に答えればじゅうぶんだと気づく。「私たちの友情を詮索する人間がいたんだ。友人たちが疑問視しはじめた。じきに上流階級のほかの人たちもうわさをはじめるだろうと思った」

「やっとわかってきたわ」口調に冷ややかさがこめられていた。「あなたはわたしたちの友情がもたらす波紋に気づいたというわけね。うわさになって、わたしみたいな人間と友だちになったせいで、貴族仲間の目にご自分がどう映るかが心配になったのでしょう。これ以上説明していただく必要はないわ」イモジェンが手を引き抜こうとしたが、ケイレブはしっかり握って放さなかった。

「そうじゃないんだ」険しい声だ。「まったくちがう。どうして卑下ばかりする？　私がきみをたいせつな友だちだと思っているのはわかっているだろう」

「おことばを疑って悪いけれど、この二日間のあなたのふるまいはそれが嘘だと証明していたわ」

どっと襲ってきた怒りのせいで、ケイレブの視野が暗くなった。「自分のためでなく、きみのためだったんだ」

イモジェンがあざけるように眉を吊り上げた。「わ、わたしのため？　ずいぶんおもしろい言い訳だこと。だって、あなたに無視されてもいいことなどなにもなかったのですもの」

「聞いてくれ」忍耐を失いつつある彼がうなるように言った。「私はなにを言われようとかまわない。認めたくないくらいずっと前から礼儀作法の境界をふらついてきて、どんなうわさをされようと気にかけてこなかった。だが、私と親しくなったせいできみがうわさ話で傷つけられるのはがまんならない。私たちの友情に人々が疑問を抱くようになれば、そうなるんだ。ふたりの関係を他人にあれこれ推測されるのはごめんだ」いらだちのため息をつく。「みんなは私がきみをもてあそんだと言うだろう。きみを笑い物にはしたくないんだ」最後は弁解がましくなっていた。

イモジェンの顔を奇妙な表情がよぎったが、それがなにかわかる前に消えた。「言っておきますけれど、わたしはなんと言われようと気にもなりません」

頑なことばを聞いて、ケイレブは怒りを――それに、正直になれば、ちょっとした安堵も——感じた。「気にかけるべきだ。他人のせいで、きみの人生は地獄にだってなるんだぞ。離れていることできみの評判を守ろうとしているんだ」

「それを決めるのはわたしであるべきだと思わない？」彼女の静かな声には、ケイレブがこれまで聞いたことのない鋼《はがね》のように硬い芯があった。「思いもよらなかったあなたとの友情は、この八年間のきょうだいの愛は別にして、最高の喜びをあたえてくれたわ」

長いあいだ眠っていたなにかが胸のなかでぱっと燃え上がるのをケイレブは感じた。「私も同じだ」

「あれをしろ、これを着ろとしょっちゅう指図されているの」イモジェンは激しい口調で続けた。こめかみにあてた手をさっと下ろす。「でもね」ケイレブの目をしっかりと見つめてきっぱりと言う。「だれとお友だちになるかはだれにも指図させないわ」

「だが、きみの評判が——」

「わたしがどんな目に遭うというの？　どこにも招待されない？　無視される？　そういうことにはすでに慣れきっているの。それに、あなたとの友情のせいで罰として田舎に帰されたとしても、全然こたえないわ。だって、田舎暮らしが好きなんですもの」

彼女は耳を傾けようとしていない。ケイレブは懸命に考えたが、思いついたのは彼女には知られたくないものだった。ジョナサンの死に自分が関与していたことを知られ、こちらを見る彼女のまなざしが変わってしまうのはいやだった。それを考えただけで冷や汗が出てきた。だが、なにかしなくては。具体的に話さずとも彼女を遠ざけられるはずだ。修道院の崩れた壁に断罪されているようだった。あのおそろしい瞬間からけっして逃れられない。永遠につきまとわれるだろう。

「イモジェン」ぶっきらぼうにはじめる。「ほんとうの私がどんな人間か、なにをしてきたか、きみは知らない。私はおそろしいことをしでかしてしまったんだ。それがなにかを知ったら、きみは私を憎み嫌うだろう」

　イモジェンの目がやわらいだ。「すべて過去の罪だわ。人間はだれでも後悔する行ないをしてしまうものよ。たいせつなのは、あなたが悔いているということ」

　彼女が、彼女だけが過去から解放してくれるあのすばらしい感覚を味わいつつ、ケイレブは手で顔をこすった。この戦いに負けつつあった彼は、さらに深く探った。イモジェンに話すしかない。

　そのとき、イモジェンが話しはじめた。「あなたとわたしはお友だちよね？」ケイレブがうなずくと、彼女は続けた。「わたしは二十六歳です。でも、これまでお友だちはひとりもいませんでした——あなたと出会うまでは。申し訳ないけれど、そんなあなたを簡単に諦めるつもりはありません。あなたはあっさりわたしに見切りをつけるの？」

　その瞬間、ケイレブの意志が最後のひと欠片《かけら》まで消え失せた。自分の弱さと身勝手さを呪う。イモジェンの手をきつく握って近寄った。「いいや」きっぱりと言う。

イモジェンはその日はじめて笑顔になった。「それなら、この友情を終わりにする理由はないわけよね。そうでしょう?」

彼女の表情がまるで別人のようになった。ケイレブは彼女にキスをしたがっている自分に気づいた。彼女を引き寄せ、この腕で抱きしめ、重ねた唇を感じたいという衝動に圧倒されそうになる。

体が彼女のほうへ寄っていき、心臓が狂ったように早鐘を打っているのを感じる。イモジェンの目が丸くなり、唇が開く。そのとき、思考が優勢になって叫び声をあげた。〝ばかやろう。彼女はイモジェンなんだぞ。ふしだらな女じゃないんだ!〟ケイレブは身震いをして体を離した。

気を落ち着けようと深く息をして、無理やり笑顔を作る。「ああ、そんな理由はない。だが、慎重にならなくては。きみは自分の評判などどうでもいいと思っているかもしれないが、私はそうじゃないんだ」

「わかりました」イモジェンは目をきらめかせ、静かに言った。

ケイレブは彼女の腕を自分の腕にからませ、廃墟のなかを戻っていった。私は自分勝手な男だ、と自己嫌悪に陥る。自分には彼女が必要なのだ、というのが真実だった。この十年ではじめて、イモジェンだけが彼を地上に留めてくれた。彼女といると、いまの自分ではなくあるべき姿の自分になれて、おだやかで落ち着いた気分になれるのだ。ふたりが友だちでい続けるために彼女が上流社会のうるさ型をものともしないのであれば、ケイレブもそうするつもりだ。

彼女に感じる奇妙な欲望の大波などくそ食らえだ。この人生にイモジェンを留めておけるなら、欲望はしっかり抑えこんでみせる。

自分にとってとてもたいせつなもののために戦って陶酔を感じた。イモジェンははじめのうち、自分のなかで輝くすばらしい炎はいずれ消えていくものだと思っていた。けれど、マライアとミスター・イグナティウス・ノールズとともに優美な修道院跡を探索した暖かな午後のあいだずっと、その炎が明るく燃え続けているのを感じたのだった。

その晩、食事のための着替えをしていたとき、眼鏡戦争に向かって例の豪胆さがあふれ出た。

イモジェンは化粧台の前に座り、いうことをきいてくれない髪をなでつけていた。炉棚の上の小さな時計にちらりと目をやると、マライアを呼びに行く時刻になっていた。最後にもう一度自分の姿を鏡でたしかめ、眼鏡をはずしかける。けれど、直前で手が止まった。手をぎゅっと拳に握り、立ち上がって決然とドアに向かう。

廊下に出たとき、ちょうどマライアも部屋から出てくるところだった。眼鏡をかけた姉を見て足取りを乱し、探るようにじっと見つめてきた。

「ようやくというところね」マライアはにこやかに笑って姉の手をしっかり握った。自分を支えてくれる小さな仕草を受けたイモジェンは、背筋を伸ばして両親の部屋に向かった。一瞬だけためらったあと、ノックをする。

「お入りなさい」母の甲高く耳障りな声が聞こえた。

部屋には両親がそろっており、ドアが開くと顔を上げた。

「おまえたち」父の挨拶は上の空だった。「ふたりともすてきだよ」言い終わるより先に、手にした本に戻っていた。

母はもっと冷ややかだった。「なぜ応接間に行かないの？　イモジェン、そのおぞましいものをいますぐはずしなさい」

マライアが安心させるように姉の手をぎゅっと握った。イモジェンの心臓は早鐘を打ち、口のなかはからからに乾いていた。けれど、手強い母といま対決しなければ、この先もずっとそうできないとわかっていた。

「お母さま」静かな声だった。「眼鏡はこのままかけています」

母が目を瞬いた。父ですらが本を置いて顔を上げた。

母の唇がきつく結ばれる。「許しません」

「これがないと見えないの」

母は片手をひらひらとふった。「口答えはたくさん。この話はもうおしまいです。階下に行かなければ」

　イモジェンは妹の手を放して一歩前に出た。「話し合わなければ。ずっと先延ばしにしすぎたのよ」

「話し合うことなどなにもありません。眼鏡はかけさせません」

「かけます」きっぱりと言う。

「よりによってどうしていま怒らせるようなことを言うの？」

「お母さまを怒らせようとしているんじゃないわ」

「もういいわ」嘲笑の口調で言い、部屋の隅の姿見で光り輝くルビーのネックレスを整えた。

「家族の名前に疵《きず》がつくことはぜったいにありませんから。それに、眼鏡をかけていないと頭が痛くなるの」

　イモジェンのことばが聞こえたそぶりを母がまったく見せなかったので、マライアが張り詰めた沈黙を破った。「お姉さまが眼鏡をかけるのを許してあげて、お母さま」

レディ・タリトンは鏡越しに下の娘を見た。「世界はどうかしてしまったの？」だれにともなく言う。

　そのとき、タリトン卿が口を開いてみんなを驚かせた。

「いいかげんにしないか、ハリエット。眼鏡くらいかけさせてやればいいだろう。だれかを傷つけるわけでもあるまいし」

母はこれまで以上に背筋を伸ばし、顎を少し上げた。「なるほど、みんなでわたくしに逆らうわけね。よくわかりました」氷のような目をイモジェンに向けて嚙みつく口調で言う。「かけたままでいればいいわ。でも、そのせいでマライアの縁談に影響が出るようだったら、全部あなたの責任ですからね」

タリトン卿が吐息をついた。それから立ち上がり、イモジェンのそばに行く。彼女に小さく微笑んで肩をぽんと叩いた。「これで決まりだな」

それだけ言うと、父は部屋を出ていった。母がそのあとに続く。けれど、戸口をくぐる直前に母がこう言うのがイモジェンには聞こえた。「眼鏡をかけていようといまいと、あの子みたいな娘の見た目はどうしようもありませんけどね」

9

イモジェンは胸がびりっと裂けたのを感じた。母は声を落としていたので、父にも妹にも聞こえなかったはずだ。けれど、イモジェンにははっきりと聞こえた。そして、その瞬間、母の言うとおりだと奥深いところで悟った。

大きな枠組みのなかで見れば、人前で眼鏡をかけていられるようになったことなど、笑えるほど些細な変化だった。イモジェンが歩むよう運命づけられている道筋を変えるほどの力はなく、家族の慈悲にすがるしかない将来に変わりはない。両親とともに暮らし、両親が他界したあとはきょうだいたちと暮らす。だれも欲しがらないのに仕方なく炉棚に飾られている、先祖代々受け継がれてきた醜い花瓶みたいに。

マライアがにっこりしてイモジェンと腕を組み、感傷的な思いから引っ張り出してくれた。

「がんばったわね。お姉さまを誇りに思うわ」ささやき声で伝える。

イモジェンはなんとか口角を上げたが、笑みと呼ぶにはほど遠いものになってしまった。それでも、マライアは満足したらしかった。勝ったのだから喜ばなくてはと思うのに、泣きたかった。妹をうらやましく思ったことはなかったけれど、いまこの瞬間は、将来の展望も明るく、人と気軽に接することができるマライアと入れ替わりたくなった。

けれど、将来の展望を持つには遅すぎだ。

一階へと下りながら考える。よすがにできるすばらしい思い出でもあれば、もう少し優雅に人生を歩んでいけるかもしれない。融通が利かない人間ではなく、もっと若いころにいろんな経験をしていたら、夜に心を温めてくれる思い出を持てたのかもしれない。

けれど、彼女にはなにもなかった。後悔しても遅すぎる。そうでしょう？

「きみのミス・ダンカンが眼鏡をかけるなんて知らなかったよ、ウィルブリッジ」

「彼女は私のミス・ダンカンではない」ケイレブは機械的に返事をしたが、友人の言いまわしを聞いて小さな喜びが炸裂したことに衝撃を受けていた。どうしてなのだろうとぼんやりと思いながら、トリスタンの視線を追ってドアに目をやる。そして、凍りついた。優美な眼鏡の奥で大きくてきらめく目をしたイモジェンがそこにいたのだ。

イモジェンといえば、目をつらそうに細めている姿しか知らなかったが、いまはちがっていた。表情がおだやかでやわらかい印象になっていた。部屋の反対側からでも、金属の細い枠が美しい碧青色の瞳を際立たせているのがわかった。

以前だって彼女をかわいらしいと思っていたが、いまの彼女はただただ美しかった。

「似合っているじゃないか」

モーリーの声が割りこんできて、ケイレブは顔をしかめた。「なんだって？」

彼がケイレブの顔の前で手をふった。「眼鏡だよ。美しい装飾品ではないが、彼女に似合っている」

トリスタンが考えこむようにうなずいた。イモジェンを見つめるその顔は、かすかに訝しげだ。「たしかに。これまで彼女の瞳に気づかなかったなんて不思議だな」

ケイレブは、イモジェンを注視している終生の友ふたりの頭をぶつけ合いたいという不意に湧いた衝動を必死でこらえた。私はいったいどうしてしまったのだろう？　ふたりはイモジェンの外見がよくなったと話しているだけで、淫らなことを言っているわけでもないのに。

ケイレブはいま一度イモジェンに目をやった。彼女のほうもケイレブに気づき、ふたりの目が合うと微笑みを浮かべようとした。だが、かわいそうになるくらいうまくいっていなかった。友人ふたりを忘れ、イモジェンの評判を守るという約束も忘れ、さらにはふたりのあいだにいる部屋いっぱいの人たちも忘れ、ケイレブはすぐさま彼女のもとへと向かった。

最初に気づいたのは、彼女の目がどれほど大きいかだった。眼鏡のレンズで瞳の色が濃く見えて呆然としてしまった。無言のままただイモジェンを見つめ、青緑色の信じられないほどの美しさを全身の隅々まで感じていた。

頭がぼうっとしていたが、彼女の顔が悲しそうなことに遅ればせながら気がつく。イモジェンは懸命に隠そうとしていたが、隠しきれていなかった。

「どうしたんだい？」ひそめた声で訊く。

イモジェンは頭をふるだけで、ごくりと唾を飲んだ拍子に喉が動いた。

「話してくれ」

「なんでもないの」けれど、眉間に寄ったかすかなしわが、なんでもなくはないと告げていた。

「きみは女優にはなれないな。知ってたかい？」

驚いてぷっと噴き出した彼女だったが、すぐに重々しい表情に戻った。「ここでは話せないわ」ささやきながら横目で見る。すぐそばで彼女の母親が数人の知人と活発におしゃべりしていた。

イモジェンの表情が突然変化した。奇妙な表情で彼をまじまじと見ている。

ケイレブは身を寄せて片方の眉をくいっとやった。

「あなたにお願いがあるの」声を落としたまま言う。「晩餐のあとにオレンジ温室で会ってくれます？」

「もちろんだよ」ケイレブは即座に答えた。

イモジェンがにっこりすると、彼はその晩二度めに呆然となった。妹のところへ向かうイモジェンを見つめながら、呆然となるのもこれが最後ではなさそうだと感じていた。

客をもてなすためのコース料理が次から次へと運ばれてきて、ケイレブはいらだちをほとんどこらえられずにいた。今夜はいつも以上に長々と料理を堪能する人たちばかりなのだろうか、それともそんな風に感じているのは自分だけなのだろうか？　ポート・ワインを楽しむ男性陣を残して女性たちが食堂を出ていくころには、ケイレブは爆発しそうになっていた。

ひとりの紳士がベッドをともにしたオペラ歌手についてだらだらと話し出し、それをきっかけに昨シーズンに同じ女性とベッドをともにしたと明かす者が出て、その女性の技巧について白熱した議論が交わされる展開となった。そのあと、オペラ歌手と女優のどちらがいいかという話題になったところでケイレブはそれ以上耐えられなくなり、みんなは議論に夢中になっているだろうと判断して部屋を抜け出した。

だが、オレンジ温室に行ってみると、前面がガラスのそこにはだれもいなかった。温かく、清潔で、強い柑橘系の香りが満ちており、深緑色の葉が青白い月明かりのなかできらめいていた。石のベンチに座ってイモジェンを待つ。すでに来て、帰ってしまったのだろうか？　まだ来ていない？　どうして私はこんなに神経質になっているのだ？

いくらも待たないうちに温室の扉が音もなく開いて、イモジェンがそっと入ってきた。近づいてくる彼女を立ち上がって迎える。イモジェンは大きな笑みを浮かべていた。

「こんな経験はしたことがないわ」やや息切れしながら言うと、小さな笑いが漏れた。

「一度もないのかい？」

イモジェンがうなずく。「こそこそすると血の流れが速くなるのね」

ケイレブは微笑んだ。「ああ」

彼女が深く息を吸いこんだ。温室のすばらしい香りを味わっているのだろう。イモジェンが月明かりを浴びた植物を興味深そうに見ていく。

「いつから眼鏡をかけているんだい？」ケイレブはいきなり訊いてしまった。

イモジェンが驚いて彼を見上げる。「十歳から」

「どうしていままで眼鏡をかけている姿を目にしなかったのかな？」

イモジェンは皮肉なまなざしを彼にくれた。「母が……気に入っていないの」

「気に入っていない？　変わった言いまわしだね」

「それならはっきり言うけれど、わたしが文学かぶれの生意気女だと思われて、家族全員の評判が損なわれると母は信じているのよ」

ケイレブは笑った。「冗談だろう」

「冗談だったらよかったのだけど」

彼は信じられない思いでしばしイモジェンに見入った。「つまり、きみが人前で眼鏡をかけるのは、きみの一家を襲う最大の醜聞にも等しいということか」

「そのようなところね」イモジェンが唇をよじったが、あたらずとも遠からずだったのがケイレブにはわかった。

彼女がいきなり咳払いをして事務的になった。「それで当面の問題を思い出したわ。まずは、ここで会ってくれてありがとうございます。ふたりきりで会うなんて、よくないことなのに」

ケイレブは笑いたい気持ちをこらえた。彼女が真剣な表情であるのを考えたら、いま笑うのはまずいだろう。「どうってことないよ」彼女に倣ってまじめに答える。

「きっと、わたしから誘うなんてどういう了見だろうと思ってらっしゃるでしょうね。じつは、あなたにしていただきたいことがあるんです」

さまざまな場面がケイレブの頭に浮かんだが、そのどれひとつとして彼女に話せるものではなかった。咳払いをする。「なんでも言ってくれ」

イモジェンが大きく息をする。「冒険の手伝いをしてもらいたいの」

「なんだって？」

「冒険よ」ぽかんとしているケイレブを見てため息をつく。彼が先ほど目にした傷ついた表情が目に戻ってきた。「わたしは自分の置かれた状況をちゃんとわかっています、侯爵さま。結婚は一生せず、両親の慈悲にすがり、そのあとはきょうだいの慈悲にすがる運命だと」

それを聞いて、ケイレブは憤怒に襲われた。ほかの者たちが彼女をそんな風に見ているのには漠然と気づいていた。自分だって、はじめて彼女に会ったときは同じように考えていた。そう思ったら、ひどく恥ずかしくなった。だが、イモジェン自身がそう信じていると聞いて、衝撃を受けた。

彼女はそんな人生に甘んじるべきではないのに。

「そんなことは言うな」うなるような声だった。

「どうして？　ほんとうのことよ」

「かならずしもそうとはかぎらない。いまからだって結婚して家族を持つことはできる」

彼を見るイモジェンの表情は落ち着いていた。「いいの。もう気持ちの折り合いはつけてあるから。将来と向き合うのはこわくないわ」イモジェンが背筋をすっと伸ばした。ケイレブは彼女の内側から輝いている静かなる誇りに感動した。

「それでも」と低い声で続けた。「その将来に持っていくちょっとした思い出は欲しいんです、侯爵さま。自分の人生のすべてが計画され、決められ……むだになったわけではないと示すものが」ほっそりした指がスカートを握りしめる。「少しはちゃんと生きたのだと知っていたいの。思い出に残る冒険のひとつかふたつが欲しい。突飛なものじゃなくて。完全に機会が失われてしまう前に、自分には新しくて大胆なことをする勇気があったと知っていたい」

彼女はちょっとした冒険だけを望んでいる？　あの悲しげで真剣な表情がほんの一瞬でも笑顔になってくれるなら、それよりうんと多くだってしてやりたい。

それに、ほんの些細なこととはいえ、これが過去の罪を贖《あがな》うきっかけになるかもしれない。

この十年の苦しみは消えないだろうが、それでもだれかの人生によい変化をもたらすことはできる。

「イモジェン、そろそろ私をケイレブと呼んでくれてもいいんじゃないかな？　堅苦しく呼び合っていてはすばらしい冒険も台なしになってしまうからね」

イモジェンはしばらくきょとんとしていた。けれど、ケイレブが同意してくれたのがわかると彼女の全身がぱっと明るくなった。ケイレブが見たこともないような輝かしい笑顔が浮かんだが、顔だけでなく体全体が光を放ったのだ。イモジェンが背筋を伸ばした。まるで雷に打たれ、パチパチと音がするほどの活力に満たされたかのようだった。

そして、彼女はケイレブが予想もしていなかった行動に出た。さっと抱きついたのだ。驚きのあまり反射的に抱きしめた。彼女の体が押しつけられ、ドレス越しに体温を感じる。彼女の清らかな香りが漂ってきて、軽く目眩がした。口づけをしたくてたまらなくなる。

はっとした拍子に彼女を抱きしめる腕に少しだけ力が入った。ふたりの友情を壊したくはない。衝動に負けて唇を重ねたら、イモジェンはぎょっとするだろう。人ちがいでキスをしたときはお咎めなしですんだ。だが、二度めとなると、言い訳が通用するとは思えなかった。

そっと押しやり、顔が赤く目がきらめいているイモジェンを見つめる。先ほどよりも激しくなって戻ってきた衝動を乱暴に抑えこむ。

「どんな冒険がしたいのか、なにか考えはあるのかい？」

イモジェンは両手を大きく広げた。「まるでわからないわ」息切れした声で答える。「どうしたら冒険ができるのか見当もつかない」

ここがロンドンだったなら、ありとあらゆるとんでもないことに彼女を引き入れられたのだが。だが、ここは田舎で、提案できることがほとんどなかった。

イモジェンは期待で目を見開いている。ちがう、ロンドンのいかれた冒険など彼女に必要ではないし、彼女が望んでいるものでもない。

彼女に必要なのは少しだけ境界線を広げ、楽しみのための楽しみを体験することだ。

ケイレブはいたずらっぽく微笑んだ。「泳ぐのはどうかな？」

イモジェンの顔が困惑で曇る。「泳ぐ？」

「ここからそう遠くないところに池があるんだ。明日みんなが町に買い物に出ているあいだに行けるけど」

「昼日中《ひなか》に池で泳ぐですって？　だめ、だめ、そんなことはできないわ」衝撃で彼女の目が丸くなったが、その下には関心を引かれている色があった。

「泳ぎ方は知っているかい？」

「もちろんだわ。というか、子どものころに泳いだことはあるの。きょうだいと一緒に。でも、淑女はそういうふるまいはしない……」ことばが尻すぼみになった。それからゆっくりと笑みが浮かんだ。「いいわ、泳ぎに行きます。頭痛がすると言って残るようにするわ」

ケイレブは満足そうに顔をほころばせた。だが、彼女の目に興奮が宿り、体中が浮き立っているようすを目にして、つかの間疑念に襲われる。泳ぐ。イモジェンと。どんな新たな地獄に自分自身を突き落としてしまったのだろう？

10

翌日、出かけず残ることを母に納得してもらうのは、それほどたいへんではなかった。鏡を覗いたイモジェンは、なぜだったのかを悟った。顔がほてって目がきらきらしている。ただの頭痛よりもひどい病気を疑われたにちがいない。くすくすと笑い声を漏らしてしまい、慌てて手で押さえる。わたしったらなにをしているの？

不意に途方に暮れて、部屋の中央で立ち尽くす。生まれてこの方、母に嘘をついたことも、つこうとしたこともなかった。それでも、母に信じてもらえるかどうかをなぜかまったく心配していなかった。不安だったのはマライアのことだ。いつだって開いた本のようにあっさりと気持ちを読み取られていたからだ。けれど、どういうわけか、体調が悪いという話を妹すらが信じた。

少しのあいだおぼえた罪悪感は、前夜からずっと募りつつあった興奮が激しく熱い炎で焼き尽くした。神経質に動きまわり、いちばん頑丈な散歩靴、ボンネット、ショールを身につける。前夜のうちに体を拭く布と予備のシュミーズを包んでおいたものを手に取り、急いで部屋を出た。

ケイレブは廊下の端で壁にもたれて待っていて、イモジェンがやってくるのを見てにやりと笑った。「来ないかと思ったよ」

イモジェンは包みをお守りのように胸にかき抱いた。「あとに引くわけがないわ」むっとする。声が少し震えてしまったので、歯を食いしばった。

壁から体を起こすと、彼はイモジェンに腕を差し出した。「さて、準備はいいかな、冒険仲間くん？」

イモジェンは彼の腕をぎゅっとつかみ、使用人用の階段を下りて裏口から庭へ出た。

「このお屋敷をよくご存じなのね」驚いていた。

「子どものころによく来ていたからね。きみを連れていく池はいとこと私のお気に入りの場所で、しょっちゅうそこで遊んでいたんだよ」

彼にとって特別な場所に連れていってもらえると聞き、イモジェンは不思議な感動をおぼえた。「あなたが持っているのはなに？」ケイレブが手にしている籐《とう》の籠を示す。

「すばらしい冒険には栄養が必要なんだ。料理人が私をかなり気に入ってくれていて幸運だったよ。泳いだあとはこれが天の賜物になる」

林まで来た。小径があったものの、長年だれも通っていないようで雑草におおわれている。イモジェンは彼と並んで慎重に足を進めた。

「この冒険は」鬱蒼とした林のせいか、声が不自然に大きく聞こえた。「あなたがこれまでしてきたことにくらべたらおとなしいものなのでしょうね」

ケイレブがくつくつと笑った。「おとなしいっていうのもいいかもね」倒木をまたぎ越すイモジェンに手を貸す。

彼女が立ち止まる。ケイレブも足を止め、不思議そうに彼女を見た。

「どうしたんだい？」たずねたあと、笑みがいたずらっぽいものに変わった。「あとに引くのかな？」

「とんでもありません、侯爵さま」

「ケイレブだ」やさしく思い出させる。

「ケイレブ」イモジェンは顔を赤くしながらくり返した。「わたしのためになぜここまでしてくれるのかと思って」

「なぜかって？」ケイレブに引っ張られ、木々のなかをまた歩き出す。

「ええ、そう。なぜわたしに手を貸してくださるの？　あなたになんの得があるの？」

彼があまりにも長く黙ったままだったので、答えてはもらえないのかとイモジェンは思った。もう一度たずねようとしたとき、彼がようやく口を開いた。

「きみは私の足を地に着けてくれるんだ」しっかり耳をそばだてないと聞こえないくらいの小さな声だった。

「いまなんて？」

「私の足を地に着けてくれる。長いあいだ、興奮と刺激と不謹慎な日々を過ごしてきた。そして、きみと出会った」

「侮辱のように聞こえるのはなぜかしら？」イモジェンはぼそりと言った。

「ちがうよ！」足を止めてイモジェンをふり返る。「わかっていないんだな、イモジェン。そういう人生を望んで歩んでいたわけじゃないんだ。そうしなければならないと感じたからなんだよ」

「そうしなければならない？　どうしてなの？」

彼の顔から即座に表情が消えた。顎の筋肉をこわばらせ、やっと返事をする。「理由などどうでもいいじゃないか。重要なのは、私がきみを見つけたということだ。いや、モーレッジ公爵邸の庭できみが私を見つけてくれたのか」

イモジェンは顔を赤らめ、ケイレブがなにを言おうとしているのかを懸命に理解しようとした。「わたし？　わたしのなにが重要なの？」

ケイレブは彼女の手をきつく握った。いきなりだったのと、子山羊《こやぎ》革の手袋越しに彼の体温が伝わってきたのとで、イモジェンはあえぎそうになった。

「きみのなにもかもが重要なんだ」あまりにも激しくきっぱりと言われて、イモジェンは呆然としてしまった。「きみのおかげで、十年という長いあいだ一度も感じていなかった平穏を味わえたんだ」

薄灰色の彼の目を覗きこんだイモジェンは、そこに本物の苦痛があるのを見て衝撃を受けた。この人はなにに苦しんできたの？　彼がいまでも苦しむほどひどく傷ついた原因はなんなの？

もう少し突っこんでたずねようとした矢先、彼がまたいきなり態度を変えて歩きはじめた。「こんなことをしていたら、きみの冒険をいつまでもはじめられなくなる」肩越しにぶっきらぼうに言う。

イモジェンはよろめき、やっとのことで低い枝を避けた。「なぜ急ぐの？　池はどこにも行きはしないのに」

「それはそうだが、私たちのどちらかをだれかが捜さないともかぎらない。はじめての冒険は失敗に終わったなんて言わせたくない」

数分で林を抜けて小さく開けた場所に出た。頭上の枝から黄金色の陽光が射しこみ、丸くてかわいらしい池の表面できらめいていた。大きくて平らな岩が水面から突き出していて、ふたりはそこで止まった。

「ケイレブ」イモジェンは息に乗せて言い、ゆっくりとまわってあたりを眺めた。「この場所をどうやって見つけたの？」

ケイレブは籠を置いて上着を脱いだ。「子どものころ、いとこのイグナティウスとよくここで遊んでいたんだ」眉を滑稽に動かす。「すっ裸でね」

ケイレブが腰を下ろしてブーツを脱ぎにかかると、イモジェンは噴き出し笑いをした。けれど、彼が立ち上がってチョッキを脱ぐと、その笑いは唐突にやんだ。クラバットに向かう日焼けした長い指から目が離せない。複雑な結び目がほどかれ、雪のように白い布が脱ぎ捨てられた服の山にくわえられた。

三角の形にできた隙間から覗くたくましい喉に魅入られるうち、口のなかがからからに乾いた。唇を潤し、眼鏡を押し上げていると、ケイレブがボタンをはずして頭からシャツを脱いだので、赤銅色の髪が乱れてすてきな感じに額にかかった。日焼けした胸と腕と腹部のなめらかな肌、輪郭がくっきり浮き出て体中でうねる筋肉、薄めの胸毛が下へと続いてブリーチズのなかに消えるようすを見て取っていくと、息がつかえた。彼がブリーチズの留め具に手をかけ、ほっそりした臀部から押し下げると……。

イモジェンは息を呑み、包みで顔を隠した。「なにをしているの？」甲高い声になってしまった。

「泳ぐんだよ」さらに服の山にくわわる音が聞こえたあと、水音がした。彼が池に入ったのだ。

「くそっ！」ケイレブの声がする。「こんなに冷たかったかな。おっと、汚いことばを使ってすまない」

「私のことはお気になさらず」ぼそぼそと言う。「いまので氷みたいに冷たい水に入る気はなくなったけれど」彼の残した服の山をこっそり見る。そのそばには脱いだブーツもあった。

どうか下着だけはつけたままでいてくれますように、と必死で願う。下唇を噛みながら、池のなかの彼に目をやる。

顔と首から水を滴らせ、彼がこちらを見つめていた。「イモジェン？」

「無理だわ！」反射的に言う。

「無理じゃない」辛抱強い口調だ。

「ううん、無理よ」そろそろとあとずさりはじめる。「誘ってくれてありがとう。ほんとうに感謝しているわ。でも、これはできない」

「イモジェン」力強くなめらかに水をかいて彼が戻ってきた。「おいで」

シルクのような声を聞いてイモジェンは目を丸くした。「いやよ。お屋敷に戻ったほうがいいと思うわ」

「イモジェン」岩に両手を置いてまた名前を呼んだ。「力尽くででも池に入ってもらうぞ」

彼女が服の山にさっと目をやったのを見て、ケイレブは目を狭めて考えこんだ。「きみのせいで池から出るはめになったら、はっきりとわかるだろうな」

ぎょっとした目がケイレブの顔に向く。「はっきりとわかるって、なにが？」なんとか絞り出した声はしわがれていた。

ケイレブが狼のようににやつく。「下着を脱いだかどうかが、だ」

イモジェンははっと息を呑み、顔をまっ赤にした。「ひどい人ね！」

「それできみとの約束を守れるなら、ひどい人でけっこう」

イモジェンは彼を長々と凝視した。薄灰色の目は鋼のような決意できらめいていて、きびすを返して逃げようものならきっと追いかけられるだろうと悟る。生まれたままの姿で木々のあいだを追いかけてくる彼の姿が脳裏に勝手に浮かんできた。

「わかったわ！」イモジェンはどなった。「ドレスを脱ぐからあっちを向いてください」

にやつき笑いを浮かべて背を向ける彼を見て、イモジェンは目を瞬いた。笑顔をあんなに強力にするものがなんにせよ、それを瓶詰めできたら彼の財産は倍増するだろう。

しばらくしてから彼が言った。「待っているんだが、イモジェン。私は辛抱強い人間じゃないんだよ」

イモジェンははっとして包みを落とした。慌ててドレスのボタンに手をかける。いくらもしないうちに、シュミーズだけの姿になった。眼鏡をはずし、きちんとたたんだ服の上にそっと置く。それから、彼に用心の目を向けたまま水辺へと近づいた。彼はいまも池に入ったまま反対側の土手を向いていた。平らな岩に腰を下ろし、おそるおそるつま先を水に浸ける。冷たさにぎょっとする。

「氷みたいに冷たいわ！」

ケイレブは鼻を鳴らした。「それで逃れられると思ったら大まちがいだぞ。入っておいで、イモジェン。動いていれば、あっという間に慣れるから」

イモジェンは信じられなくて頭をふった。なめらかな水面をじっと見つめ、さっさと飛びこんでしまうべきかもしれないと思う。彼にできるなら、わたしにもできるはず。大きく息を吸いこむと、冷たい水のなかに飛びこんだ。

体を包む水に衝撃を受ける。水を噴き出しながら水面に出た。顔を拭って最初に見えたのは、目の前で笑っているケイレブだった。

「よくやったね、イモジェン」

そのときだった。イモジェンは完全に息を奪われた。冷たい水のせいでも、自分の大胆さのせいでもない。彼のせいだ。あんなに断言していたのに、彼と恋に落ちてしまったことを全身で悟った。

まるで記憶に留めておくためのように、その瞬間の細かなところまでが見えた。ケイレブの唇の美しい曲線、嘘みたいに長いまつげにとらわれた水滴、水面から出ている首と肩のたくましい線、濡れてつややかな髪とそのせいでいつもより際立っている頬骨が、耐えがたいほどくっきりと見えたのだ。

けれど、なによりも目に残ったのは彼の瞳だった。薄灰色の瞳は親愛の情でやわらかだった。そのとき、彼の笑みが薄れて熱い色を帯び、イモジェンの体が温もった。水の冷たさはもはや気にならず、体の芯から手脚へと広がっていくうずくような奇妙な熱さしか感じられなかった。硬い筋肉におおわれたケイレブの肩につかまって、体を漂わせたくなる。そこ思っていると、彼の目がこちらの唇を見つめた。無意識のうちに唇をなめる。彼の目が見開かれ、唾を飲む拍子に喉の筋肉が動いた。

彼がさっと腕を動かして水に潜り、緊迫した瞬間は消えた。動揺したまま、池の中央あたりで彼が顔を出したのを見つめる。ケイレブがにやりと笑ったが、眼鏡をかけていなくても、それがいつもの気安い笑みだとわかった。先ほどのことは完全なる空想だったのだろうか？

「おいでよ、イモジェン」彼が呼ばわった。

ああ、こんなのは困る。やすやすと水をかいているケイレブを見つめながら思った。彼と恋に落ちるはずではなかったのに。とんでもなくややこしい事態になってしまう。これが終わり、もとの日々に戻るときになったら、とてもつらい思いをすることになる。わたしはばかだ。どうしようもないばかだ。

それでも、のちのちどれほどの苦しみを味わうことになったとしても、彼と過ごす時間を諦めはしないと、泳いでいる彼を見ながら思う。彼との時間は贈り物だから、自分の気持ちでそれを台なしにしたくはなかった。

混乱する思いを抱えながらも楽しもうと決め、イモジェンは彼に向かって泳いだ。

11

　ケイレブは愚かな自分に悪態をついた。いったいなにを考えていたんだ？　泳ぐだと？　本気か？

　最初に考えついたときは、罪のない冒険に思えた。勉強から解放された子どもたちが夏の暑い日にするようなことだったからだ。イモジェンに楽しんでもらえるような、おもしろくて気楽なこと。だが、重大な点を忘れていた。濡れた服が彼女の曲線に貼りつくということを。

　水中にいる彼女の薄いシュミーズがふわりと漂ってほとんど体を隠す役割を果たしていないのを最初にちらりと見たときに、自分のへまが明らかになったのだった。腕はむき出しで、肩は濡れてなめらかにきらめいていた。そして、薄茶色の豊かな髪が彼女のまわりで官能的に揺れていた。下ろした髪が濡れて肌にまとわりついているのを見たせいで体のある部分が反応したが、彼女に見えないのが幸いだった。

　彼女が唇をなめたとき、危うく自制心を失うところだった。ふたりのあいだの距離を縮め、興奮の証《あかし》を彼女に押しつけ、ほとんど裸の体を抱き寄せそうになった。

　泳いで離れるにはありったけの自制心が必要だった。冷たい水に潜り、短いあいだとはいえ水中の完全なる静寂に身を委《ゆだ》ねたおかげで、落ち着きを取り戻せた。イモジェンに対して自制心を失いはしない――失うことなどできない。水面に顔を出すころには、欲望をきっちり抑えこめたと感じていた。

そして、集中しきった表情でゆっくりと泳いでくる彼女を見つめた。

「ちゃんと泳げるんじゃないか」そうからかう。

イモジェンが笑った。その笑い声に張り詰めたものを聞き取って驚く。だが、返事をしたときの声は、少しだけ息切れしているようではあったが、いつもどおりに落ち着いていた。

「頭はあまりよくおぼえていないけれど、体がおぼえているみたい。子どものころ以来泳いでいなかったの。夏には乳母や家庭教師に連れられて、地所の近くにある湖へきょうだいでよく出かけたものよ」

ふたりで反対側の土手まで泳ぎ、暗黙の了解で平らな石までゆっくりと戻りはじめた。

「きょうだいは何人いるんだい？」

ケイレブの横で、彼女は髪をベールのようにたなびかせて泳いでいた。彼の質問に微笑む。

「六人よ。何年か前にサムナー伯爵と結婚したフランシスがわたしのすぐ下なの。会えなくてすごく寂しいわ」悲しみが顔に現われた。だが、ほかにもなにかあった。心配の気持ちだろうか？　けれど、そんな表情はすぐに消え、彼女は続けた。「フランシスだけじゃなくて、みんながひどく恋しいわ。頭がおかしくなるほどいらいらさせてくれる子もふくめてね」そう言って軽く笑った。

「きょうだいの話を聞かせてくれ」

「そうね」沈まないように腕を動かし続けているせいで息が上がっていた。「フランシスの下がナサニアル。二十二歳で、大学を卒業したところよ。マライアはご存じよね、もちろん。その下にあと三人いるわ。ジェラルドは十六歳で、きょうだいのなかでいちばんまじめで、いまからロンドンの優秀な法廷弁護士になると決めているのよ。その下がエヴァリン。修道士の忍耐力すら試練にさらすような子なの。いちばん下が十一歳になったばかりのビンガムで、来年イートン校に入るのが待ちきれずにいるわ。末っ子で、しかも兄と歳が離れているせいで苦労してきたの」思い悩んでいるような声になり、最後は小さくなって消えた。平らな岩まで戻ってくると、イモジェンはそれをつかんでケイレブを見た。「あなたのごきょうだいについては少しだけ話してもらったわよね」やわらかな声だ。「それと、弟さんを亡くされているということも。その話を聞かせてくれます?」

ケイレブは胸を貫く痛みを感じ、実際に息ができなくなった。追い払おうとしても、血と、母の苦悩に満ちた顔と、胸が悪くなるような百合のむっとした香りの記憶が脳裏をよぎった。

浮かべた笑みは、ぎこちなく顔に張りついているような気がした。「悪いが、話すことなんてないんだ。弟が死んだ。十二歳で。そんなところだ」

「そんな年齢で弟さんを亡くすなんて、つらかったでしょうね」

「ああ、つらかったよ」イモジェンから同情の目を向けられるのが耐えられず、風景に集中した。自分は同情される価値のない人間だ。「だが、昔の話だ」

少し間があったあと、イモジェンがふたたび口を開いた。「ほかにもごきょうだいがいらっしゃるのがせめてもの救いね。そういう状況では、きょうだいの支えが必要ですもの」

また苦痛が襲ったが、今度のはもっと激しかった。事情を知らないイモジェンに痛いところを突かれたのだ。唇がこわばっていた。「あいにく、ほとんどロンドンで過ごしているせいで、きょうだいとは疎遠になってしまったんだ」どうしてほとんどロンドンにいるかを彼女に説明する必要はない。本邸の張り詰めた空気のせいで街に出てきたのであって、その反対ではないことも。

顔をうつむけてゆっくりと左右にふっているイモジェンが視野の隅に入った。「それなら、きょうだい全員を失ったみたいな気分なのでしょうね」

そんなことばに対してなにが言えるだろう？　まさにそのとおりなのだ。あの日失ったのはジョナサンだけではなかった。

「あなたがひとりぼっちだなんて考えたくもないわ、ケイレブ」

ケイレブは無理やり笑ってみせた。「私はひとりぼっちなどではないさ。つき合ってくれる相手にはこと欠かずにきたのだから」

自分の下品なことばに内心でたじろぐ。上流階級の女たらしという評判に言及するなどもってのほかだった。それも、よりによってイモジェンに対して。だが、家族との関係をたずねたり、まだ癒えていない過去の傷をほじくろうとした人間ははじめてだったのだ。

イモジェンは無視した。「そういう意味で言ったのではないと、わかっているはずよ。きょうだいの関係には神聖なものがあるの。ひとり失っているのだから、ほかのきょうだいまで失う苦しみを味わうなんていけないわ。もとどおりになる方法がなにかあるはず。すべてを失うなんてあんまりだもの」

彼女のことばがもたらした奇妙な渇望をこらえようとして、ケイレブは歯を食いしばった。きょうだいと親しかった昔を取り戻したいなどと考える贅沢は、自分に許してこなかった。ジョナサンの身に起きたことを考えたら、無理な話だ。だが、イモジェンが密かな願望を明るみに出してしまった。家族と気楽な関係に戻りたい、家族といるとどうしても感じてしまう心を苛む罪悪感を忘れたい、という願望を。

「私のことはもういいじゃないか」イモジェンがすっと離れるのを見て、思っていた以上にきつい口調になっていたのに気づく。それを和《やわ》らげようと笑顔を作る。「今日の午後の主役はきみなんだ。過去の話なんかで台なしにせずにおこう」

イモジェンはまだ眉間にしわを寄せて心配そうだった。彼女の気をそらさなければ。

「きみの泳ぎがどれだけ達者なのかまだわからないな」考えこむふりをする。「私と勝負できるくらいだろうか」

うまくいったようだった。イモジェンの目がぱっと明るくなり、口角が上がって茶目っ気のある笑みが浮かんだ。「きっと驚くわよ」

「そうか、それなら証明してみてくれ。競争しよう」彼女が返事をする前に、ケイレブは泳ぎはじめた。

「ずるいわよ！」鈴を鳴らすような笑い声が、その午後を一時的におおった陰鬱な雰囲気を晴らした。必死でケイレブを追いかけるうちに自信をつけていく。ゆったりと浮かんでいるケイレブのところまで来るころには、彼女は勝ち誇ったようににんまりしていた。

「わたし、やったんだわ」息に乗せて言い、また笑った。「ほんとうにやったんだわ」

彼女の喜びが伝染し、ケイレブは彼女に水をかけた。イモジェンはあえぎ、仕返しをした。池の周辺に水音と笑い声が響く。ケイレブは、これまでの人生で最高の幸せを感じた。


まだ終わりにしたくないのに、もう水から上がらなければならなくなった。指はふやけてしわだらけだし、唇はおもしろい青色になっているとケイレブに言われてしまった。イモジェンはしぶしぶ彼の言うとおりだと認め、背を向けてもらっているあいだに先に上がり、着替えをしようと藪のなかに身を隠した。シュミーズが貼りついて体の線があらわになっているのに気づき、顔が――そして、もっと下のほうも――赤くなる。首から下が水のなかに入っていてほんとうによかった。

いくらもしないうちに乾いたシュミーズに着替え、その上から着たドレスで首から足もとまでしっかり隠れた。ケイレブが彼女と交替して藪のなかで着替えると、ふたりして広げた毛布のところへ行った。陽光のおかげで髪は乾き、冷えきった肌も温まった。イモジェンは彼が持って来てくれた籠の中身に夢中になり、泳いだあとは栄養が必要になると言っていた彼のことばが正しかったとわかって驚いた。お腹がぺこぺこだった。

鶏のもも肉のおかわりを食べ終えようとしたとき、とっくに食事を終えていたケイレブが肘をついて横になった。長い草を口に入れ、もの思わしげに嚙んだ。

「きみは勇敢だね、イモジェン」静かな声だった。

イモジェンは危うく鶏肉を喉に詰めるところだった。「やめて」冗談めかして言い、ナプキンで口を拭った。「真実からそれほど遠いことばもないわ」

「まじめに言ったんだよ」真剣な面持ちで体を起こす。「きみは勇ましい。自分の将来をわかっていて、気に入らなくても怖じ気づいてはいない。きみを見てごらんよ。ここで冒険をしている。私たちの大半が運命の奴隷だというのに。だがきみは喜びと情熱を探してここに来た」あっぱれとばかりに頭をふる。「それは誇りに思っていいことだよ、イモジェン」

イモジェンはしばらくことばもなく彼を見つめた。それから顔をほころばせてケイレブの手を握った。「あなたのおかげよ」

「ちがう」イモジェンの手を握り返す彼の目は温かかった。「きみのおかげだ。きみは自分で気づいている以上に勇敢だよ。これが、この瞬間が、その証拠だ。その勇敢さを失ってはだめだよ」

　ケイレブは立ち上がり、イモジェンを助け起こした。そして、彼女が髪をねじり上げてへアピンでまとめているあいだに、片づけをした。用意が調うと、心地のいい沈黙のなかで屋敷に向かった。

　イモジェンはだれにも見られずに部屋まで戻れた。けれど、なかに入る直前にためらった。彼がもの問いたげなまなざしになる。

「次はなにかしら？」前のめりな声になっているのが自分にもわかった。

「楽しみにしていてくれ」謎めいたことばを残し、ケイレブは立ち去った。

　イモジェンはそっとドアを閉めて、そこに頭をもたせかけた。遠ざかっていく陽気な口笛が聞こえてきて、満面の笑みが浮かぶ。

　けれど、朝の輝きが薄れるにつれて彼女の笑みも消えていった。もう冒険は終わりにするべきかもしれない。けれど、彼と会えなくなると思っただけで、胸がよじれて痛んだ。あえぎ声のようなものをあげてドレスの胸もとをぎゅっと握る。

　不意にフランシスを思い出す。愛してくれない男性を愛してしまって、毎日胸の張り裂ける思いをしている妹を。状況は同じとはいえないけれど。だって、わたしはケイレブとはけっして結婚しないから。それでも、いまならフランシスにもっと共感でき、夫を見るたびに静かな悲しみが顔に現われることが理解できる。

そこまでの悲しみを抱きながら暮らすなんて、わたしにはできない。けれど、それに近い状態になるのはわかっていた。いま以上に彼を深く愛したあとで永遠に別れることになったとき、どれだけ心が痛むかは、そのときになるまでわからない。


翌日の午後、レディ・タリトンはイモジェンをもうみんなと一緒に過ごさせてもかまわないと判断した。昼食の前に父を探そうと、彼女とマライアは母と一緒に図書室へ行った。父はたしかにそこにいて、書棚から引っ張り出してうずたかく積み上げた本に囲まれていた。

母が父との会話に夢中になり、マライアはあっという間に崇拝者数人に囲まれたため、イモジェンはひとりになった。書棚の前を歩き、題名を見ていく。革装を指でなぞっていきながら、ノールズ家の人たちが何世代もかけて集めたすばらしい本の数々に満足を感じる。幸せのため息をつきながら、こんな部屋ならずっとこもっていられると思う。

そのとき、だれかが前をさえぎるように立った。顔を上げると、ケイレブだった。彼の口は笑っていなかったけれど、イモジェンは目を明るくきらめかせた。彼が一冊の本を差し出す。

「ミス・ダンカン」よく通る声で言った。「この本を気に入られるかもしれないと思いまして。お勧めですよ」イモジェンが手を伸ばして受け取ろうとすると、彼が身を寄せてきて唇をほとんど動かさずに小声で言った。「百三十二ページを見て」イモジェンの唇がひくついた。「あなたはお粗末な密偵にしかなれないみたいね」イモジェンもささやき返す。

ケイレブはいたずらっぽい笑みを見せたあと、きびすを返してドアにすたすたと歩いていった。こそこそと周囲を見まわしたイモジェンは、言われたページを開いた。大きく殴り書きされた手紙がはさまれていた。

〈真夜中に北塔で会おう〉と書かれており、その下には丁寧に描かれた小さくて詳細な地図があった。

まるでゴシック小説みたい！　ドアに目を向けると、ケイレブがまだそこにいたので驚いた。目が合うと、彼は眉を上下させた。イモジェンは笑いが漏れないよう手で押さえたが、おかげでレディらしくもなく鼻が鳴ってしまった。何人かがぎょっとしてふり向いたので、咳をしてごまかす。その音にまぎれて、廊下を行くケイレブの笑い声が聞こえた。

「イモジェン」母が近づいてきて小声でなじった。「まだベッドにいるべきだったようね。その咳にはいらいらするわ」イモジェンをにらみつけて頭をふる。「早めに部屋に下がりなさい。食事を運ばせるから」イモジェンがあんぐりと口を開けるしかできずにいると、母が腹立たしそうな吐息をついた。「お行きなさい」手で追い払う仕草をする。「さあ、ほら」

イモジェンはいそいそと逃げ出した。夕方まで本を読むくらいしかないありがたい時間をもらったのだ。そのあとは、ハンサムな男性との謎めいた約束がある。期待に満ちた興奮が体を駆けめぐり、本を胸もとに抱きしめた。けれど、部屋に入ると現実が重くのしかかってきた。彼との時間を楽しみにしすぎている。だれかを段階的に愛することが可能かどうかはわからなかったけれど、このままの調子でいけば彼をもっと深く愛してしまい、さらに大きな苦悶にさらされる危険が増すだろう。

それがわかっていても、夜更けにケイレブと会うと思ったら胸の高鳴りがおさまらなかった。だめだわ、わたしに希望はない。もうあと戻りできないところまで来てしまった。

12

何時間かのち、イモジェンはケイレブのあとから北塔の螺旋階段を上っていた。彼はランタンを持っていて、こちらをふり返るたびに赤く照らされる顔を見て、イモジェンの胸が渇望でよじれた。目的はあいかわらず聞かされていなかったけれど、かまわなかった。彼と一緒にいるだけでよかった。

彼は重々しい態度を取り繕っていたものの、少年のようにいたずらっぽい目をしていた。ときおり小さな窓の前を通り過ぎ、青白く細い月明かりがさっとイモジェンの顔をよぎった。ランタンの明かりがごつごつした煉瓦の上で躍った。屋敷のほかの部分同様に手入れが行き届いているものの、この北塔はほとんど使われていないのだろうという印象を受けた。ようやくいちばん上まで達すると、ケイレブがドアを開けてイモジェンに先に出るよう身ぶりをした。ひんやりした夜気のなかに出ると、彼女はショールをきつく巻きつけてまっ黒な夜空にちりばめられた星を見上げた。何本もの煙突が歩哨のように立っているのを見て、パルトニー・マナーの屋根の上にいるのだと気づく。

イモジェンは問いかけるように彼を見た。

ケイレブが腕を大きくふって空を示す。「天体観賞だよ」あっさりと言った。

それから、前もって敷いてくれてあった毛布に乗った。彼が腰を下ろして笑顔でイモジェンを見上げ、誘うように手を伸ばす。すでに彼を愛していると悟っていなかったとしても、これで虜になっていただろう。ランタンの明かりを受けた彼は、イモジェンが生まれてこの方見たなかでももっとも胸がうずく美しいものにちがいなかった。

「天体観賞？」なぜか息切れしたような声でばかみたいにくり返す。近づいて彼の手を取り、毛布に座る。手が触れ合ったときに熱い欲望にどっと襲われたけれど、身震いをしてぼうっとなった頭をなんとか働かせようとした。

前日、池から戻ったあとにイモジェンはあれこれ考えをめぐらせ、自分の気持ちが単なる友情以上のものだと彼に勘づかれたらおしまいだ、という結論に達していた。彼から哀れみの目で見られるのだけは避けたかった。売れ残りの年増であるミス・イモジェン・ダンカンがウィルブリッジ侯爵に恋をしている？　それ以上哀れを誘うことがあるだろうか？

彼がいきなりランタンを吹き消したので、イモジェンははっとわれに返った。「星を見るために夜に外へ出たことはあるかい？」彼女がスカートを整えていると、ケイレブがたずねた。

イモジェンは考えこんだ。そんな経験はないような気がする。

自信なさそうな彼女を見て、ケイレブが気取った笑みを浮かべた。「ないと思ったよ。さて」そう言ってあおむけに寝転がった。「私と同じようにしてごらん」

困った人ねという顔で彼を見たあと、イモジェンは言われたとおりにした。「天体観賞に特別なやり方はあるの？」

「どんなものにもあるさ」大まじめな口調だ。

「わかりました。じゃあ、ご教示くださいな、先生」

「ときどき辛辣で小生意気になるね。気づいてたかい？」

「もちろんだわ」高慢を装って答える。「でも、すごく親しい人にしかそういう面は見せないの」

「そうか」にこにこしながら彼がつぶやいた。「だったら、光栄に思う」

月光に照らされた彼の顔を見つめるうちに募ってきた胸のうずきに耐えられなくなって、イモジェンは小さな光の点が散らばっている夜空に目を転じた。大きく息を吸って体の力を抜こうと努める。

「なにを見ているのか、あなたはわかっているの？」

「当然だよ。そうだな」曖昧に言う声が笑っているのをイモジェンは聞き取った。「全部じゃないけどね。家庭教師が天文学を教えようとしてくれたんだ。あいにく、あまり理解できなかった。でもね」腕を伸ばして長い指で右側を指した。「あそこに見える星の一群、あの三つ並んでいるやつがオリオンの三つ星だというのはおぼえている。その周囲の弓を持った狩人の形になっている星々がオリオン座だ」

空を見上げたイモジェンは、眼鏡をかけていてほんとうによかったと思った。指さしてもらったおかげで頭のなかで星と星をつなげられ、無秩序に散らばっているだけに思われたものが彼の説明してくれた像になった。「見えたわ」そうつぶやく。

ケイレブが腕を左やや上に動かした。「今度は大きく輝くふたつの星が見えるかな?」

イモジェンは彼の示すほうを見た。「ええ」

「あれはカストルとポルックスのはずだよ。双子座の一部なんだ」

彼女はうなずいた。「父親はちがうけど同じ母親から生まれたギリシア神話の双子ね。ひとりは人間で、ひとりは神の子」

ケイレブからちらりと目を向けられたのを感じたけれど、イモジェンは星空に目を据えたままにした。

「ギリシア神話をよく知っているみたいだね」

イモジェンは肩をすくめた。「父がしばらくのあいだ熱中していて、わたしも夢中になったの。幼かったころ、父がお話を読んでくれたものよ」幸せのため息をつく。「何百年も何千年も昔の人がこの同じ空を、同じ星を見上げていたなんて、想像するだけですごいわよね。この空がどんな歴史を見てきたのかも」

「そうだね。戦争と苦しみ、ロマンスと喜び、そんなすべてをこの星々は見てきたんだ」

あおむけに寝転がって大空を見上げているイモジェンは、自分自身の矮小さと上空の広大さを体の隅々まではっきりと感じた。

畏怖に打たれて小さく吐息をつく。

「すごいだろう?」ケイレブが小さな声で言った。

「ほんとうに」息に乗せて答える。「大きな枠組みのなかで見れば、人間の問題なんてちっぽけに感じられるわ」

「たしかに」気づくとなぜかイモジェンは彼に手を握られており、すべてが消えていった。そして、その瞬間の完璧さに胸を直撃された。


ふたりで毛布に寝転がって子どもみたいに星を眺めていたのに、どうして手をつなぎ合うはめになったのか、ケイレブにはわからなかった。だが、ひとつだけわかっていることがあった——それが正しく感じられるということだ。

少しためらったあと、指をからめ合わせた。彼女がそっと握り返してくるのを感じ、これまで知りもしなかった満足感をおぼえた。自分の手のなかにあるイモジェンの手は小さくて繊細だった。それなのに、力強さを発散していた。

そのまましばらくそうしていた。突然、夜の静寂のなかで彼女のため息が聞こえた。ほんの小さなため息だったが、そこに寂しさがあることに気づいた。イモジェンのほうを見ると彼女もこちらに顔を向けてきて、月明かりで眼鏡がきらりと光った。

「なんだか世界中の重荷を背負っているみたいなため息だったね」ケイレブはやさしく言った。

彼女の唇の端がよじれたが、おもしろがってのことではなかった。「明日は仮面舞踏会でしょ」

「だから?」

「そのあとはロンドンへ戻る。そうしたら、すべてが終わりになるわ」

それを聞いてケイレブの背筋が凍った。「ロンドンでも続ければいいじゃないか」

彼に見せたイモジェンの微笑みは悲しみに満ちていた。「それは無理よ。ロンドンはここはちがう。礼儀作法に縛りつけられてしまう」夜空に視線を戻す。「それに、どのみちそろそろ自分の人生を生きはじめなければ。永遠に押しとどめておくのは無理だもの」すると、彼女の表情が和らいで心から満足しているものになった。「それでも、たいせつにできるすばらしい思い出ができたわ。ぜったいにこれを忘れない。この場所、この瞬間はずっとわたしと一緒よ」

ケイレブは片肘をついて体を起こし、彼女の顔を見下ろした。見返してくる彼女の目はやわらかく、月明かりのなかできらめいており、口もとには小さな笑みが浮かんでいた。ケイレブは自分を止められなくなって、顔を寄せてそっと口づけた。

イモジェンは目を閉じ、吐息をついて口づけを返した。ケイレブの全身が欲望で熱くなったが、そこにはなにかほかのものもあった。しっかり見つめたくはないが、心臓を狂ったように打たせているなにかが。

ケイレブは顔を離して微笑んだ。「それなら、最後の晩を思い出に残るものにしなくてはね」

「頭がどうかしてしまったの？」

仮面舞踏会の日で、ノールズ家が迎えられる以上の客もこの舞踏会に参加するために新たにロンドンからやってきたため、屋敷中が混乱を極めていた。イモジェンは少し前に、屋敷の最上階にある収納室に来てくれ、というケイレブからの手紙を受け取った。いま彼女はその収納室にいて、おおいをかけた大きな家具、壁に寄せられたノールズ家先祖代々の肖像画、さまざまな貴重品でいっぱいだと思われるタンスの数々に囲まれていた。ほかのときだったなら、マライアを引きずってでも連れてきて、午後の探索を楽しんだだろう。ところが現実は、ケイレブが腕に抱えているサファイアブルーのシルクと銀色のレースの塊を信じられない思いで見つめているのだった。

「どうかしているかいないかは解釈の問題だ」横柄な態度で彼が言った。「思い出に残る夜にするときみに約束した。私は約束を破る男ではない。これは」とても薄い塊をイモジェンに差し出す。「そのために必要なものだ」

「でも、衣装はもうあるのよ」

ケイレブが片方の眉を吊り上げる。

「ほんとうです」イモジェンは言い募った。

「その衣装を選んだのはだれかな?」もの憂げな口調だ。

イモジェンが顔を赤らめる。「母よ」小さな声でしぶしぶ答える。

「母上はきみになんの仮装をさせることにしたのかな?」

イモジェンのことばはもごもごしていて聞き取れなかった。

「なんて言った?」

「羊です」顔がゆがんでしまった。

ケイレブはしばらく呆然と彼女を見つめた。「羊」

イモジェンが大きな吐息をつく。「ええ。マライアが羊飼い女で、わたしが……彼女の
……羊なの」

しばらく無言のままふたりは見つめ合った。それから、どっと笑い出した。

笑いがおさまると、ケイレブがきっぱりと言った。「きみは羊にはならない。それどころ
か、ミス・イモジェン・ダンカンは仮面舞踏会には出ない」

イモジェンは困惑の顔になった。「でも、あなたはさっき――」

彼が片手を上げる。「頭のいいきみなら、私の話を理解できると思う。ミス・イモジェ

ン・ダンカンは仮面舞踏会に出席しない。咳がひどいのでベッドで休んでいることになった。だが、美しい青いドレスを着た謎の女性が登場する」

ケイレブのことばの重大性に気づき、イモジェンが目を瞠る。「無理よ！」

「無理じゃないさ」ドレスをイモジェンに押しつける。「全部手配ずみだ。靴と仮面もここにある」イモジェンが危なっかしく抱えているドレスの上にそのふたつをぽんと置く。

「ちょっとした手なおしをしてくれる侍女も待たせてある。あとで彼女が着替えを手伝って髪を結ってくれる。きみはただ咳をして仮面舞踏会に出ずにすむようにすればいいだけなんだよ」イモジェンから離れ、クリームをなめた猫のように満足げな笑みになった。

イモジェンは口をぱくぱくと動かしていたが、ようやく小さな声が出た。「あなたはどうかしているわ」

「その件はすでに決着がついたと思ったが。さあ、もう行って。侍女が待っているよ」

そう言って追い払う仕草をする。イモジェンはぼうっとしたまま収納室を出た。はっと気がつくと、自分の部屋の前まで来ていた。どうやってここまで来たのか思い出せなかった。

そのとき、なかにいた侍女がドアを大きく開け、考えている時間はなくなった。

奇妙なドレスを着せられて、あちこちつつかれたりつままれたりした。侍女はそれを脱がすと、急いで仕上げると告げた。イモジェンはふたたびひとりになり、自分が同意したとんでもないことと対峙した。

〝同意した〟というのは完全に正しいわけではない。自分はなににも同意していない。けれど、侍女はすでに手なおしにかかってしまった。そこまでしてもらったことをむだにはできない。

それに、本気でケイレブの提案を断って、羊の衣装を身につけてまるで——羊のようにおとなしく引かれていきたいわけ？

それとも、あとひと晩だけ輝かしい時間を過ごし、心の底から望んでいる冒険をするか？

眼鏡をはずして仮面を手に取り、顔にあてて鏡を見る。仮面は銀色で、濃い青色の人造宝石が目の周囲を飾っている。つやのある白い羽根が片方の眉あたりから顔の脇にふわりとかかる。それを目にした瞬間、自分がもはやもの静かなミス・ダンカンではなく、まったくの別人になった気がした。完全に仮装したらどんな気分になるかしら？　自分らしく見えなくなる？　自分らしく感じなくなる？

期待の身震いが出た。たったひと晩でも別人になるのは陶然となる気分にちがいない。

13

青いドレスを着たとんでもなく美しい女性が部屋に入ってきたとたん、ケイレブにはそれがイモジェンだとわかった。物腰や歩き方は彼女そのものだった。だが、同じなのはそこまでだった。

両手を握り合わせて不安げに戸口に立っている女性は、まるで別人だった。侍女はどこからか、八十年もののドレスに必要なコルセットの芯《ステー》と張り骨《フープ》を見つけてきたらしい。銀糸の刺繍とケシ玉で装飾された三角形の胸飾り《ストマッカー》が、ほっそりしたウエストと豊満な胸を強調している。大きく開いた四角い襟ぐりから覗く肩は、クリームのようになめらかだ。薄茶色の髪はカールの山のごとく高いところでまとめられ、首の長さを際立たせている。幾筋かの長い巻き毛が首や肩や胸の上部をじらすように垂らされている。ケイレブはごくりと唾を飲んだ。

仮面の下の顔は上気しているように見えた。頬紅をつけているのか？　ケイレブは動揺した。イモジェンは飾り気がなくて地に足のついた女性で、なんの手管も弄さない。ここにいる女性はイモジェンではない。

だが、彼女を変身させることがそもそもの目的だったじゃないか、と自分に言い聞かせる。魔法のようなひと晩をあたえて、将来から完全に自由にしてやりたかったのだろうが。

それでも、見知らぬ女性に変身した彼女を見て、自分がとんでもない過ちを犯したのではないかと感じた。彼女は自分がたいせつに思うようになったイモジェンには見えなかった。イモジェンに会いたくて、彼女と話したくて、いまもイモジェンのままだと知りたくて、ケイレブは舞踏室を横切ってそちらに向かった。

ロンドンから何マイルも離れた場所であるにもかかわらず、部屋のなかは人でごった返していた。招待を断った者などひとりもいないかのようだ。人混みをかき分けていくうちに彼女を見失った。ようやく人波のなかにサファイアブルーがちらりと見えたと思ったとき、人垣が割れて彼女が見えた。

だが、目にしたものにケイレブの足がはたと止まった。慇懃に腕を差し出している若い紳士に彼女が茶目っ気のある微笑みを向けていた。彼女はその腕を取り、曲がはじまるとダンス・フロアへといざなわれていった。

ほかの者たちと混じってダンス・フロアにいる彼女を、ケイレブは見つめることしかできなかった。

その後の二時間もそんな調子だった。ケイレブは幸せそうに微笑む彼女と、熱心に彼女を見つめるパートナーが踊っているところを目で追った。ダンス・フロアから彼女が出ると、ケイレブはそちらに向かった。だが、イモジェンのところへ行く前に、だれかがまたダンス・フロアへと彼女をいざなう。そんなことが続くうち、ケイレブはますますしかめ面になり、どんどん陰気になり、とうとういらだちが爆発しそうになった。

トリスタンとモーリーが彼を見つけたときには、壁を殴りそうになっていた。

「どうしたんだ、ウィルブリッジ。きみをつかまえるのに苦労したぞ。靴が燃えているみたいに舞踏室をあちこち走りまわっていたじゃないか」トリスタンが黒と緑の仮面の下から彼を見つめた。「大丈夫なのか？」

「大丈夫だ」ケイレブは噛みつくように返した。友人ふたりが見交わした表情を見逃さなかった。私はいったいどうしてしまったんだ？　気分を落ち着けようとする。

「ひどい混雑だよな」モーリーが話題を変えようとする。「歩くのもままならない。だが、羊飼い女のすばらしい衣装を着たミス・マライア・ダンカンは見かけた。しかも、ダンスの約束も取りつけたぞ」そこでいったんことばを切り、さりげなくたずねた。「姉上のほうは見なかったな。ミス・ダンカンはなんの仮装をしているんだい、ウィルブリッジ？」

気を落ち着けようとしていた努力が即座に吹き飛んだ。「具合が悪くて出席できなくなったのだと思う」うなるような口調だった。

「仮面舞踏会に出られないなんてかわいそうに」

ケイレブはうめき、イグナティウス・ノールズに抱かれてダンス・フロアをくるくるとまわるイモジェンに目をやった。あんな目つきで彼女を見ているところからすると、イグナティウスはすぐにもミス・マライアと身を落ち着けるつもりはなさそうだ。これまでは一度だっていとこに意地の悪い思いを抱いたことなどなかったのに、いまはそうなっていた。しかも、その思いはひとつやふたつではおさまらなかったうえ、腕力に訴えるものまであった。

トリスタンがケイレブの視線を追ったらしい。「青いドレスを着た美女はだれだろう。ずっと考えていたんだが。きみたちのどちらかは知っているかい？」

「見当もつかないよ」モーリーだ。「それにしても、すばらしい体つきだな。あのドレスが完璧に引き立てている。ひいお祖母《ばあ》さまの時代のドレスみたいだが、屋敷に飾られたひいお祖母さまの肖像画がもしあんなドレス姿だったら、青春時代にはなかなか興味深い夢を見るはめになっただろうな」くつくつと笑う。

ケイレブはかっとなった。文字どおり目の前がまっ赤になった。だが、友人たちにとって幸いなことに、その瞬間にダンスが終わり、イモジェンが十フィートも離れていないところに連れてこられた。ふたりに目礼をくれもせず、ケイレブは大股で彼女のところに向かった。今度は逃さないぞ。

ヒールの高い靴でダンスをしたせいで足は痛かったし、ずっと笑顔でいたため頬はこわばっているし、眼鏡をかけていないせいでまた頭痛がしていたし、つけ心地のよくないコルセットのせいで背中が痛かった。概して、今夜は望んでいたようにはなっていない。舞踏会の人気者になりたがるのもけっこうだけれど、妹のマライアが毎晩のようにこんな試練に耐えているのだとしたら、人気者でなくてよかったと思う。

それに、ケイレブを一度も見かけていなかった。何度か遠くに見えた気がしたけれど。というか、ケイレブと同じ髪色の長身男性のぼやけた輪郭が見えたと言うべきか。その男性はいつも部屋の反対側にいたから、ケイレブかどうかをたしかめられなかった。

それに、家族のことも心配しなくてはならなかった。すぐに正体を見抜かれて、とんでもない嘘つきだと非難されると思ったから、懸命に避けてきた。けれど、たまたまマライアと同じ組になってしまったとき、妹から向けられたのはちょっとした愛想笑いだけだった。

いまはダンスの相手が立ち去ったところで、部屋の隅に立っている。笑ったり微笑んだりせずにすんでほっとしていた。舞踏室の入り口に目を向ける。それほど遠くはない。また😀だれかが近づいてくる前に、こっそり抜け出せるかも……。

「このダンスをお願いできますか？」

なじみのある太い声が聞こえた。背筋を震えが伝わる。ケイレブをふり向いた顔には、その晩はじめての本物の笑みが浮かんでいた。

彼は手を差し出し、飾り気のない黒いマスクのなかの目をきらめかせていた。イモジェンはためらいもせずにその手を取り、ダンス・フロアへといざなわれた。彼の手に触れたとたん、不快なうずきや痛みが吹き飛んだ。今晩はずっとこれを待っていたのだ。

ワルツだった。この瞬間をこれ以上完璧にするものはなかった。イモジェンはどこまでも楽しもうと心を決めていた。目を閉じ、背中に彼の手を感じ、もう一方の手に手を握られている。ふさわしい距離を保っているものの、それでも彼の体温が感じられた。ケイレブが踊り出すと、まるで宙を漂っているような気分になった。愛する男性の腕のなかでくるくるとまわるのは最高にすてきだった。明日のことなど忘れよう。いまは一瞬一瞬を抱きしめよう。

「今夜は楽しんでいるようだね」

イモジェンは目を開けて、満面の笑みをたたえて彼を見上げた。「いまは楽しんでいるわ」

「その前はちがったのかい？」

イモジェンはうなずいた。

「楽しんでいるように見えたが」

それを聞いてイモジェンははっとした。奇妙な胸騒ぎが喜びに割りこむ。「ちがうわ」ゆっくりと言う。「たくさんの人から注目されて、はじめのうちはうれしかったけど、だんだんつまらなくなってきていたの」

「きみは私が思っていた以上にすぐれた女優にちがいない。楽しんでいるように見えたよ。それも、すごくね」

イモジェンはふらつき、持ちなおした。「いまなんて？」

「口ごもったおぼえはないが」

信じられない思いでイモジェンは彼を見た。「ケイレブ、なんだか変よ」

彼の目が意地悪そうにきらめいた。「私が変だって？　同じことをきみにも言おう。きみはここにいる男全員に追いかけまわされていたじゃないか」

怒りがイモジェンを突き刺す。「意地悪を言うのはもうやめて。騒ぎ立てたくはないけれど、いますぐにダンス・フロアから出してくれないのなら、あなたをここに置き去りにしますから。ぜったいに」

こけおどしかどうかを見定めようとしているのか、彼がイモジェンをじっと見つめた。そして、小さくうなずくと踊りながらダンス・フロアの外へと向かった。けれど、そこで止まらずに、そのまま開いているドアから庭へ出た。

ひんやりした夜気のなかに出ると、ケイレブは彼女を抱擁から放した。それから彼女の手を取って舞踏室の明かりが届かない庭の暗がりへ引っ張っていった。

「待って。どこへ行くの？」

ケイレブが彼女をふり向く。「話し合わなくてはならないが、人でいっぱいの舞踏室は問題外だ」

よろよろとついて行きながら手を引き抜こうとしたが、むだだった。「話し合うことなどなにもないわ。子どもみたいなまねをしている、おかしな気分のあなたの相手などしたくありません」

彼はイモジェンを無視して歩き続けた。彼女はついに手を放してもらうのを諦め、自分が望もうと望むまいと話し合いをすることになるのだと受け入れた。なんの話し合いをするのか、まるでわからなかったけれど。

イモジェンにとって、すべてが暗くにじんでいた。屋敷の縦仕切り窓の奥でろうそくが明るく燃えていて、ぼんやりした黄金色の方形になっているのが遠目にわかったが、それ以外のすべてはなにがなにやらわからなかった。ようやくなにかの建物のそばまで来て、自分たちがどこにいるのかがわかった。いくつもの窓に月明かりが反射しているところから、オレンジ温室に来たらしかった。ケイレブがドアを開けた。

けれど、衣ずれの音とやわらかなうめき声がして、ここはだめだとイモジェンにもわかった。

彼女の顔がまっ赤になる。ケイレブは小さく悪態をついてドアを閉めた。また彼女の腕を引っ張って歩く。脇のドアから屋敷に入り、ありがたくもひとけのない廊下に出ると、ドアを開けながら進んだ。どの部屋も人がいるか錠がかかっているかだった。

「自制心を保てる者はひとりもいないのか？」ぶつぶつ言いながらまた別のドアを開けると、かなり大胆な男女がすでにその部屋を使っているのがわかった。

「引きまわし玩具みたいに扱われるのはもうたくさん」ふたたび引っ張られ、イモジェンは文句を言った。

ケイレブがいきなり立ち止まったため、イモジェンは壁みたいな彼の背中に衝突し、にらみつけた。

「くそっ、ふたりだけになれる部屋はひとつしか思い浮かばない」そのことばとともに、ふたりはまた歩き出した。

イモジェンはもううんざりだった。高いヒールの靴でつま先がひどく痛かったし、きついステーのせいでだいぶ前から息が満足にできなくなっていた。ばかみたいに大きなフープが揺れて、ドレスがあちこちに引っかかった。それに、髪には必要以上にたくさんのヘアピンが挿されていた。もうへとへとに疲れていて、静かな部屋で頬紅を落として熱いお風呂に入りたくてたまらなかった。

それなのに、ケイレブがここにいて、まるでこちらがなにか悪いことでもしたかのようにふるまっている。彼はイモジェンの手をしっかりと握って、使用人用区域へと廊下を引っ張っていく。忙しく立ち働いている従僕やメイドをよけて階段を上がり、客室の階に来た。ケイレブは彼女をある部屋に押しこめてドアを閉めた。

やっと手を放してもらえたイモジェンは、部屋の奥へと行った。手をさすりながら彼をにらみつける。

「ここはどこなの?」部屋を見まわして見知ったものを探す。月明かりが薄いカーテン越しに射しこんでいたけれど、眼鏡がないせいで大きな家具がわかるだけだった。そのひとつは——ベッド?

「私の部屋だ」ケイレブはドア脇の陰のなかに留まっている。

イモジェンは呆れて彼をふり向いた。「あなたの部屋ですって？　困るわ」

ケイレブが肩をすくめるのが彼女にはわかった。「きみがここにいるのはだれにもわからないはずだ。具合が悪くて寝ていることになっているからだ。忘れたのかい？」声が刺々《とげとげ》しい。

「いったいどうしてしまったの？　なぜわたしに怒っているの？」

ケイレブがためらった。彼の顔が見られればとイモジェンはすがる思いだった。

「きみに怒ってはいないよ、イモジェン」張り詰めた低い声だった。

「だったらなんなの？　どうしてこんなふるまいをするの？」

ケイレブが一歩前に出る。「これはきみじゃない」

彼女はいらだたしげにため息をついた。「ええ、そうね。でも、それが目的ではなかった？　ひと晩別人として過ごすというのがあなたの提案だったわよね」

ケイレブがもう一歩近づく。「まちがいだった。きみにこんなドレスを着せるべきではなかった」

「どうして？」イモジェンは目を細めてよく見ようとしたが、彼はあいかわらず明かりを避けて陰のなかにいた。「たったひと晩のことだわ。なぜそこまで強く嫌悪するの？」

彼は返事をしなかった。だが、月明かりのなかに出て目の前までやってきたため、イモジェンは首を伸ばすはめになった。仮面をはずしたケイレブの表情を見て、彼女の肺から空気がすべて出ていってしまった。見たこともないほど激しく熱いものがそこにあったのだ。

ケイレブが手を伸ばして紐をほどき、彼女の仮面をはずして脇に放った。全身がケイレブを意識してぴりぴりするなか、彼女は見つめるしかできなかった。彼女の腕をつかんだケイレブの手は熱かった。抱き寄せられた彼女は、ストマッカーもステーもフープもじゃまになるはずなのに、ケイレブのがっしりした体を感じた。

「きみにこんなものは必要ないよ、イモジェン。どれひとつとして必要ない」

そう言ってイモジェンに唇を重ねた。

14

それは、彼に別人と思われていたときの最初のキスとはちがっていた。昨夜の、家族にするようなやさしいキスともちがっていた。このキスは激しくて熱く、よくわからない必死の思いがこもったもので、イモジェンはもっと欲しくなった。もっともっと欲しくなった。

彼が手を髪に潜りこませてヘアピンを抜いた。耳もとのどくどくいう音を通して、ヘアピンが床に落ちる音がなんとなく聞こえた。たっぷりの髪がほどけて背中に垂れる。ケイレブは手で髪を梳きながら、唇をイモジェンの喉もとへと移した。彼女は震える息を吐き、さまざまな感情に襲われて目を閉じた。体中が活気を帯び、顔をのけぞらせて首をさらした。

「きみの髪はすばらしい」イモジェンの肌に唇をつけたまま彼が言った。「きみはすばらしい。どこからどこまでも。どうしてこんなに長く抗《あらが》ったのかわからない」

抗ってなにに？　イモジェンはたずねたかった。けれどそのとき彼の唇が鎖骨へ、ドレスの襟ぐりからこぼれんばかりの胸の膨らみへと下がっていき、頭が働かなくなった。イモジェンはあえぎ、唇と舌の愛撫を受けている体を彼に押しつけた。

ケイレブがうなりながらドレスに手を伸ばした。すぐさまストマッカーをなんとかして直接触れようとする。

「先祖はどうやってこのいまいましいドレスを脱がせたんだ？」イモジェンの肌に向かって不平をこぼす。

　イモジェンは息切れした笑い声をたてた。ためらいもせずドレスを脱ぎにかかる。ふたりでドレス、コルセット、フープを取り去る。イモジェンは髪を下ろしたシュミーズだけの姿で彼の前に立った。

　恥ずかしいとは思わなかった。相手は愛するケイレブなのだから。

　彼はイモジェンの体を貪るように見つめ、苦しそうなうめき声を出して近づいてきた。イモジェンは彼に手を伸ばした。上流社会の規則にことごとく反していることも、今夜のあとは自分が徹底的に破滅することも気にならなかった。これほど正しく、純粋で……すばらしいものは感じたことがない。

　唇を奪われて、イモジェンは彼のやわらかで豊かな髪を握りしめた。親密な抱擁を受けてため息が出る。薄いシュミーズは体にあたる昂ぶった硬いものを妨げる役には立たず、彼をしっかり感じられた。彼がシュミーズの裾をつかみ、腹部に彼自身を押しつけた。

　それでもじゅうぶんではなかった。口での愛撫を受けながら、イモジェンはぼんやりと思った。体のなかで募っていく緊張があり、もっと彼を感じ、もっと彼を見たかった。

　手が勝手に動いてケイレブのクラバットをほどいて脇に放り、上着とチョッキとシャツのボタンにかかった。彼が手を離して服を落とし、頭からシャツを脱ぐときだけキスをやめた。

それからまたイモジェンは引き寄せられ、先日池に行ったときに触れたくてたまらなかったなめらかな肌に触れた。時間をかけて彼に触れ、手の下でぎゅっと硬くなったりやわらかくなったりする反応を楽しんだ。彼は熱く、張り詰めていて、とてつもなくすばらしかった。

ケイレブに部屋のさらに奥へと押され、イモジェンは脚の裏になにかがあたるのを感じた。ベッドに横たえられるときに世界が傾き、恋人のようにやわらかな寝具に包まれた。毛布と枕のなかに置き去りにされる。ケイレブがいないとたいせつなものをなくしたようになり、寒気を感じた。

すぐに足もとに戻ってきた裸の彼を見て、イモジェンは衝撃を受けた。筋肉質の彼は美しかった。うっすらとした胸毛は腹部へ、そしてイモジェンに向かって昂ぶっている部分へと続いている。唐突に神経質になった彼女はごくりと唾を飲み、ケイレブの顔に視線を据えた。けれど、彼女を求めてすっかり準備のできているケイレブを目にしてしまったせいでうずきは消えなかった。消えるどころか大きくなった。抱きしめて口づけてもらいたくてたまらない。

イモジェンは彼に手を伸ばした。けれど、ケイレブは彼女の腕のなかに来るのではなくかがみこんだ。シュミーズの下から温かな手で脚に触れ、シルクのストッキングをくるぶし、かかと、つま先へとゆっくりと丸めていった。それから、シュミーズの裾をくわえたのでイモジェンはぎょっとした。彼がシュミーズをじりじりとまくり上げていく。少しずつ素肌をあらわにされていくうちに息が荒くなり、うめき声をこらえようと下唇を噛んだ。

彼は手も使ってシュミーズを頭からさっと脱がせた。月明かりで青白くなったイモジェンの裸体をしばらくそのまま見つめていた。その顔に浮かぶ激しい欲求を目にしたイモジェンは、どきりとして毛布を握りしめた。彼が低くうなり、ついに体を重ねた。

イモジェンは身震いした。いま、ふたりのあいだには空気すらなかった。こんな感覚が存在するとは思ってもいなかった。これ以上すてきな感覚はないにちがいない。

次の瞬間、それがまちがいであるとケイレブは証明した。

「イモジェン」うなるような声だ。「私になにをしているかわかっているのか？」彼女の喉から張り詰めた胸へと唇でたどっていく。イモジェンは息が詰まり、探索する彼の唇に向けて体を弓なりにした。ケイレブが胸の頂を熱く濡れた口にふくむ。衝撃のあまり彼女は叫び声をあげ、ベッドから落ちかけた。

ケイレブは彼女の腰を手で押さえながら愛撫の猛襲を続けた。それから片手を彼女の腹部へ這わせた。その手をふたりの体のあいだに入れ、イモジェンが自分で触れたこともない場所に触れると、両脚がきつく閉じられた。

「開いてくれ、イモジェン」ざらついた声だった。ケイレブが脚を押すと、彼女は自分をさらけ出した。ずきずきするその場所を指で円を描くように愛撫され、イモジェンは息を呑んで身もだえした。その両手は支えを求めてケイレブの肩をつかんでいた。

彼の指がなかに入ってくると、イモジェンの体が耐えられないほどぎりぎりと巻いた。なにかにあと少しまで迫っていて、なんとしてでもそれを得たかった。

「ケイレブ」懇願のあえぎ声を出す。

「こんなに準備ができている」彼が顔を上げてイモジェンを見下ろした。彼女の目は欲望で荒れ狂っている。それでも、彼は躊躇した。

「イモジェン」引き絞った弓のように張り詰めた低い声だ。「やめてほしかったら、いまそう言ってほしい。この先に進めばあと戻りできない」

イモジェンは彼を見上げた。彼女がしっかりわかっているのをたしかめるために、必死でこらえてくれている。やめてと言えば、いますぐやめてくれるだろう。ぜったいの確信があった。やめてと言えば、純潔と名誉が保たれる。

けれど、やめてほしくなかった。いまやめられたら百万もの欠片に粉々になり、二度ともとに戻れなくなりそうだ。息をするのを止められないように、彼を拒絶できなかった。

「やめないで、ケイレブ」ささやき声で言う。「お願い」

ケイレブはうなって体を下ろし、唇を重ねた。手を離したかと思ったら、脚のあいだに引き締まったヒップをねじこんできた。両手はイモジェンの腰をつかんでいる。

イモジェンは汗で濡れた彼の背中に爪を立ててしがみついた。ケイレブがゆっくりとなかへ入ってくると、彼女は耐えがたいほどのきつさを感じた。

ケイレブはいきなり動きを止め、気を落ち着けようとしているようだった。それからなめらかにひと突きした。

痛みよりも衝撃のせいで、イモジェンの口から息が漏れた。けれど、すぐに痛みは消え、えもいわれぬ感覚だけが残った。彼女のなかでケイレブが動き出し、先ほど感じた奇妙な緊張が十倍にもなって戻ってきた。

息を切らして頭をのけぞらせる。足をベッドに突っ張り、彼に合わせて腰を動かす。耳もとで彼の荒い息がしていた。

「そうだよ、愛しい人」ざらついた声だ。「身を委ねるんだ」

ケイレブの動きが速くなる。緊迫感が耐えられないほどだ。

「ケイレブ、お願い！」なにを頼んでいるのかもわからず、イモジェンは叫んだ。

「イモジェン」ケイレブがうなる。

そして彼女は砕け散った。叫び声が出るとケイレブにキスでふさがれた。閉じた目の裏で黄金色の星々が爆発し、体中の筋肉が張り詰め、息が喉で詰まった。地上に漂い下りはじめたとき、ケイレブが体をこわばらせて最後にひと突きした。自分がしてもらったように彼の叫びを口づけで封じ、くずおれてきた彼を抱きしめた。

すばらしい気怠《けだる》さとおだやかさと幸福感に包まれ、彼の腕のなかでイモジェンは目を閉じて眠りに落ちていった。

15

イモジェンは心の安らぎに満ちているのを感じながら、ゆっくりと目覚めた。隣りにはケイレブがいて、たくましい腕で彼女を抱き寄せている。頭は彼の胸に休んでいて、安定した鼓動が聞こえた。ふたりの体を白いシーツがおおっており、ケイレブがかけてくれたのだと気づいて笑みが浮かんだ。幸せそうに吐息をつき、彼の腰に腕をまわして抱きついた。

「明日ロンドンへ行って特別許可証をもらってくるよ」そうつぶやいた彼の声がイモジェンの耳のなかで轟いた。

イモジェンはぱっと目を開けた。腹部で恐怖が募っていく。「特別許可証？」

頭のてっぺんに頬を寄せていた彼がうなずくのを感じる。「きみが望むなら、明日の夜までには結婚できるよ」

ありえない。ケイレブとは結婚できない。妹のフランシスの青ざめた顔が、惨めさでいっぱいの目が、突然頭に浮かんだ。愛が一方通行の結婚をしたら、そうなるのだ。

「だめ」それしか言えなかった。

ケイレブが肩をすくめるのを感じた。「一日か二日先に延ばしたいのなら、それでもいいよ。でも、それ以上待たされるのはいやだからね」彼は低い声でくすりと笑い、イモジェンの背中に手ですばらしいことをした。彼女はぶるっと体を震わせると、なんとかケイレブの腕のなかから出た。

　上半身を起こして裸の体をシーツで隠す。ケイレブは横になったまま小さな笑みを浮かべ、薄暗がりのなかでやさしい目で見つめてきた。彼が片腕を頭の下にやると、美しい筋肉がうねった。イモジェンの胸がうずく。その瞬間、危うく決意を覆しそうになった。でも、踏ん張った。

「あなたとは結婚しません」

「なにを言ってるんだ？」ケイレブが腕を伸ばしてきたが、彼女はシーツを持ったままベッドから下りた。失敗だった。輝かしい彼の体があらわになってしまったのだ。イモジェンはごくりと唾を飲み、彼の顔から視線をそらすまいと必死になった。

「あなたとは結婚しません」先ほどのことばをくり返し、声の震えを聞き取られませんようにと祈る。

　どこもかしこも美しいケイレブが起き上がり、ゆっくりと近づいてきた。「いや、結婚するんだよ」男らしくきっぱりと言う。

　震える手を前に出すと彼が止まってくれた。

「あなたとは結婚しません」断固とした口調でまたくり返す。これで引き下がってくれますように。

けれど、当然ながら彼は引き下がらなかった。「そうするしかないんだ」辛抱強い口調だ。「イモジェン、たったいま私たちは、夫婦がするようにベッドをともにしたんだよ」

「それでもなにも変わらない。一生結婚するつもりがないから、純潔を保たなくてはならない相手もいない。だれにも知られないままそれぞれの人生を歩んでいけばいいじゃない」

「だが、私は知っている」静かながら熱のこもった声だった。「きみも知っている。いまではたがいの体が知っている。それを変えられはしない」

そのことばに動揺し、イモジェンは震えた。関節が白くなるまで両手を拳に握る。「できないわ、ケイレブ」わたしが壊れてしまう。そう言いたかった。けれど、ことばが口をついて出る前に喉が詰まったのでほっとした。

「結婚しなければならない」ケイレブが言い張る。「イモジェン、私は紳士だ。そして紳士は、純潔を奪った相手と結婚しないわけにはいかない。私の道義心が許さない。それに」静かにつけくわえる。「子どもができた可能性もある」

イモジェンがまっ青になる。「そうなったときにどうするか考えましょう。まだたしかでもないことに慌てて行動する必要などないわ。そういう事態にならなければ、あなたが感じている責任から解放してさしあげます。わたしに義務感を抱いてもらう必要はないし、道義心がないと責められる心配もいらないわ。こちらが結婚を断ったのだもの。だからね、道義心とか義務とかの話をする理由がないの」必死の声音になってきたので、気を落ち着けようと努めた。

ケイレブは混乱のまなざしで黙ってイモジェンを見つめた。それが突然変化し、集中しきった表情になった。そして、どこまでも追いかけるとばかりにゆっくりと慎重に近づいてきた。イモジェンはその場に凍りついた。

目の前まで来ると、手の甲でそっとイモジェンの頬をなで下ろした。親指で下唇をこすった。内なる炎がまた燃え上がり、イモジェンは震える吐息をついた。

「結婚してくれ、イモジェン」熱いまなざしでささやく。顔を寄せて、彼女の唇を凝視する。イモジェンはイエスと言い、彼の腕のなかでとろけて差し出してくれたものすべてを受け取りたくなった。

小さく声をあげてケイレブから離れる。くるりと背を向け、幽霊のようにシーツをたなびかせながら部屋を逃げ出した。


イモジェンが自分の行動をぞっとする思いでふり返ったのは、ずいぶん経ってからだった。ケイレブとベッドをともにしたことではない。それについてはけっして後悔しない。けれど、彼から逃げ出して、シーツだけをまとって客でいっぱいの屋敷のなかを駆けたことは――思い出すだけでたじろいでしまった。

なんとかだれにも見られずに部屋まで戻れたのだった。震える手で寝間着に着替えてベッドに潜りこむと、人生でもっとも長い夜を経験するはめになった。

しばらくは、ケイレブが追いかけてきてドアをがんがん叩き、答えを要求するのではないかと思った。けれど、彼はそうせず、イモジェンはほっとする気持ちと絶望のどちらがより強いのかわからなかった。安堵だけを感じればいいのよ、と自分に言い聞かせる。もう一度求婚されることなど望んでいないのだから。それでも、胸のうずきは消えてくれなかった。

本心は求婚を受け入れたかった。ケイレブと結婚して一緒に暮らし、子どもを産んでともに歳を重ねていく人生ほどすばらしいものは想像できなかった。イエスと言いたくてたまらなかった。そのせいで骨までうずくほどだった。

けれど……。

そのことばがイモジェンを止めたのだった。そのことばで、求婚を受け入れられない理由を思い出したのだ。

けれど、彼はほんとうにわたしと結婚したいわけではない。

けれど、ベッドをともにしたから求婚したにすぎない。

けれど、彼はわたしを愛していない。

そう、求婚したとき、彼は気持ちの話をまったくしなかった。でも、彼に愛されていないのはわかっている。彼が自分に縛りつけられてしまったと感じているのを知りながら、彼がけっして自分と同じ気持ちになってくれないのを知りながら、一緒に生きていくなんて耐えられなかった。最後には壊れてしまうとわかっていたから。フランシスがそうなったのと同じように。

もしケイレブと結婚したら、フランシスのように抜け殻になり、日々胸が張り裂けて、ついには粉々に砕けてもとに戻れなくなる、と心の奥底でわかっていた。

夜中にそっとドアをノックする音がした。イモジェンはあえいでシーツを握りしめながら、おそろしい期待感が胸のなかで花開くのを感じた。

「イモジェン」廊下からそっと呼びかける声がした。ケイレブではなくマライアだと気づいたとき、胸がひび割れるのを感じた。イモジェンが身じろぎもせずに耳を澄ませていると、マライアの靴音が遠ざかっていくのが聞こえ、やがてまた静まり返った。そのときになってようやく涙が流れた。涙は激流のように頬から枕へと落ち続け、夜が明けるころになってようやく浅い眠りについた。

何時間かのち、ドアを激しく叩く音で目が覚めた。腫れぼったい目を開けてぼうっと窓の外を見る。太陽は空高く昇っていた。お昼近くにちがいない。

「イモジェン」きびきびした母の声がドア越しに聞こえてきた。「起きているの？　イモジェン、すぐにドアを開けなさい」

不平の声を漏らしながら上掛けをはねのけ、眼鏡と部屋着を手探りで見つけ、ドアに向かった。体の思いがけない場所が痛んでひるみ、昨夜のできごとが激しい勢いでよみがえった。頭をふって記憶をふり払い、ドアを開けると、母がまたノックをしようとしているところだった。

「いやだわ！」母が大きな声を出す。「ゆうべよりもひどいありさまじゃないの」そう言って頭をふる。「まあいいわ。すぐにメイドを来させるから、着替えと荷造りをしなさい。少しは身ぎれいにしてちょうだいよ。一時間以内に発ちますからね」それだけ言うと、背を向けて立ち去った。

イモジェンはそっとドアを閉め、そこに頭をもたせかけた。もとの日々に戻ったわけね、とうんざりした諦めの境地で思った。

「イモジェン」

玄関広間にいる彼女の背後にケイレブが立っていた。ふたりの周囲ではハウス・パーティに来ていた客たちがロンドンへの帰り支度に忙《せわ》しなく、旅行鞄が馬車に積みこまれていた。彼は喧騒を無視し、イモジェンが肩をこわばらせてゆっくりとふり向くのを厳かに見つめた。

昨夜からの彼女の変化を即座に見て取る。目は赤く腫れ上がり、口はへの字になっている。だがなによりも、目に感情がないのが気になった。まるで体という殻から魂が抜け出してしまったかのようだ。

イモジェンの肘に手を添えて隅に連れていく。「考えは変わったかい？」声を落として訊く。

イモジェンは長々と彼を見つめたあと、首を横にふった。

ケイレブが口をきっと結ぶ。「考えなおしてほしい、イモジェン」彼女が返事をしないとみると、ケイレブはため息をついた。「いまはこんな話をするのにふさわしくないな。ロンドンに戻ったらきみを訪問するから、もう少し人のいないところで続きを話そう」

「やめていただくのが最善だと思います」小さくて頑なな声だった。

「ロンドンで会おう」きっぱりと言い切ると、きびすを返して立ち去った。彼女の目のなかのもろさを見て吠えたくなった。彼女が馬車に乗りこむところを見送ったりしたら、母親が彼女にまたことばの攻撃を浴びせるのを見たら、かっとなってなにかを殴ってしまいそうだった。

玄関広間は人であふれていたが、ケイレブは前も見ずに足を踏み鳴らしながら歩いた。すれちがうときに数人が挨拶の声をかけてきたが、気にも留めずに部屋に向かった。

珍しくひとりになりたいと感じたのだが、部屋に戻ったのはまちがいだったと即座に気づいた。ドレスと靴はもうここにはなかった。早朝に起きて、屋根裏へ戻してきたのだ。けれど、仮面は手放せなかった。旅行鞄に隠したのだが、その仮面がいま彼を呼んでいた。

旅行鞄を開けて服と一緒に入れていた仮面を取り出し、銀糸と人造宝石と繊細な羽根をそっとなでる。ベッドに座ったものの、そこにはもっと鮮烈な思い出があった。ベッドに横たわり、月明かりのなかで青白く完璧な彼女が自らを開いてくれたのを思い出し、胸が締めつけられた。

イモジェンが逃げ出したとき、裸のまま追いかけたかった。だが、彼女には時間が必要だとわかっていた。人生が大きく変わったことと折り合いをつける時間が。だから、懸命にがまんして部屋に留まった。ベッドに戻り、彼女の香りが残るシーツに横になったのだ。

だが、眠りは訪れなかった。そのまま彼女の反応の意味を探ってひと晩中あれこれ考え続けた。断られたのが理解できなかった。この先一生母親にまめまめしく仕えるよりも、自分と結婚するほうがましではないのか？　なんといっても自分は怪物ではないし、と少しばかり苦々しく考える。髪はたっぷりあるし、歯だって全部そろっている。若くて爵位があって裕福だ。それに、ふたりはとても気が合う。イモジェンほど気の合う女性はほかにはいなかった。ふたりの結婚には情熱だってないわけではないと証明もできたと思っている。

ああ、彼女は激しい情熱で応え、すっかり身を委ねてくれた。恋人としてのケイレブは女性を気づかわない類の男ではない。だが、相手がイモジェンのときは彼女の体やその悦びにふけった。そんな経験ははじめてだった。しかも、いまだに彼女を求めている。

彼女は気取らないやさしさを持った女性で、ケイレブの魂を癒やしてくれる。彼女の恋人どころか友人にだってなる資格はないのに。悪魔を隠し持っているケイレブは、彼女を彼女たらしめている炎をあっさり消してしまいかねない。

自分がいつの日か結婚するのはずっとわかっていた。長子としての務めだ。だがそれは、世間に見せている表向きの自分に満足する女性との、家と家を結びつけるためのものになるだろうと思っていた。陽気で呑気な見かけの下を探ろうとせず、過去についてたずねず、心や気持ちをそのまま放っておいてくれる女性。自分の内面に抱えたもので破壊されない女性。

イモジェンはそういう女性とはことごとく正反対だ。彼女は表向きのケイレブだけでは満足せずに内面を見ていた。そう、彼女ならケイレブの魂を探り、見つけてしまうだろう。

そう考えたらおそろしくなった。同時に、彼女からは隠しておかなくてもよくなると思ったら、安堵も感じた。それを見つけた彼女がどう影響されようとも。

私は利己的なろくでなしなのだろうか？　こういったすべてにもかかわらずイモジェンと結婚するつもりなのだから、そうなのだろう。彼女は私のものだ。手放してたまるか。

16

「これまで生きてきて、こんなにひどい屈辱を味わわされるのははじめてだわ」その晩、ロンドンの町屋敷で夕食のテーブルを囲んでいるときにレディ・タリトンがぷりぷりと言った。「あんなに衣装が似合っていたのに、ウィルブリッジ卿はあなたがいることにすら気づかなかったなんてね、マライア」

マライアは心配そうに眉を寄せて姉をさっと見やった。イモジェンはそれに気づき、無頓着な表情を繕った。どうやらマライアは、パルトニー・マナーを発ってから姉がずっと落ちこんでいるのを感じていたようだ。突然姉が体調を崩したこともそうだが、最終日の朝にケイレブと険悪な雰囲気になったことも気になっているらしい。ロンドンに戻るとそれについて訊いてきたが、イモジェンは曖昧に肩をすくめると、旅の疲れが出たから休むと言って自分の部屋に逃げこんだのだった。けれど、いつまでも妹をかわし続けられないのはわかっていた。

「お母さま」マライアがなだめ口調で言った。「ウィルブリッジ卿がわたしにダンスを申しこんでくれると期待する理由なんてないでしょう」

「ありますとも」レディ・タリトンが天を仰いだ。「将来の花嫁を誘うよりたいせつなことなどないでしょうに」くすんと鼻をすする。「わたくしはもう彼の名前を口にしないわ。あなたたちもそうしてちょうだい。うちのかわいらしいマライアという宝石がわからない人に用はなくってよ」

イモジェンは皿に視線を据え、両手をひざの上できつく握りしめたままでいた。フォークを取ろうとでもしたら、手が激しく震えてしまうとわかっていた。沸騰した湯がやかんからあふれ出す直前と同じく、いやな予感がしていた。

その予感はあたった。

「それからあなたよ」母がイモジェンに小声で嚙みついた。「反抗心を出して人前で眼鏡をかけるなんて。あなたがそんなことをしなければ、ウィルブリッジ卿は求婚してくださったに決まっているのに」

そのことばに全員が衝撃を受けて場が凍りついた。しばらくして口を開いたのはイモジェンの父だった。「ハリエット、冗談だろうね」

「いいえ。冗談を言っているように見えるかしら？」

そのとき、イモジェンはちらりと視線を上げた。母の口はきつく結ばれていて細い線のようになっているし、目はこわばって険悪な色を浮かべていた。お母さまはぜったいに冗談なんて言っていないわ。こみ上げてきたヒステリックな笑いをなんとかこらえる。そうそう、わたしの眼鏡は悲運を呼ぶのよね。

「ハリエット」父の声には何十年もの経験の賜物である辛抱強さがにじんでいた。「ウィルブリッジ卿はイモジェンの眼鏡におそれをなして逃げたわけじゃない。彼はそもそもマライアと交際する気などなかったんだよ」申し訳なさそうな笑みを浮かべてマライアを見る。「おまえが至らないというわけじゃないがね」

マライアがすぐさま返す。「大丈夫よ、お父さま。ウィルブリッジ卿がわたしを花嫁にと考えたことがないのはよくわかっているの。わたしだってあの方を夫にと望んでなどいないから、ちょうどいいのよ」

「彼を夫にと望んでいないですって！」母の金切り声が響きわたった。「あの方は侯爵なのよ。彼ほどの爵位を持った独身男性が少ないのはわかっているんでしょうね」目を閉じて指でこめかみを押さえる。「だからこうなると言ったでしょう。イモジェンが文学かぶれと思われたら家名に疵がつくと。でも、言うことを聞かなかった。こうなっては男爵でもつかまえられたら幸運というものだわ」

それで決まりだった。どういう奇跡か、母はケイレブがマライアに求婚してくれるという希望をついに諦めたようだった。そのあとは彼の名前をいっさい口にしなくなったからだ。けれど、マライアはちがった。何度かイモジェンをつかまえて、ケイレブとどうなったのかとたずねた。ついにイモジェンはそれ以上耐えられなくなった。

「やめて」二日めの午後、イモジェンは手を上げて妹を制して懇願した。「放っておいてちょうだい、マライア」

マライアは足を止め、その美しい顔に傷ついた気持ちと心配の気持ちがよぎった。イモジェンは心底申し訳なく思った。けれど、妹に打ち明けるわけにはいかなかった。無垢なマライアに真実の重荷を背負わせるなどできなかったし、口にしたが最後自分が完全に壊れてしまうのではないかとこわかったからだ。

マライアは姉の顔になにかを読み取ったらしく、思いやりをこめて手を握ってきた。「ごめんなさい、お姉さま」小さな声だった。「でも、だれかに打ち明けたくなったら、わたしの存在を思い出してね」

イモジェンは感謝の気持ちでなんとか笑みを浮かべた。それでも、自分の人生においてもっとも重要なこのことは、ひとりで耐えなければならないのだと心の底ではわかっていた。

ケイレブを忘れようと固く決めたイモジェンは、下の娘に夫を見つけるために母が計画した予定に身心を打ちこみ、外出の際にはマライアに付き添い、夜のばか騒ぎにも出席した。どこに行ってもケイレブと出くわす覚悟をしていたが、彼はどこにも姿を現わさなかった。

けれど、日中にいくら忙しくしても、夜はまったく別だった。天井を見つめるしかすることがなく、ケイレブの思い出に襲われた。眠っているときですら、夢に見るのは心の奥底に埋めた願望とともに現われる彼だった。一度ならず、熱くほてってあえぎながら目を覚ました。夢はあまりに鮮明だったため、横を見ればこちらに手を伸ばしてくる彼がいるのではないかと思ってしまうほどだった。

涙をこぼすのはもっとも無防備になるそんなときで、苦痛を押しとどめられなくなった。すすり泣きをマライアに聞かれたら真実を隠し通せなくなるとわかっていたので、枕に顔を埋めた。時の経過とともに思い出が薄れ、眠れるようになるのを願うしかできなかった。けれど、けっしてそうはならないのではないかと思っていた。

三日めの朝、イモジェンは妹に付き添って公園へ散歩に出かけた。いいお天気の日で、マライアはありとあらゆることについてひっきりなしにおしゃべりしていた。ケイレブのことをのぞいて、だが。イモジェンはほっとしていた。というのも、母は二度と彼の名前を口にしないと意固地になっていたものの、むっつりしていて、眼鏡のせいで好機を逸したと痛烈なことばを浴びせてくるので、ついケイレブを思い出してしまうのだった。けれど、避けられないことを先延ばしにし続けるのは無理で、一時間もするとふたりの姉妹は諦めのため息を小さくついて帰路についた。

屋敷に戻ると、興奮気味の母が玄関広間で待っていた。

「やっと帰ってきてくれてよかったわ！」ふたりを見ると母が叫んだ。「マライア、すぐに着替えをしてさっぱりしてらっしゃい。急ぐのよ」

「お母さま、なんなの？」マライアは急いで前に出て母の両手を取り、イモジェンは上着を脱いで執事に渡した。

「いまこの瞬間にも結婚を申しこまれているのよ。彼はお父さまと書斎にいるわ。ああ、マライア、あなたはフランシスよりも上の爵位を名乗ることになるのよ」レディ・タリトンは誇らしい気持ちで胸を張り、いまにも弾けんばかりだった。

マライアは困惑のまなざしでイモジェンをふり返ったあと、母に向きなおった。「お父さまと一緒にいるのはどなたなの？」

「ウィルブリッジ卿ですよ。いずれこうなるとわかっていましたよ。わかっていましたとも。あなたは侯爵をつかまえたの。侯爵さまよ！」

マライアはぎょっとしてあえぎ、慌てふためいた表情でイモジェンを見た。「でも、お母さま……」

イモジェンは最後まで聞けなかった。耳のなかで大きな音が鳴りはじめて、ほかのすべてをかき消したのだ。不意に玄関広間が傾きはじめた。倒れないようテーブルに手をつく。

マライアがすぐさまそばにやってきて、腕をまわして支えてくれた。

「お姉さま、大丈夫？」必死のようすで耳もとにささやく。「彼はわたしに結婚を申しこみにきたんじゃないってわかっているわよね」

レディ・タリトンが急いで寄ってきたが、イモジェンが卒倒しかけたことには気づいていなかった。「マライア、すぐに階上へ行きなさい。侯爵さまはいつ書斎を出てこられてもおかしくないのよ。最高に美しいところを見ていただかないと」

ちょうどそのとき、ドアが開く音がして、磨き抜かれた大理石の床にブーツの鋭い足音が聞こえてきた。三人が同時にふり向いたとき、ケイレブが姿を現わした。

「ご婦人方」相手をとろけさせる笑みを三人に向ける。レディ・タリトンに近づき、その手を取ってお辞儀をした。「マイ・レディ、おもてなしをありがとうございました」

「もうお帰りになるのではないでしょうね？」

「あいにくそうなのです。でも、明日みなさんにお会いできるよう願っております」

イモジェンはなにも言えずにそのやりとりを見ていた。思い出は実物の彼の前でかすんでしまった。少し乱れた髪から広い肩、長くてすらりとした脚へと、貪るように見ていく。でも、だめ、こんなことはくり返せない。彼はここにいるべきではない。近づかないでと言っておいたはずなのに。彼がついに自分に目を向ける瞬間がこわくて、マライアにしがみついた。

「まあ、侯爵さま」母が言っていた。「娘のマライアはここにおりますのよ。ちょうどお散歩から戻ってきたところですわ」

ケイレブは礼儀正しくマライアにお辞儀をした。「ミス・マライア、いつもながらお目にかかれて光栄です」それからイモジェンに向いた。そして、なにもかもが止まった。彼の熱いまなざしに息を奪われる。

「ご長女もいらっしゃいますね」そう言って近づいていく。

「ああ、そうですの、イモジェンですわ。侯爵さまにご挨拶なさい」

けれどイモジェンは、目の前にやってきたケイレブをただ見つめるしかできなかった。腰にまわしていた腕を引いてマライアが離れていくのをぼんやりと感じる。それからケイレブが手を取ってお辞儀をした。唇がほんの少し関節をかすめた。肌に受けたその感触のせいでひざに力が入らなくなった。

「ミス・ダンカン」小さく言い、体を起こすときも薄灰色の目を彼女の唇から離さなかった。「またお会いできるとはうれしいかぎりです」

そして彼は目の前からいなくなった。このやりとりがはじまってからずっと息を殺していたかのように、イモジェンは大きく息を吸いこんだ。

ケイレブは帽子と手袋を執事から受け取り、三人にお辞儀をした。「では、また明日」最後にイモジェンに熱いまなざしをくれたあと、彼は屋敷をあとにした。

彼が出ていったあと、三人は長いあいだ無言でぼんやりとドアを見つめた。

「まあ」レディ・タリトンが気の抜けた声で言った。「未来の妻への挨拶にしては変わっていたわね」

マライアがイモジェンのそばに戻ってきて、腕をからませた。「あら、そうかしら」そう言って、イモジェンに小さな笑みを向けた。

母はつかの間、わけがわからないという表情になった。急に背筋を伸ばす。「お父さまをじっと待つつもりはないわ。ふたりとも、いらっしゃい」

颯爽と玄関広間を立ち去る。イモジェンが動かずにいると、マライアに引っ張られた。

「行かない」イモジェンは言った。

「いいえ、行くのよ」マライアがきっぱりと返す。

ふたりが書斎まで行ったときには、母が勢いよく入っていくところだった。

「それで？」母が促す。

タリトン卿が机の書類から目を上げた。「それで、とは？」

母はいらだって目玉をぐるりとまわした。「ウィルブリッジ卿はなんとおっしゃったの？」

父が顔をほころばせ、まっすぐにイモジェンを見た。イモジェンは奈落に落ちた気分になった。

「イモジェンに求婚したよ」

部屋が一瞬しんとなり、それから母がじれったそうに頭をふった。「まちがいよね、アーネスト。マライアに求婚したんでしょう。あなたは聞きまちがえたのよ」

「いいや」父の声はおだやかだった。「彼ははっきり言ったよ。イモジェンと結婚したいのだと」

部屋は完全に静まり返り、それから激しい動きがあった。

最高にすばらしい妹のマライアは、街中の犬が反応するほど大きな歓声をあげた。驚くほど力強くイモジェンに抱きつき、おかげでイモジェンの肺から空気がすべて出ていった――激しく動揺するあまりすでに息を失っていなかったとしたら、だが。

母は口をぱくぱくさせながら父とふたりの娘を交互に見た。ようやくなんとか声を出す。

「でも……マライアは……」

タリトン卿が立ち上がり、妻のもとへ行った。「ハリエット、侯爵はほんの少しでもマライアに関心を示したかね？」

「もちろんだわ――」

「いや、示さなかった」妻のことばに割りこむ。「彼はイモジェンを望んでいるのだ。マライアにはほかの紳士を見つけてやりなさい」

彼は呆然としている妻から娘たちに向きなおった。「イモジェン、あとはおまえに任せるよ。ウィルブリッジ卿の求婚を受けるかね？」

イモジェンは父の顔を見て、そこにあるやさしさから少しだけ強さをもらった。母と目を合わせるのは避け、ごくりと唾を飲んだ。「いいえ、お父さま」ささやき声だった。

父がうなずく。「おまえはそう言うだろうとウィルブリッジ卿から聞いていた」

「なんですって！」母がやっと息を吹き返した。「侯爵さまの求婚を断るというの？」

イモジェンはうなずくしかできなかった。

「頭がおかしくなったの？」

タリトン卿が両手を上げた。「落ち着きなさい、ハリエット」

目に怒りをたたえたレディ・タリトンが標的を夫に変える。「落ち着けですって？　彼は侯爵なのよ、アーネスト。侯爵さまなの！　こんな年齢で求婚されるだけでも幸運というものなのに、求婚してくださったのが侯爵さまだったのよ。ウィルブリッジ卿ほどの若さと地位と富があればどんな女性だって妻に迎えられるというのに、よりによって幸運に頬をひっぱたかれてもそうとわからないうちの鈍感な娘を求めてくれたの」

「相手の地位だとか富がどうあれ、求婚を受けるか拒むかはイモジェン次第だ」タリトン卿がおだやかに言った。イモジェンはその瞬間ほど父を愛しく思ったことはなかった。

激昂した母は唾を飛ばして文句を言った。三人は思う存分そうさせ、やがて母は勢いを失って打ちのめされた顔になった。

「さて」ありがたくも部屋が静かになると、父が口を開いた。「求婚を断られた場合は、私とイモジェンを田舎の本邸に二週間招きたいとのことだった」

「いやです、わたしは行きません」イモジェンが言う。

父がふたたびうなずいた。「彼はおまえがそう言うだろうというのも予想していたよ。おまえの気持ちがどうあれ、すでに本邸にいる家族に予定を知らせてあって、明日の朝、馬車で迎えにくるそうだ」

イモジェンは父を凝視した。「お父さまはそれを受けたの？」信じられない思いだった。

彼は娘の前まで行って冷たい両手を自分の手で包んだ。「もっと公平な考え方をするよう育てたつもりなのだがね。彼に機会をあたえてやりなさい。そして、滞在最後の日になっても彼の求婚を受けたくなければ、おまえの気持ちを尊重しよう」

脅されたり取り引きを持ちかけられたりしたのだったら、一歩も譲らずにいられたかもしれない。けれど、父に落ち着いた声で道理を説かれて壁が崩れた。「わかりました」気落ちして肩を落とす。

「ほら、ほら、ぼうっと突っ立っていないで」母だ。「明日発つのなら、すぐに荷造りをはじめないと。マライアのメイドを一緒に行かせましょう。マライアにはわたくしの侍女のポーラを一緒に使ってもらうわ。先代のウィルブリッジ侯爵夫人にお目にかかるのだから、そんな……ええっと……」イモジェンのほうに曖昧に手をふる。「もう少し時間がもらえればよかったのだけど。そうすれば、ドレスを手なおしして、少しは……こほん……」ことば尻を濁してイモジェンを追い払った。

マライアが姉についてきた。「ウィルブリッジ卿はノールズ家のハウス・パーティでお姉さまに求婚したの？」ささやき声で訊く。

イモジェンは赤くなった顔をうつむけて自分の部屋へと急いだ。「ええ」張り詰めた声で答える。

「そしてお姉さまはお断りした？」

「ええ」

「どうして話してくれなかったの？」

イモジェンは踊り場で立ち止まって妹を見た。〝どうしてお受けしなかったの？〟ではなく、〝どうして話してくれなかったの？〟だ。イモジェンの心が誇らしさで満たされた。

「話せなかったのよ、マライア」力なく言う。

マライアは長々と姉の顔を探り、それから思慮深くうなずいた。「それなら、お姉さまの旅支度をしましょう」きびきびと言った。

17

翌朝、イモジェンの人生の半分ほども長く感じられる一日がはじまった。

迎えの馬車からケイレブが降りてきた瞬間、ものごとをむずかしくしようと計画しているのがわかった。彼はほかの人間すべてを無視してイモジェンに近づいてきた。それだけでも癪に障ったのに、家族の見ている前で彼女の手をしっかり握ったのだった。顔をまっ赤にするイモジェンの耳もとに彼が唇を寄せてささやいた。「きみのせいでこうするしかなくなった。きみは私のものだ。簡単に諦めるつもりはなかった」

それを聞いてイモジェンはぶるっと震えたが、不安だけが原因ではなかった。

長い旅のあいだ、イモジェンは彼が存在しないというふりを精一杯した。それなのに、懸命にそうしようとすればするほど、彼を意識してしまった。ケイレブの脚があたり、手がかすめ、豪華な内装の馬車は一マイル進むごとに狭くなっていくようだった。ケイレブの熱いまなざしとちょっとした微笑みが、イモジェンにどれほどの影響をあたえているかわかっていると、ことばよりも雄弁に告げていた。旅の最終行程にかかったいま、ケイレブは馬に乗って馬車に並走しているのだが、そんな状態でもイモジェンは彼の影響を感じていた。彼が視野を通り過ぎたとき、追ったりしないと固く決意していたのに、目が裏切った。イモジェンに見られているのに気づいた彼は、放蕩者っぽいウインクを送ってきた。彼女はすぐさま目をそらしたものの、すでに張り詰めていた神経が切れそうになった。座席の上でもぞもぞと身じろぎする。

「大丈夫なのかね、イモジェン？」父が読んでいた本から顔を上げてたずねた。

彼女は頰を赤くして眼鏡の位置をなおした。「ええ、お父さま」

父は窓の外に目をやり、明るい風景に目を細めた。「ウィルブリッジ卿によれば、到着は午後遅くになるそうだ。ノーサンプトンシャーがロンドンから二日もかからないのはいいね。しかも、フランシスの婚家にも近いとはね。フランシスがいまラトランドにいるのが残念だ。あの子に会えたらうれしかったのだが。最近ではめったに会えないからね」声が小さくなっていき、眉が下がったが、イモジェンに向きなおったときは元気いっぱいの笑顔になっていた。「もう少ししたらウィルブリッジ卿の地所が見えてくるよ」

じきに馬車がゴロゴロといって停まり、馬上のケイレブが窓のところに来た。「門番小屋まであとたったの一マイルで、屋敷はそこからさらに一マイル行ったところです。私は先に行って到着を知らせてきます。屋敷で待っています」

ケイレブの声はくつろいでいて朗らかとさえいえそうだったけれど、目に緊張があったため、すべてが順調ではなさそうだという印象をイモジェンは受けた。家族について彼が言っていたことを思い出し、なぜわたしを連れてこようと決めたのだろうと訝ったのも、旅のあいだこれがはじめてではなかった。きょうだいとの仲がぎくしゃくしていることを考えたら、彼にとっては困難な状況になるだろう。それならどうしてこの旅をしようと言い張ったの？

それ以上考える前に彼が屋敷に向かって馬を飛ばし、馬車はゴトリと揺れてゆっくりと走り出した。

「すばらしい」イモジェンの父が満足そうにため息をついた。「早く脚を伸ばしたいものだ。旅は昔から苦手でね」それだけ言うとまた本を読みはじめたので、心のなかは荒れ狂っていたものの、イモジェンは過ぎていく景色を静かに見ることができた。

あとたった二マイルなのね。彼女は目的地に近づく車輪の音を聞きながら思った。直感を無視して願望に従えば、女主人になれる屋敷が見えてくるまであと二マイル。義理の家族になっていたかもしれない人たちに会うまであと二マイル。

たいして興味も引かれない小説を読むくらいしか頭をいっぱいにすることがない長旅をしているうちに、悲しい現実に気づいてしまったのだった。ほぼ二日かけて旅をしてきて、馬車——豪華な設《しつら》えとはいえ——のなかにずっといたせいで脚は引きつり体はこわばっていたけれど、それでもまだケイレブの屋敷を見て、彼の家族に会う心の準備はできていなかった。心の準備などぜったいにできないだろう。屋敷や家族を見て、それが思い出に刻まれれば、将来がますますつらくなる。無分別で不幸せな結婚から自分とケイレブを救おうとしているのはたしかだけれど、少しでも自分勝手になればそれが自分のものになるとわかっていた。

けれど、もう時間がなくなりつつあって、これ以上先延ばしにはできなかった。

たったの十分で門番小屋を通り過ぎた。ケイレブの地所に入り、屋敷までの距離が刻一刻と縮まっていく。狼狽が募っていき、馬車がとんでもなく速度を上げているように感じた。息が浅くなり、両手で座席の端をきつく握っているのにぼんやりと気づく。懸命に呼吸をゆっくりにして手をゆるめる。気をそらそうと、窓の外を過ぎていく景色に目をやる。道の両側は巨大なオークの並木で、おそらくは何世紀も昔から砂利道に影を落としてきたのだろう。並木の向こうには陽光で温もった開けた場所、緑の丘が垣間見えた。そのとき、並木が途切れた。

ケイレブの屋敷は美しいのだろうと予想はしていた。けれど、まさかこんな光景を目にするとは思ってもいなかった。彫りの施された巨大な二本の石柱と環状の馬車まわしの奥にジャコビアン様式の屋敷があり、午後の陽光が石灰岩の外壁を照らしていた。縦仕切り窓が優美な破風の下できらめいている。前面中央には小ぶりの前廊《ポルチコ》があり、ケイレブがそこにいて近づいてくる馬車を笑顔で待っていた。イモジェンは歓迎され、家に帰ってきたと即座に感じたが、その気持ちを無情に押し潰した。屋敷に夢中になってもいいことはない。屋敷の主を愛してしまっただけでも痛手なのだから。

馬車は円形の馬車まわしを進み、玄関前でやさしく揺れて停まった。馬車の扉がさっと開けられた。

「ウィロウへイヴンへようこそ」ケイレブがイモジェンに手を差し出した。

彼女は少しためらったあと震える手をケイレブに預け、踏み台を下りた。ブーツに踏まれた砂利が音をたてるなか、彼にいざなわれて複雑な彫刻が施されたどっしりしたオーク材のドアへ向かう。背後で父が使用人の手を借りて馬車を降りるところなのをぼんやりと意識しながら玄関広間に入った。

壁はドアと同じ材質の美しくて暗い色合いの羽目板張りで、親しみと温もりを醸し出している。床は白い大理石で、菱形の黒大理石がそこここに埋められており、天井は白く塗られてその全体に黒っぽい梁《はり》が渡されている。ケイレブの隣りを歩くイモジェンは忘我の境地ですべてを見て取っていった。彼の案内でイモジェンと父は明るい部屋に入った。中庭とおぼしき場所に面したアーチ形の窓が開いている。アルコーブには優美なテーブルが置かれており、咲き誇る花の花瓶が飾られている。うっとりする香りが五感にしみる。壁のひとつには大きな大理石の暖炉があり、ジェイムズ一世の肖像画がその上にかけられていた。

なにもかもが豪華で、イモジェンは息を呑んだ。ここに母がいなくてよかったと心から思う。これだけの富を目にしたら、レディ・タリトンなら媚びへつらい、イモジェンは恥ずかしい思いをしていただろう。ダンカン家も貴族でけっして貧しくはないけれど、母はただの准男爵の娘で、上昇志向が強いのだ。

それに反してタリトン卿は娘の横に黙って立ち、屋敷の主にものやわらかな笑みを浮かべていた。父はどんなときも上の空なのだが、それでもなにも言わずに支えてくれ、娘に恥ずかしい思いをさせずにいてくれる。

執事が上着類を受け取り、馬車から荷物を下ろすよう、従僕たちや後続の小ぶりの馬車から降りてきた使用人たちに指示を出していると、ケイレブが言った。

「ビルズビーが部屋に案内します。夕食の前に小さいほうの応接間で会いましょう。時刻になったらメイドに案内させます」

イモジェンは不安が背筋を駆け下りるのを感じた。それがなんなのかは、父とともに執事に続こうとしたときに気づいた。

彼女は立ち止まってケイレブをふり向いた。彼がすぐさま近づいてくる。「どうしたんだい？」心配そうな声だ。

「お母さまのレディ・ウィルブリッジはお留守なの？　いらっしゃるという印象を受けたのだけど」

ケイレブが口をきつく結び、目に緊張をたたえたので、イモジェンは驚いた。「ああ、母もふたりの妹もいるよ。少し休んで旅の疲れを取ってから会うほうがいいんじゃないかと思ったんだ。夕食の前に会えるよ」

「いまお会いしたいわ」静かな声で言う。

ケイレブが眉根を寄せた。「休んでからにしてほしい。きみは疲れているはずだよ」

「いいえ、いまご挨拶するべきだわ。あとまわしにするなんて無作法だもの」譲らない気持ちがにじんだ声を聞いて、ケイレブが思案した。

「わかった」ゆっくりと言って腕を差し出すと、イモジェンがそこに手をかけた。彼はタリトン卿にお辞儀をした。

「差し支えなければ、母のところへお連れしたいのですが」

タリトン卿は大きく顔をほころばせた。「もちろんいいとも」

三人で歩き出したが、ケイレブはなぜかうち沈んでいた。イモジェンを母親に会わせたくないのかと思うほどだ。けれど、そんな心配がなくても、イモジェンはすでに神経質になっていた。

屋敷は、入ったときに見かけた中庭を取り囲む形に建てられているようだった。ケイレブはイモジェンたちを左手へといざない、石灰岩のアーチをくぐり、磨き抜かれたオーク材の階段へ出た。その階段を上がり、豪華な設えの部屋をいくつか通ると、小ぶりの応接間があった。すでに執事が待っており、ドアを開けてお辞儀をした。

「ありがとう、ビルズビー」ケイレブがもぞもぞと言って、イモジェンをなかへ通した。

薄緑色の長椅子に座っていた上品な女性がはっと驚いて刺繍から顔を上げた。母親に会わせるのはあとにしたいとケイレブが言っていただけに、華奢な女性を目にしてイモジェンは意外に思った。だれ彼なくこわがらせるような女性を想像していたのだ。それなのに、ケイレブの母親はイモジェン以上に神経質になっているように見えた。近づいていくと、見ている側がつらくなるほどの渇望をこめて侯爵夫人が息子のケイレブを見つめているのに気づいた。

夫人の髪はケイレブと同じ赤銅色だったけれど、灰色がかなり混じっている。顔立ちは逆三角形に近くてやわらかな印象で、口もとと目もとにしわがある。

「母上」ケイレブは先代の侯爵夫人の前に立った。「タリトン子爵とそのご令嬢のミス・イモジェン・ダンカンをご紹介します。イモジェン、母のレディ・ウィルブリッジだ」

イモジェンは震えるひざを折ってお辞儀をした。体を起こすと、侯爵夫人も立ち上がって目の前にいたのでびっくりした。

「ようこそ」やさしく声をかけられた。息子のケイレブと同じく緊張した表情ではあったけれど、イモジェンに向ける笑顔は心からの親しみがこもったものだった。「来ることを快諾してくださって、お目にかかれてとてもうれしいわ」

イモジェンは奇妙な言いまわしにはっとした。皮肉かと侯爵夫人の顔を探ったけれど、そこにあったのは自信なさげな好意だけだった。

「ありがとうございます、マイ・レディ」おずおずとした笑みを浮かべる。「こちらに来られて光栄です」

「タリトン子爵さま」レディ・ウィルブリッジが今度はイモジェンの父親に話しかけた。

「学者だとうかがっています。ここにいらっしゃるあいだはどうぞうちの図書室を存分にお使いください。きっとお気に召していただけると思います。ノーサンプトンシャー一の蔵書だと言われておりますのよ」

父の目がぱっと輝いたのを見て、どうしてここを訪問することに惹かれたのかがイモジェンにはわかった。ケイレブはイモジェンを確実に招くために父の書物への情熱を利用したのだ。

「ありがとうございます、マイ・レディ」タリトン卿が返した。「楽しみにしています」

侯爵夫人が顔を転じたとき、イモジェンは隅に座っているふたりの若い女性にはじめて気づいた。ひとりはケイレブと同じ赤銅色の髪で、青灰色のドレスを着ており、頑なに横を向いたまま沈んだ感じだった。年下らしきもうひとりは、ストロベリーブロンドの巻き毛で、すてきなライムグリーンのドレス姿だ。彼女は興味津々の面持ちで客を見つめていた。

「娘たちを紹介いたしますわ。こちらはエミリーです」姉妹のもの静かなほうを示す。「そして、こちらが末娘のダフネです」

イモジェンはふたたびひざを折ってお辞儀をした。レディ・エミリーは座ったままで、なぜかイモジェンをまっすぐに見ないままそちらの方向に会釈した。けれど、妹のレディ・ダフネは椅子から勢いよく立ち上がり、イモジェンの両手を握った。彼女の目はドレスとほとんど同じ色合いの明るい緑色で、興奮の色をたたえていた。

「ミス・ダンカン、お越しいただいてとても興奮しているのよ。ここへはロンドンからまっすぐ?」

「え、ええ」イモジェンは口ごもった。飛び跳ねんばかりに活力に満ちているレディ・ダフネは、まさに突撃型だ。

「一緒に座りましょうよ」返事も待たずに姉のエミリーが座っているソファへとイモジェンを引っ張っていく。

「ダフネ」ケイレブが注意するように言った。

「かまいませんわ」きょうだいの仲をいま以上に悪くしたくなくて、イモジェンは言った。

「そうよ、お兄さま」ダフネが口をはさむ。「落ち着いて。イモジェンとわたしは親友になるの。イモジェンと呼んでもかまわないわよね? わたしのことはダフネと呼んでね。レディ・ダフネなんていやだから。だって、ここで堅苦しくするなんておかしいもの」

イモジェンは返事をしようと息を吸いこんだが、彼女が続けたので慌てて口を閉じた。

「ロンドンのあれこれをどうしても聞きたいの。イモジェン、うわさ話だとか流行を全部教えてちょうだい。お母さまは来年わたしが社交界デビューするときにロンドンへ行ってもいいと言ってくださったのだけど、それだとうんと先だし」

侯爵夫人が割りこんだ。「末娘を赦してね、ミス・ダンカン。お客さまをお迎えする機会がほとんどないし、この子はとてもロンドンに行きたがっていて」

イモジェンは安心させるように微笑んだ。「謝ったりなさらないでください。よくわかりますから。お嬢さんは、はじめての社交シーズンでいまロンドンにいる妹のマライアに似ているところがあるんです」

これを聞いたダフネが調子づく。「まあ！　妹さんは人気者なの？　ワルツを踊ってもいいとお許しが出ているの？　もう求婚者が現われたりしている？」

イモジェンは思わずぷっと噴き出してしまった。「ええ、妹はなかなかの人気者なの。それに、手紙を書くと約束してくれたから、届いたらロンドンの最新情報を教えてあげるわ」

「うれしい！」ダフネは大はしゃぎだ。反対端に静かに座っている姉に勢いよく目を向ける。「お姉さま、すばらしくなくって？」

声をかけられたレディ・エミリーがふり向いた。イモジェンは、注意深いおだやかな表情を取り繕うのに慣れていてよかったと思った。彼女の反対側の顔を見て、思わず息を呑みそうになったからだ。左のこめかみから口角まで長くおそろしげな傷があったのだ。古い傷のようだったけれど、その怪我をしたときはかなり痛かったにちがいない。なにが原因であんなにひどい傷を負ったのだろう？

「ええ、すばらしいわね」レディ・エミリーはぼそぼそと言った。傷を見てどんな反応をするかと試すように、イモジェンをじっと見つめている。

イモジェンはやさしく微笑みかけた。「あなたはロンドンに行ったことがおあり、レディ・エミリー？」

「いいえ」

それで終わりだった。彼女はまた横顔を向けて口をつぐんでしまった。

侯爵夫人が話しかけてきたので、イモジェンがレディ・エミリーの奇妙な態度をあれこれ考える時間はなかった。「レディ・サムナーもあなたの妹さんではないかしら？」

「そうなんです。お宅が妹のところと近いと聞いて喜びました。妹はいまは本邸にはいないのですけど。ラトランドの地所を訪問中なんです」

「残念だったわね。こちらに滞在中に妹さんに会いにいけたらよかったのに。でも、間に合うように戻ってらっしゃるかもしれないわね。わたしたちみんな、レディ・サムナーが大好きなの」

この短いやりとりのあいだ、じれったそうにソファの上で跳ねるようにしていたダフネが、ふたたびイモジェンを自分の会話に引きこんだが、ケイレブがやってきて話の腰を折った。

「夕食の前にミス・ダンカンとお父上に休んでもらわないと。ほとんど二日かけて旅をしてきたのだから」

彼がイモジェンの肘に手をかけた。すなおに立ち上がったが、彼の家族があっという間に好きになり、もう少し一緒に過ごしたいと思っていた。

けれど、考えてみれば、彼の家族とあまり親しくならないほうがいいのかもしれない。そうは思ったものの、父とともにケイレブに部屋まで案内してもらいながら、その戦いにはすでに負けを喫していると悟った。すでに彼の家族が大好きになっていたし、滞在中にもっと好きになるだろうという予感がしていた。それはつまり、ケイレブとついに別れるときには、よりつらい思いをするということだ。

18

「これはわたしのドレスじゃないわ！」イモジェンは鏡で自分の姿を見ながら悲鳴に近い声をあげた。

妹のメイドで、いまはイモジェンについてくれているケイトは、自分の仕事の手並みをじっくりと見て満足した顔になった。「それがお嬢さまのドレスですわ。まあ、ちょっと手なおしはしましたけど」

イモジェンは胸もとが深くくれた薄黄色のシルクのドレスを目を丸くして見た。生まれてこの方、ここまで胸をさらけ出したことなどなかった。ううん、それは正しくないかも、と仮面舞踏会で着たすばらしいサファイアブルーのドレスを思い出す。あのドレスのほうがもっと体の線をあらわにしていた。ストマッカーはきつく絞られ、四角い襟ぐりは胸の上部と肩をさらけ出していたのだから。でも、あの晩は内気で地味なミス・イモジェン・ダンカンとは別人のふりができた。いま鏡に映っているのは、ひどく露出した体に心地の悪い思いをしている自分自身だった。顔が朱に染まり、それが首や豊満に見える胸もとに広がっていくのに見入ってしまう。

「ドレスをめちゃくちゃにしていいと命じたのはだれ？」詰問したものの、そう言ったとたんにだれの仕業なのかわかった。母だ。あの人は娘をウィルブリッジ侯爵夫人にするためならなんだってするのだ。その娘がイモジェンでも。

「レディ・タリトンです」思っていたとおりの返事だった。「ロンドンを発って以来、お嬢さまのドレスすべてを手なおしするのに働き詰めでした。言いたくありませんけど、走っている馬車のなかで針仕事をするのは骨が折れました。というより」キャップ・スリーブを整えながら言いなおす。「持ってきたドレスの大半はお嬢さまのものではなくてミス・マライアのものなんですけど。ミス・マライアのほうが背がお高いですけど、おふたりとも胸が豊かでいらっしゃるので、スカートの裾を上げるだけですんだのが幸いでした」

イモジェンは何度か口を開けたり閉じたりした。つまり、そういうことなの？　お母さまは賞を取った雌馬のようにわたしをケイレブの前で歩かせるつもりなのだわ。ボディスを引っ張って胸の膨らみを少しでも隠そうとする。それがうまくいかないとわかると、いらだちの息を吐いた。髪がすてきに結われているのがせめてもの救いだ。人に髪を結ってもらうことには慣れていなかった。まとめにくい髪をちゃんとするには簡単に引っ詰めるのがいちばんだと思いこんでいたのだ。

けれど、ケイトは扱いにくい薄茶色の髪に魔法をかけてくれた。今夜のイモジェンの髪は、頭のてっぺんで複雑な三つ編みの小冠に結われている。深い襟ぐりのおかげでいつも以上に長く見える首筋に、巻き毛が数本垂らされている。黄色いドレスは顔色を少し悪く見せてはいるものの、全体的な印象はやわらかで女性らしくなっている。ちょっぴり美しくもなっているかしら？　ひと晩中頰を赤らめていられれば、ドレスの色が似合っていないことにも気づかずにいてもらえるかも？

人に気づかれずにいることはなんの問題もないけど。苦々しげにそう思いながら、最後にもう一度信じられない目で胸を見た。

ケイレブは応接間の窓ぎわに立ち、暗くなりつつある空を見るともなしに見ていた。母とふたりの妹は、彼の背後のソファにおどおどした雀のように座っており、静かにおしゃべりをしている。いや、おしゃべりをしているのは母とダフネか。エミリーはいつものように内にこもって黙りこくっている。自分の同席する場でこんな風でなかったときのエミリーなど思い出せなかった。

いや、それはちがうな。眉根を寄せてそう思う。活気に満ちた、内気ながら明るい少女のころもあった。一心に考えれば、エミリーの笑い声を思い出せそうだ。笑い声を聞かなくなって十年以上も経ってしまった。

だめだ、思い出すつもりはない。袖を強く引っ張ってうっすらとした記憶をふり払う。そういう思いはふだんだって歓迎できないが、いまは特にそうだ。ケイレブは炉棚の上の時計をちらりと見た。イモジェンと彼女の父親がそろそろ来るころだ。苦痛しかもたらさない過去の情景に気を散らしている場合ではない。

ここへイモジェンを連れてきたのは果たして賢明だったのだろうか、と考えるのもこれがはじめてではない。彼女がくつろげ、彼女らしくいられる場所へとロンドンから連れ出す必要があったのだ。田舎での親族のハウス・パーティでイモジェンは花開いた。そこで、自分の地所のひとつに彼女を連れていこうと思い立ったのだ。

なぜイモジェンに求婚を断られたのかわからなかった。だが、少なくともこの環境にいれば、ふたりはとても似合いだとたやすく証明できるだろう。ハウス・パーティで分かち合った気楽な雰囲気を取り戻せれば、きっとイエスと言ってもらえるはずだ。

もう少し小さめの屋敷に連れていこうかとつかの間考えもしたのだった。どの屋敷も手入れが行き届き、それぞれの美しさを持っている。だが、結局その案は却下した。ウィロウへイヴンが荘厳な屋敷であるという理由だけでなく、自分の家族にそばにいてほしかったのだ。

家族か。頭をふり、痛みを感じるほど強く歯を食いしばる。そう、何年も何年も必要としてこなかった家族にいてもらいたかったのだ。独身で放蕩者という評判を得ている自分が、たとえ父親が一緒だとしても、イモジェンを家族のいないほかの地所に招くなどできなかった。真剣な交際をしようとしているのをわかってもらうだけでなく、イモジェンの評判を守ることも重要だった。

だが、それは賢明な決断だっただろうか？　母は、持てる力のすべてを発揮してイモジェンとの縁組みを後押ししてくれるとわかっていた。ケイレブはもう三十歳で、結婚して跡継ぎをもうけなければならないのだから。もし近しい仲だったら、貴族仲間のほかの母親と同じく花嫁を見つけなさいとせっつき、育児室を準備していただろう。

ダフネも問題にはならないはずだ。騒々しいくらい元気で明るい彼女がいれば、イモジェンがくつろぐ助けになるかもしれない。

だが、エミリーはちがう。いつものようになにを見るともなく見つめていて、人をはねつけるようなこわばった姿勢で母の隣りに座っている妹に目をやりたい衝動をこらえる。この件にエミリーがどんな役割を果たすかは未知数だった。自分に対するように、イモジェンも完全に無視するだろうか？　彼女の打ち解けない態度のせいで、イモジェンへの求婚は失敗に終わるだろうか？

ちょうどそのとき、ドア付近がざわめいた。そちらをふり向き——つかの間息をするのも忘れた。

こんな美しい装いをしているイモジェンは前に一度見たことがあるだけで、あれは仮面舞踏会の夜だった。あのとき、彼女を見て腹を立てたのを思い出す。あのときの彼女は自分のイモジェンではなく、まったくの別人だった。

だが、いまは怒りをおぼえなかった。これは紛うことなき私のイモジェンだ。コルセットをきつく締めておらず、巻き毛をとんでもなく高く結い上げてもおらず、頬紅もつけていない。髪は上品で優雅に結われてやわらかい印象で、ドレスは体型を際立たせる形のものだ。それに、頬を染めている赤みは自然のものだ。

生まれてこの方これほど美しいものは見たこともなかった。

ケイレブはほかの人たちをすっかり忘れて彼女のもとへ向かった。イモジェンが腕にしがみついている父親も見えていなかった。彼女の手を取り、震えている手の甲にさっと唇をかすめる。繊細な金属枠の眼鏡の奥で、信じられないほど澄みきった碧青色の目が大きく見える。

「イモジェン」世界一おいしい料理を目の前にした餓死寸前の男のように彼女を見つめているのに気づいたが、かまわなかった。「きみは……」

イモジェンが唇をきつく結んだ。「わかっています」つぶやくように言う。父親はレディ・ウィルブリッジと娘たちに挨拶をしようと、さりげなく離れていった。「やりすぎよね」

「ちがう」ケイレブは慌てて請け合った。「全然やりすぎじゃない。ちょうどいい」

いい、いい、ちょうどいいだって？　私は大学を出たての青二才か？

困惑しているイモジェンを見て、なんとかへまを取り繕うとした。「いや、つまり、ことばもないくらい美しいと言いたかったんだ」親しげな雰囲気に声を落とすと、ぼうっとした目になった彼女がかすかに震えた。不安げに唇を舌で湿らせようとした彼女の動きに目を奪われる。ちらりと覗いたピンクの舌ほど官能的なものを見たことがあっただろうか？

そのとき、ビルズビーが応接間にやってきて、夕食の準備が整ったと告げた。無言のままイモジェンに腕を差し出したケイレブは、鳥のように軽やかに袖に置かれた彼女の手を感じた。イモジェンをいざないながら、彼は内心で笑みを漏らした。ああ、私のイモジェンは驚きに満ちている。それをひとつ残らず見つけ出すぞ。


どうやらイモジェンは、睡眠不足に慣れなければならないようだった。

これからの二週間、自分のものになる大きくてやわらかなベッドに横たわり、繊細な細工が施された漆喰の天井を見上げ、ぼんやりした渦巻き模様を描いている月明かりを見ていた。けれど、心はケイレブの眠っている少し離れた部屋に飛んでいた。求婚にイエスと言っていれば、いまこの瞬間も彼の腕に包まれていたはずだ。でも現実は、慣れない寝室にいて彼を思って胸をうずかせている。

ため息をつき、横向きになる。ベッドの彼を思い浮かべたりなどしない。明日の朝、目を血走らせた人食い鬼みたいにならないよう休まなくては。そう決意して目を閉じ、ケイレブ以外のことを考えようとした。

今度は彼のことで頭がいっぱいではなかったため、今晩全体を思い出した。ドレスのことで――というか、ドレスがちゃんと体をおおってくれていないことで――感じた不安が消えたあと、マスターズ家の面々をより深く観察できるようになった。ケイレブは微笑みながら冗談を言ったりして、いつもの魅力的な放蕩者だった。けれど、彼らしくもなく家族とのあいだに距離をおいていた。家族ならではのからかいや愛情がなかった。赤の他人と同じ接し方だった。

ケイレブの母親はそれとは逆に、息子を強い渇望と心配のまなざしで見ていて、イモジェンは一度ならず顔を背けずにはいられなかった。侯爵夫人は見るからに息子のケイレブを愛しているのに、彼のほうは母親にほとんど目を向けていなかった。

妹ふたりはすべての面において正反対だった。レディ・ダフネは喜びに弾けるボールで、どんな話にも楽しい面を見つける。きょうだいとは疎遠になっているとケイレブは言っていたけれど、ダフネはそうは思っていないようで、超然としていようと決めたかのような兄に対してもしょっちゅう冗談を言っていた。それに対してレディ・エミリーは、食事のあいだ中しゃっちょこばって座っており、人を寄せつけない冷ややかな態度で、直接なにかを訊かれたときだけ短く返事をしていた。イモジェンは何度か、彼女が半ば閉じた目でケイレブをじっと見ているのに気づいた。そこにどういう意味があるのか、まるで見当もつかなかったけれど、なにか問題があるのは明らかだった。

いらだちで低くうめくと、上掛けをはねのけて起き上がり、上靴を履いて部屋着を着た。眼鏡もかけ、ろうそくをつけ、部屋を出た。図書室へ行こうと決める。旅に持参した本はすべて読んでしまったからだ。勢いよく駆けめぐる思いを落ち着かせてくれる本が見つかるかもしれない。

月明かりが床や羽目板張りの壁を四角く照らす長い廊下を進む。ウィロウヘイヴンは古いけれど、愛されてきた屋敷だ。古い屋敷にありがちな隙間風は入らないし、先祖代々の家宝だってこれ見よがしに陳列されていないし、心からわが家と呼べるような心地よい温かな屋敷だ。なめらかな手すりに触れながらオーク材の階段を下りて玄関広間を横切る。図書室への行き方はしっかりとおぼえていた。翌早朝にひとりで図書室に行けるようにしておきたいと、父が就寝前に場所を教えてほしいと頼み、父がそこでほとんどの時間を過ごすだろうとわかっていたイモジェンも行き方を頭に刻んだのだった。

図書室は簡単に見つかった。なかに入るとそびえ立つ書棚のところへ行き、明かりを近づけて題名を見ていった。ゆがんだ笑みが浮かんだ。この書棚ひとつだけをとっても、父は食事に出てくる見こみがなさそうだ。植物に関するさまざまな学術書が集められた書棚のようで、父が特に関心を持っている標本目録も数点あった。

ため息をついて書棚の前を行く。やがてもっと最近の書物の棚に来た。顔がほころぶ。ケイレブの妹のどちらかはゴシック小説が大好きなようだ。本の背に触れていき、アン・ラドクリフの『森のロマンス』を選ぶ。書棚からとって部屋に戻ろうとしたとき、小さなランタンを持ったケイレブが図書室に入ってきた。

イモジェンははっとした。ケイレブも同時に彼女に気づいてはたと足を止めた。

「イモジェン」驚きに満ちた声だった。

彼女は本を胸にかき抱いた。手の震えを受けてろうそくの炎が揺れ、壁で影が躍った。前回夜にふたりきりになったときをあざやかに思い出す。顔がまっ赤になっていき、ごくりと唾を飲む。

「ごめんなさい」かろうじて聞き取れるほどの弱々しい声だ。「眠れなかったから、本でも読もうと思ったの」

ケイレブの苦笑いを見て、イモジェンはどきりとした。「私も同じなんだ」彼が近づいてきて目の前に迫ると、イモジェンは書棚に背を押しつけた。

「なにを持っているんだい？」

イモジェンは無言のまま見せた。ケイレブがくすりと笑う。

「ゴシック小説？　きみがゴシック小説好きだとは知らなかった」

おもしろがられているのがわかり、イモジェンは頬を染めた。「ちがいます。つまり、ふだん読むものではないの。でも、落ち着かない気分だったから、いつもとちがう本を読むのもいいかもしれないと思ったのよ」

「きっとそうだろうね」ケイレブがつぶやいた。その目には温かみがあった。

「ゴシック小説がだれのものかご存じ？」イモジェンは思わず訊いていた。「勝手にお借りしてもいいものかしら」

ケイレブが顔をしかめた。彼の目になにかの表情がよぎる——苦痛？　後悔？　けれど、すぐさまその表情を消しておだやかな顔を繕った。

「さあ、わからないな。でも、だれの本だとしても、借りるのは全然かまわないと思う」

イモジェンはなにか引っかかるものを感じた。家族がどんな本を好むかというようなことくらい、彼は知っているべきでは？　書棚にずらりと並ぶ本の数々からして、これを読んだ人はこの分野にかなりの情熱を持っているはずだ。ひょっとしたら、この分野を好む人が家族のなかに複数いて、だから彼にはわからないのかもしれない。

イモジェンはうなずいた。「そういうことなら。そろそろ部屋に戻ります」彼をよけてドアに向かいかけたものの、腕に触れられて足を止めた。薄い部屋着越しに彼の手が熱く感じられる。

「いや、行かないでくれ」ケイレブがそっと言った。「ふたりきりで過ごせてないだろう……あれ以来。座ってくれないか」迷っているイモジェンを見て、彼は小さく微笑んだ。

「行儀よくして、きみには触れないと約束するよ。それを心配しているのなら」

急に熱くなった顔を背け、そこにある強い渇望を彼に見られなかったことを願いながらさっとうなずいた。彼は大きな暖炉に向いて置かれた快適な張りぐるみの椅子へとイモジェンをいざなった。彼が火を熾《おこ》しているあいだに、なんとか気を落ち着けようとする。それなのに、上等なローン地のシャツの下で筋肉が動くようすや、熾《おこ》されたばかりの小さな火を受けて髪がきらめくようすに見入ってしまった。

炎が燃え立つと、ケイレブは彼女の横に座った。「前みたいに打ち解けた間柄になりたいんだ、イモジェン」

「そんなことができるのかしら」ぼそりと言う。

「どうして？」

イモジェンは彼を長々と見つめた。「ふたりのあいだで起こったことは――」喉が詰まり、咳払いをする。「もう前とはちがってしまったのよ。戻るのは無理なの」

「だからどうしてなんだい？　ふたりのあいだで起こったことは、完全に自然なんだよ」

「わたしたちのいる社会ではちがうわ。軽々しく考えてはいけないの」

ケイレブが身を乗り出す。「軽々しくなんて考えていない。どうしなければいけないか、わかっているだろう。結婚するんだ」

「いいえ、そんな必要はないわ」

ケイレブは彼女の目のなかになにかを見たらしく、ゆっくりと椅子の背に体を戻した。一心な表情が消えていく。「この件できみと言い争うつもりはないよ、イモジェン。いまは滞在を楽しんでもらいたいだけなんだ。ウィロウへイヴンは気に入ったかい？」

話題と彼の態度が突然変わったことにとまどって、イモジェンは目を瞬いた。「もちろんだわ」警戒気味に答える。「美しいお屋敷ですもの。あなたがここをとても愛しているのがわかるわ」

うなずくケイレブのまなざしがやさしくなった。「大好きだ」

「でも、ここにいても幸せではないのね」

質問ではなかった。ここに到着したときから、彼はいつもどおりのふりをしていたけれど、ウィルブリッジ家の地所に入ったとたんに緊張したのは明らかだった。

彼は肩をすくめ、暖炉で躍る炎に目を転じた。眉間にしわが現われている。

「それなのになぜ戻ってきたの？」

暖かな光を浴びてケイレブの肌は黄金色に輝き、彼女をふり返った薄灰色の目にはオレンジ色の炎が映っていた。「きみのためだ」

イモジェンの体から空気がゆっくりと漏れ出す。「わたしのため？」

「そうだ」

イモジェンは頭をふった。「なぜ？」

「なぜなら」ケイレブは彼女の手を取った。「ロンドンではぜったいに結婚を承諾してもらえないとわかっていたからだ。母上の支配下から逃れ、思う存分きみ自身になれる場所にいてもらわなければならなかった。それに、ここを気に入ってもらえるとわかっていた」

ケイレブが予想していたとおり、イモジェンは黙ったままだった。ぼんやりと彼女の手の関節を親指でなでると、そのちょっとした親密な仕草で彼女の体と頭からこわばりが抜けていった。こんな風に彼とくつろぐ時間がなくなって、イモジェンは寂しかったのだった。

しばらくのちに口を開いたとき、ケイレブの声は不安げだった。心許ない平穏を壊すのをこわがっているかのように。「どうして結婚してくれないのか、理由を話してくれていないよね」

フランシスの顔がイモジェンの心にぱっと浮かんだ。彼の手をもっときつく握り、理由を説明したくなった。愛しているけれど、自分と同じようには彼から愛されないのではないかと心配なのだと。侯爵夫人になる資格もない、社交術など持ち合わせていない妻を背負いこんでしまったことに、ある日目覚めた彼が気づいてしまうのではないかこわいのだと。イモジェンと結婚したことに彼が憤慨し、毎日少しずつ自分が死んでいって最後には抜け殻になってしまうのではないかと。

イモジェンは彼に握られている手をそっと引っこめた。「わたしたちはうまくいかないわ」小さな声だった。「そういう風には」

「うまくいくと同意してもらえると思うけどな、イモジェン」甘い声が彼女をとろけさせようとする。イモジェンは心を鬼にした。

「結婚はそれだけじゃないのよ」きっぱりした声を出す。

ケイレブはしばらく無言だった。「そうだね。きみの言うとおりだ。だが、私たちはこの何週間かですばらしい友情を育んできたじゃないか」

なにか言わなくては。この機会に、ふたりの結婚に光があるのかどうかを知っておかなくては。「でも」なんとかそう言ったものの、体中で血がどくどくと流れていた。「そのうちもっと欲しくなったり、もっと感じたくなったりするのでは？」

そのことばが口から出た瞬間、取り消したくなった。いったいなにを考えているの？　どうしてそんなに大胆なことを訊けるの？

ケイレブの浮かべた笑みはとてもやさしいものだったので、イモジェンの心に希望がどっと湧いた。けれど、彼のことばがそれを粉々に打ち砕いた。

「それについては心配はいらないよ、イモジェン。私は恋に落ちるような男じゃないんだ。詩人や夢想家が言うようなものはまったく感じた経験がない。だから、安心してくれていい――私はぜったいに恋に落ちないし、不義を働かないし、きみを捨てたりもしない」

彼はとんでもなく貴重なものをイモジェンに贈ったかのような顔をしていた。イモジェンは笑みを返そうとした――それ以外にどうすればいいというのだろう？　では、これで終わりなのだ。熱い涙がこみ上げてくるのを感じたが、懸命にこらえた。

「それに、きみもわかっていると思うが、私たちには情熱がある」ケイレブが不意に声を低くしたので、彼女は思い出したくもないことを思い出させられた。「友情にくわえて情熱もあるなんて、私が結婚に望んでいた以上だ」

イモジェンはこれ以上彼と一緒にいられなかった。彼はふたりが似合いだと説得して事態をよくしていると思っている。イモジェンをさらに遠くへ追いやっているとも知らずに。

彼女は立ち上がった。「もう休まないと」

ケイレブも立ち上がり、また腕をつかんで彼女を止めた。「少しくらいは私を好きでいてくれるのだろう、イモジェン？」

イモジェンは血の気を失いそうになった。「あなたを……好きでなければ、ベッドをともになどしませんでした」

彼がさらに近づく。「だったら、結婚に賭けてみないか、イモジェン。私たちふたりに賭けてみてくれ」

断るべきだ。断固とした態度で、求婚は受けないとはっきりとわかってもらわなければ。この数分間に彼の言ったことを考えたら、そうするしかない。

けれど、きみを愛することはけっしてないと言われたいまでも、そのことばは出てこなかった。なんとか言おうとしたのに、喉は詰まり、唇がことばを発しようとしてくれない。気づくとこう懇願していた。「滞在期間いっぱい時間が必要だわ。お願い」

ケイレブは長いあいだ彼女の顔を探っていた。そして、彼のなかでなにかが変わった。決意をにおわせる顔つきになり、イモジェンはこわくなると同時に興奮もした。唇は気怠げで自信たっぷりの笑みを浮かべ、彼女をとろけさせた。彼がイモジェンの唇をじっと見つめる。

彼女は罠にかかったウサギのようにケイレブをただ見上げるしかできなかった。

「きっとわかってもらえると思うよ、イモジェン」喉を鳴らすような声で言い、彼女の後頭部を包んで巧みに揉んだ。「二週間の滞在が終わるころには、ふたりは似合いだと。とてもぴったりだと」

19

翌朝、イモジェンの身支度はいつも以上に念入りだったが、自分でそうしようと決めたわけではなかった。やわらかな髪型に結い、顔のまわりでカールさせるとメイドのケイトが言い張ったのだ。

妹のドレスが出されたとき、イモジェンはためらった。胸の下でサテンの飾り帯を結び、白い花の繊細な刺繍が施された薄青色のドレスは、とても女らしくてかわいらしいもので、イモジェンがこれまで着てきたものとは似ても似つかなかった。

ケイトが仕事を終えると、鏡に自分の姿を映してみた。自分ではないようだったけれど、いいほうに変わったとしぶしぶ認めた。薄青色のドレスのおかげで肌は白くなめらかに見え、はっとするほど目を際立たせていた。ほんとうにすてきな色のドレスで、自分で選ばせてもらえたとしてもこれがいいとわかっていた。

ふと、ケイレブならこの変化を、イモジェンが彼を喜ばせようとしていると取るのではないかという思いが浮かんだ。けれど、すぐに頭をふり、肩をそびやかし、朝食室へと案内するために来たメイドについていった。わたしがどう見えようと、彼がどう考えようと、なにも変わらない。ここでの滞在期間が終わったら、ふたりはやはりそれぞれの道を行く。そうしたら、なにも変わらなかったかのように、わたしは自分の人生に戻れる。

そう思ったら悲しみに包まれた。けれど、それがしなければならないことなのだから、そうでなければよかったのにと願うのは意味がない。この二週間はすてきな幕間《まくあい》になるだろう。でも、その期間が終わったらすんだことと忘れ、これまでずっとしてきたように前に進む。

朝食室は一階の東側にあった。薄黄色の織物が壁をおおっており、窓からは陽光が射しこんでいて、とても明るい部屋だった。レディ・エミリーがすでに紫檀のテーブルについていて、料理の載った皿と『タイムズ』紙を前にしていた。イモジェンが入ってくるのを見た彼女は、卵を運ぼうとしていたフォークを止め、それを皿に置いた。

「レディ・エミリー、おはようございます」イモジェンは朗らかに挨拶した。レディ・エミリーは会釈だけすると、椅子を立ってドアに向かった。なにも言わずにそばを通り過ぎる彼女を、イモジェンは困惑と仰天の気持ちで見送った。前日に彼女の気を悪くするようなことをしたのだろうか？　ううん、レディ・エミリーは会った瞬間からあんな風だった。

イモジェンは頭をふり、サイドボードのところに行った。六人分以上の料理がどっさり載っている。トーストと半熟卵を取って椅子に座った。従僕がホット・チョコレートのカップを置いてくれて、トーストに蜂蜜を塗っているとき、ケイレブが朝食室に入ってきた。

鹿革のブリーチズに赤紫色の上着姿の彼はとてもハンサムだ。服の色が髪の赤銅色を際立たせ、瞳をより薄い色合いの印象的なものにしていた。彼は満面の笑みを浮かべていた。イモジェンの手からスプーンが落ちて、蜂蜜が手の甲についてしまった。

彼がまっすぐイモジェンのところに来る。「イモジェン、今朝のきみはとんでもなく魅力的だね」彼女の手を取って関節にキスをし、手についた蜂蜜を舌でなめ取った。もし立っていたら、ひざからくずおれていただろう。彼が手を放してサイドボードへ行くと、イモジェンは両手をひざの上で握りしめて震えをこらえた。

山盛りの料理を皿に載せたケイレブがすぐに戻ってきた。十人以上は座れる大きなテーブルなのに、彼はイモジェンの隣りを選び、腰を下ろすときにふたりの脚がかすめた。なんでもいいから忙しくしていたくて、イモジェンはホット・チョコレートのカップを取ってごくごくと飲み、舌を火傷して思わず声が出そうになった。

ケイレブは食べはじめもせず、頬の横に垂らした彼女のカールを引っ張った。その拍子に長い指が肌に触れ、イモジェンはごくりと唾を飲んだ。

「この髪型はいいね」彼の声はかすれていた。「きみに似合っている。隠してはだめだよ。すごくきれいな髪なのだから」

そのことばはうっとりするほど親密なものだった。親密すぎるほどだ。イモジェンは慌てて近くにいる従僕を見たが、彼はサイドボードの皿を並べなおすのに忙しいようすだったのでほっとする。頭もほかのことを考えるのに忙しくて、いまの話が聞こえていなければいいのだけれど。

「それに、このドレスだ」ケイレブが指先で首筋からドレスの袖へと軽くたどっていく。「きみの目を美しく見せる効果があるね。これまで見たきみのドレスのなかで、この色がいちばんいいな」

イモジェンは咳払いをした。「ありがとうございます、侯爵さま。妹のメイドのおかげなの。そのメイドを同行させてくれた母の気づかいには感謝しているけれど、メイドのケイトはマライアに仕えるのに慣れていて。わたしはこんな風にされるのはどうかと思ったのだけど、ケイトがどうしてもと言い張るし、髪型やドレスの流行については彼女のほうが詳しいから、わたしが我を張らないほうがいいと感じたの。いつもは髪は自分で結っているのだけど。それに、このドレスはわたしのものではないんです。でも、わたしもこの色は気に入っています」とりとめもなくべらべらとしゃべっているとわかっていても、どうにも止まらなかった。

「ケイレブだ」彼がやさしい声で割りこんだ。

イモジェンは困惑して彼を見た。「はい？」

「名前で呼び合おうと決めただろう」

握り合わせた手に力が入りすぎて、指の骨が折れてしまうのではないかと思った。「それはやめておいたほうがいいと思います」

「どうして？」

「ご家族に……わたしたちが交際しているという印象をあたえかねないから」イモジェンは顔を赤くして、手をつけていない皿に目を落とした。

ケイレブはしばし無言だった。「それがそんなに不快かい、イモジェン？」静かな声だった。

正直に答えたら自分の気持ちを明かしてしまいそうだったので、イモジェンは黙っていた。

「さて、今朝は料理人がどんなものを用意してくれたのかな？」先ほどまでと打って変わった明るい声だった。「私がノーサンプトンシャーに戻るのは、料理人の出してくれる食事が大好きだからなんだ。帰ってくると、私の好物を全部作ってくれるんだよ。ここに長くいたら、信じられないくらい太ってしまうだろうね」

彼はイモジェンににやりと笑ってみせたあと、山盛りの料理をおいしそうに食べはじめた。彼女はしばし呆然とケイレブを見つめていたが、トーストを手に取って上の空でかじった。

小脇に本を抱えたイモジェンの父が、そのとき朝食室に入ってきた。「侯爵閣下、イモジェン、いいお天気ですな？」にこやかに言う。

まっすぐサイドボードに向かい、料理を皿に盛り、ふたりの向かい側に腰を下ろした。本を出して読みはじめたので、象の大群が朝食室を通っても気づかないだろう、とイモジェンは思った。それでも、父がいてくれるだけで肩の力が少し抜けた。いまではケイレブとふたりきりになると、なんとなく落ち着かなくなるのだった。

それが悲しかった。どういうわけかこれまでいちばん楽しかったのは、批判の目から遠く離れたところでケイレブとふたりきりで過ごしたときだったからだ。たったひと晩親密な時間を過ごしただけで、そのすべてが変わってしまった。

「ウィロウヘイヴンでの初日にしたいことはあるかい？」ケイレブの声がして、イモジェンははっとわれに返った。

「なにも思い浮かばないわ」

薄灰色の目が決然とした色を帯びた。イモジェンは不意に最初の冒険を痛いほど思い出した。

「ちょっとした探索をするのはどうかな？」

「探索？」

彼はさっと両手を広げた。「この屋敷は三百年ほど前に建てられたんだ。その間にはすごく多くの歴史があった」おどけて眉をひくひくさせる。「なかにはかなり不道徳な歴史もね」

イモジェンは唇が笑みを浮かべそうになり、浮き浮きした。この驚くべき屋敷を隅々まで探索したくてたまらなかった。「おもしろそうね」

満面に広がった彼の幸せそうな表情は、目も眩《くら》むほどだった。脈が跳ねたが、それをふり払って大きめの声で父に話しかける。「お父さま」

タリトン卿がしぶしぶ本から顔を上げた。「なにかね？」

「侯爵さまがこれからお屋敷を案内してその歴史を話してくださるんですって。一緒に行かないこと？」

　隣りのケイレブからいらだちのうめき声が聞こえてきた。イモジェンはほくそ笑んだ。わたしに一点ね。

「すばらしい！」彼女の父が声を張りあげた。「そう遠くない場所に、こことよく似た建築様式の建物があったはずなんだ。お若いときのエリザベス女王のもので、そのあとはジェイムズ王のものになったんだ。侯爵閣下、どうだろう……」

　父が歴史的な詳細の解釈を述べ、ふたつの屋敷を比較し、ケイレブにしつこく疑問を投げかけているあいだ、食欲の湧いたイモジェンはゆったりと食事を終えた。これからの二週間、これが自衛の秘訣になるのかしら？　出かけるときは常に第三者を巻きこんでふたりきりになるのを避ければ、正気を失わずに滞在を終えられるかもしれない。


　けれど、ケイレブの本邸のように魅力たっぷりの屋敷でも、父の注意をずっと引いておくなど望めなかった。

　最後の部屋を見終わり、庭を散歩しませんかとケイレブが提案すると、イモジェンの父はそれを辞退してそそくさと図書室に戻ってしまった。ケイレブの腕に手をかけたイモジェンは、屋敷を探索していたときよりもかなりよそよそしい感じで彼について外に出た。

屋敷のすぐそばにある小さな沈床園（周囲より低く掘り下げて作った庭。）に足を踏み入れたイモジェンに、陽光が温かく降り注いだ。石造りの池が中央にあり、ふたりが近づいていくと数羽の鳥が飛び立ち、静かな空気を羽ばたきでかき乱した。池のまん中に簡素で小ぶりの噴水があり、てっぺんから出ている水が音楽を奏でるような優美さで流れ落ちていた。手入れの行き届いた背の高い生け垣が三方を囲んでおり、この世のものとは思えないひっそりとした雰囲気を醸し出している。奥のほうには、生け垣を通る風変わりな散歩道が作られていた。

ケイレブが無言のまま彼女を庭の片側へといざない、ふたりのブーツが小径に敷かれた砂利を踏む音がした。すてきな時間で、これから何年もつらくなるとわかっていながらも、イモジェンはすべてを思い出の箱に詰め、あとで浸れるようしまいこんだ。

ケイレブの低いバリトンの声が魔法のような静寂を破ったが、なぜかその魔法を強めるようにも思われた。「ウィロウヘイヴンを気に入ってもらえただろうか、イモジェン？」

イモジェンの父がいなくなってから、どちらかが口を開くのはこれがはじめてだった。イモジェンは彼の横を歩きながら、心から知りたがっているように思える質問にどう返事をしようかと考えた。この屋敷に感じる気持ちをどうことばにすればいいのだろう？

なぜなら、どうしようもなく好きだ、というのが真実だから。装飾的な漆喰仕上げから、タイルから、つややかな木質まで、そのどれもが気に入っていた。先ほどケイレブが話してくれた、この屋敷で起きた自堕落な君主と貴族たちの奇妙な歴史というばかげた物語までもが愛おしかった。ここで暮らす自分の姿を思い描けた。ここをわが家のように感じていた。だから、この屋敷を去ること、彼のもとを去ることを考えると泣きたくなった。

「ここはすばらしいわ」小さく吐息をつきながら言った。

生け垣が開けた場所に来た。ケイレブが足を止め、イモジェンを自分のほうに向かせてやさしく両の腕をつかんだ。「ここを愛するようになれるかい？」

彼を愛しているのと同じくらい、すでにこの場所を愛していると叫びたかった。けれど、そんな気持ちをこらえて脇にどけ、巧みに彼の手から逃れた。

「この並木は美しいわね」きっぱりとした口調で言い、小径の両側に続くオークの木々を身ぶりで示した。どっしりした枝が小径の屋根になって、影を作って通る人を守っていた。

ケイレブが彼女の横に来た。触れられてはいないものの、イモジェンはすぐ近くの彼の体温を感じた。声はさりげなく、まるでイモジェンを安心させようとしているかのようだった。

「この並木の向こうにスプラット川が流れているんだ。というか、土砂降りにでもならないかぎり、ここら辺では小川くらいの細さになっているんだけどね。石橋とすごくきれいな柳の木があって、きみさえよければ見せてあげたいんだが？」

イモジェンはうなずき、差し出された腕に手を乗せた。けれど、生け垣を抜けかけたとき、向こうからだれかが曲がってきてぶつかり、イモジェンは転びそうになった。

20

ケイレブが転倒を防いでくれた。「イモジェン、怪我はないかい?」

「ええ、大丈夫。なんともないわ」彼に腕をまわされているのと、転びかけて慌てたせいで、頭がふらふらした。

だれがぶつかってきたのかと顔を上げたイモジェンは、目の前にレディ・エミリーの姿を認めて驚いた。彼女の顔は青ざめていて、そのせいで頰の傷が目立っていた。泣いていたのか、目が少し赤くなっていて腫れぼったかった。ショールを握りしめている手の関節が白くなっている。その手のなかに雪のように白いハンカチが見えた。

「レディ・エミリー」イモジェンは言った。「大丈夫ですか?」

手を伸ばしたが、たじろがれてしまった。ケイレブとよく似た薄い色の目がさっと彼に向かい、なぜか悲しげに見つめた。

「大丈夫です、ありがとう」こわばった唇のあいだからそうつぶやく。彼女はイモジェンの背後をちらりと見た。その視線を追ったケイレブが体をこわばらせる。レディ・エミリーの顔をよぎったのと同じ悲しみがその目に宿っていた。

「ぶつかったりしてごめんなさい」レディ・エミリーはなんとかそう言い、返事も待たずにお辞儀をしてふたりの来たほうへと急いだ。彼女が屋敷に入って姿が見えなくなるまで、イモジェンは困惑の面持ちで見送った。

ケイレブが彼女の腕に手をかけ、黙ったまま生け垣を抜けてオークの並木に向かって砂利敷きの小径を進んだ。

イモジェンは驚いて彼を見上げた。妹を案じるべきなのでは？

「レディ・エミリーを追わなくては」彼の手をふりほどこうとしたけれど、よけいにきつくつかまれただけだった。

「妹なら大丈夫だ。私たちがいたら、よけいにつらい思いをさせてしまう」小さな声だった。イモジェンはいきなり立ち止まった。「でも、なにがあったのかを――」

「なにがあったのかはわかっている」ケイレブがさえぎった。わけがわからずイモジェンが見つめていると、彼の表情からこわばりが消えた。「私を信じて、イモジェン。これは私たちにどうこうできる問題ではないんだ。エミリーを追いかけたら、もっと動揺させてしまう。妹にはひとりきりになる時間が必要なんだ」

それならイモジェンにも理解できた。愛する者たちからですらも離れて静かでおだやかな時間を持ちたい彼女は、他人の同じような気持ちには特に敏感だった。イモジェンが短くうなずくと、ケイレブがにっこりして自分の肘の内側に彼女の手をかけてまた歩き出した。

けれど、イモジェンはそう簡単にごまかされなかった。ここでなにが起きているのか、彼と家族のあいだにあれほどの緊張をもたらす原因はなんなのかをたずねたくてたまらなかった。ただ、直接たずねたりしたら、彼が心を閉ざしてしまうような気がした。

　ふたりはしばらくなにもしゃべらずに歩いた。無言の歩哨《ほしよう》のように道の両側に立つオークの木々は、その大きさから見て樹齢百歳は超えているように見えた。頭上の葉がそよ風に揺れてささやきのような音を出す。いつものイモジェンなら静かな美しさに浸っているところだが、いまは胸騒ぎを感じていた。必死で頭を働かせても、ケイレブが周囲にめぐらせた巨大な壁をよじ上る方法がわからなかった。

　ふたりはついに川に出た。優雅な弧を描く石橋の下で陽気にごぼごぼいっている。柳の木々が草深い両側の土手に点在し、長く垂れ下がった枝が風に揺られ、踊り子の優雅な指先のごとく川面をなでていた。ケイレブとイモジェンは石橋へと進み、まん中まで来ると立ち止まった。その機に乗じて彼の腕から手を抜いて離れ、陽光で暖まった手すりにてのひらを置いて川を覗きこんだ。ケイレブがそばに来て、ほっそりした腰をさりげなく手すりに休ませた。

「前に聞いた話をちゃんとおぼえているとしたら」イモジェンは思いきって言ってみた。「あなたにはきょうだいが三人いるということだったわ。三人めはどこにいるの？」

「アンドルーはエミリーとダフネのあいだだ。きみの弟のナサニアルと同じく大学を卒業したばかりで、いまは友人たちと一緒に過ごしているんだ」

ケイレブの口調は無頓着で、あまり関心がないようだった。それをいい兆候ととらえて、イモジェンは続けた。「レディ・ダフネは快活でかわいらしい人ね。いろんな意味でマライアを思い出すわ。弟さんも彼女に似ているのかしら、それともレディ・エミリーみたいにもの静かなの？」

ケイレブはどんな反応を見せるかと、彼女は息を殺した。彼が返事をする前に、ほとんど気づかないいくらい短いためらいがあった。「ダフネに似ている。遠からず、陸軍の任官辞令を購入してくれとせがまれるだろう。高潔な態度で民衆を導く聖職者の弟は想像もできないからね」その声にはもの悲しさがにじんでいた。

「レディ・エミリーはご家族の方たちとはずいぶん性格がちがっているみたいね」しゃべりながら彼をちらりと見た。ケイレブの目に浮かんだのは苦痛？　けれど彼は川をのぞきこんで感情を見られないようにした。

「そうだな」ついに静かに答えた。「エミリーはほかの家族とは全然ちがう」

「顔の傷はなにが原因だったの？　すごく痛かったでしょうね」

つかの間ケイレブの顎が動いた。「弟のジョナサンの話をしたのをおぼえているかい？　小さいときに亡くなった？」あまりに小さな声だったので、イモジェンは耳を澄まさなければならなかった。

「ええ」

彼がゆっくりと深く息を吸いこむ。「エミリーが怪我をしたのは、ジョナサンが亡くなったのと同じ事故でだ。池のそばに突き出た岩があってね。ふたりがそのてっぺんにいたときに岩が崩れたんだ。エミリーとジョナサンが十二歳のときだった」

「かわいそうに」イモジェンは叫んだ。「あんな大怪我をするなんて、かなりひどい落ち方だったのね」眉根を寄せる。「レディ・エミリーとジョナサンが双子だったなんて知らなかったわ」

「ふたりはとても仲がよくて、なんでも一緒にした。エミリーはいつだってジョナサンのあとを追いかけて……」声が震えた。

イモジェンは言うことをなにも思いつけなかった。彼の顔をよぎるさまざまな感情を見守る。彼がいまも深く心を痛めているのは明らかだ。それにエミリーも、日々鏡を覗きこむたびにそのときを思い出すにちがいない。

マスターズ家のぴりぴりした雰囲気と仲があまりよくない原因は、その事故なのだろうか？　でも、まさか。十二歳の少年が事故で亡くなったからといって、その後十年も家族がこれほど疎遠になるだろうか？

「もしよければ」イモジェンは言ってみた。「いつかジョナサンの肖像画を見せてもらえないかしら」

ふり向いたケイレブの目から感情が消えた。強く押しすぎたのかもしれない。

彼は微笑んだけれど、虚ろな笑みだった。

「求婚にイエスと言ってもらえるよう説得できる時間が二週間しかないのに、そんな昔の記憶を掘り起こす必要もないだろう？」手すりから体を起こしてイモジェンに腕を差し出す。

放蕩者の仮面が戻っていて、イモジェンはなぜか悲しくなった。彼が世間にぜったいに見せようとしないのは、どんな面なの？　それに、どうしてわたしはしつこくそれを突き止めようとするの？

翌朝、イモジェンはケイレブを避けたくて、前日より早い時刻に朝食室へと下りた。けれど、食事を終えて席を立とうとしたときに彼が入ってきてしまった。

彼はイモジェンの手を取って部屋の脇へといざなった。「今日は私と乗馬をしてほしい、イモジェン」

イモジェンは手を引き抜こうとしたが、さらにきつく握られてしまった。むっとして息を吐き出す。昨夜は注意を引こうとしているケイレブを無視して懸命にレディ・ウィルブリッジとダフネを会話に引きこもうとしたのだった。けれど、どうやら見え透いた手だったらしいうえに、ケイレブの気をくじく効果はまったくなかったようだ。

イモジェンは自由になろうともがくのをやめて彼をねめつけた。「手を放してください」

ケイレブは平然とにやついた。「いやだ」イモジェンを引き寄せようとする。彼女は隅で見ないふりをしている従僕へと意味ありげな視線を向けた。ケイレブは笑みを大きくしただけだった。そして、イモジェンの耳もとに顔を寄せて、首筋にかかる巻き毛に息を吹きかけた。「妹さんのメイドが結った髪はすばらしいと、もう言ったかな？」低く響く声がイモジェンのつま先まで届いた。「それに、この薄緑色のドレスは、薄青色のよりももっとすてきだ」自由なほうの手でイモジェンの腕から小さなキャップ・スリーブまでなで上げる。

イモジェンは彼をにらみつけ、手をぴしゃりと叩いた。

彼が低くふくみ笑いをした。「乗馬に出かけよう、イモジェン」

「わかりました」噛みつくように言い、ようやく手を引き抜けた。

「きみがこんなに扱いにくい人だった記憶はないのにな」

「無理強いして困らせ続けるのなら、どれほど扱いにくくなるか思い知るはめになるわよ」

ぶつぶつと言う。

ケイレブはまるで意に介せずに笑った。うれしそうにすら見えた。

そのとき、ダフネがやってきた。彼女は近づきすぎているふたりの姿を目にすると、ケイレブと同じようににんまりした。「お兄さま、イモジェン」サイドボードへと跳ねるように向かう。「おはようございます」

イモジェンは突然ひらめきを得た。「レディ・ダフネ、今朝は乗馬をしようとお兄さまが誘ってくださったの。一緒にいかが？　さわやかな草地で馬を走らせながら、あなたともっとお近づきになれたら最高なのだけど」

「まあ、おもしろそう！」ダフネが喜びの声をあげる。「朝食を終えたら、すぐにふたりに合流するわ」

ダフネがまた皿に料理を盛りはじめると、イモジェンはおだやかな笑顔でケイレブをふり向いた。「よかったわ。父と話したら、着替えてくるわね」

ケイレブにお辞儀をして朝食室を出る。今度はイモジェンがにんまりする番だった。してやられたという彼の顔は、一見の価値があったからだ。


イモジェンは雌馬をやすやすと御してダフネの馬と歩調を合わせた。丘を上りきったところで景色を眺めるために止まると、ケイレブがまた去勢馬をふたりの馬のあいだに割りこませようとした。けれど、イモジェンとダフネが息の合ったようすでそれを阻止した。

今朝はずっとそんな調子だった。利発なダフネはイモジェンに誘われた理由をすぐさま理解し、いたずらっぽく楽しみながら味方になってくれた。そのせいでケイレブは、なにをどうしてもイモジェンとふたりきりになれずにいた。

実際にちょっとした楽しみを感じていたイモジェンだったが、彼のいらだった顔を見るたびに少しだけ良心の呵責を感じた。でも、本気でふたりきりになって求婚を受け入れるよう誘惑するつもりだったのかしら？　こちらを見るたびに彼の目に浮かんでいる表情からして、おそらくそうなのだろう。そう思ったら背筋を震えが走ったけれど、それは無視する。

そのうち情熱は冷め、わたしを追いかける興奮も消えるはずよ、と自分に言い聞かせる。そうなったら、わたしはどうなるの？　以前よりもひどいことになるでしょう。

「そろそろ屋敷に戻ったほうがいい」低い石壁で仕切られた、大きなパッチワークのキルトみたいな草地を眺めようと馬を向かわせていたとき、ケイレブが声をかけた。「いまから戻れば、ちょうど昼食の準備が整うころだ」

イモジェンは彼に目をやった。狼狽した表情で、声は険しい。申し訳ない気持ちが湧いてきたけれど、すぐさま押し潰す。もとはといえば、彼が悪いのだ。

三人はウィロウへイヴンへ馬を向け、じきに厩のある中庭に駆けこんだ。馬丁に馬を預けているところに馬丁頭がやってきた。

「レディ・ダフネ、お戻りになったらすぐに居間にいらしてほしい、と奥方さまからのおことづけです」

「あら、お母さまはなんのご用かしら」ダフネはぼそぼそと言った。「ありがとう、ジョセフ」それからイモジェンに申し訳なさそうに微笑んで立ち去った。

イモジェンは去っていく彼女をいらいらと見送った。いきなりケイレブが隣りに来た。

「行こうか？」屋敷の西側に続く小径を示す。紛れもなく明るい表情の彼を見て、イモジェンは驚愕した。

イモジェンは返事もせずに小径を歩きはじめ、ケイレブには勝手についてこさせた。追いつかれる前にみんなのいる場所に行こうと急ぎ足で歩き続ける。けれど、ケイレブは彼女が思っていた以上に決意の固い人だった。

21

交際の件では、イモジェンは信じられないくらいつかみどころがなかった。ケイレブはいまだに断られた理由がわからずにいた。そして、ずっとわからないままになるかもしれない、という結論に達していた。女性の心は不可解だ。だが、変えてみせることはできる。それに集中すればいい。

だてに放蕩者をやってきたわけではない。女性の論理は理解できなくても、その体はまったく別の問題だ。体をうまく操れば、心はついてくる。体に触れたり、邪《よこしま》なことばを耳もとでささやいたりしたときに、イモジェンの目が和らぐのを知っている。頬に自分の息がかかると彼女が震えたり、そばに寄ると目に小さな炎が宿って慌ててそれを消そうとするのを知っている。イモジェンに必要なのは、ちょっとした説得だけだ。

いま彼女は地獄の門の番犬に追われてでもいるかのように先を急いでいた。それでも、ケイレブがちょっと足を速めただけで横に並べた。屋敷の角を曲がって厩が完全に見えなくなると、ケイレブはその機に乗じた。イモジェンに巧みに避け続けられたら、しばらくはめぐってこない唯一の機会だ。

さっとイモジェンの腰に腕をまわし、装飾庭園に続く刈りこんだ植木の向こうに引っ張りこむ。あえぐ間しかあたえずに唇を重ね、舌を差し入れて、ごちそうを前にした飢えた男のように貪った。きつく抱きしめると、彼女のやわらかな曲線を自分の硬い体に感じた。片手で彼女の後頭部を支える。小さな乗馬用の帽子がずれ、ラベンダーとサルビアとローズマリーのなかに落ちた。

腕のなかのイモジェンは天国のような感触だった。石けんと柑橘系と彼女自身の甘い麝香《じゃこう》の無垢で清潔なすばらしい香りに包まれる。地面に横たえ彼女のなかに浸り、二度とそこから出たくないと思わせる完全さがイモジェンにはあった。早くイエスと言ってもらえなければ、彼女を欲するあまり正気を失ってしまいそうだった。

イモジェンが彼の腕のなかで震え、乗馬服にしがみついてきた。体を弓なりに反らして口づけに応えている。抱擁から逃れようとはしていなかった。それでも彼女のためらいが感じられた。まるで心のなかで激しい戦いをしているかのように。イモジェンが動きを止めて身を引こうとしはじめた。やっとここまでこぎつけたのを失いたくなくて、ケイレブは彼女を庭のさらに奥へと引っ張っていった。ブーツに踏まれたラベンダーの茂みから香りが立ち上る。片手で乗馬服の上着のボタンを手際よくはずす。ふっくらと重みのある胸をてのひらで包む。胸のいただきを親指でこするとブラウス越しにも硬くなったのがわかり、イモジェンが身震いしたのを感じた。

彼女が低くうめいてしなだれかかってきた。その反応にケイレブは激しい興奮をおぼえた。

それでも、まだじゅうぶんではなかった。もっと彼女が欲しかった。唇を引き剝がして体をかがめ、胸に口をつける。薄い布地越しに舌で愛撫すると、イモジェンが小さく叫んで彼の髪に手を入れて引き寄せた。

「きみは私を燃え上がらせる、イモジェン」ざらついた声で言う。

一瞬後、ケイレブは過ちを悟った。イモジェンが体をこわばらせ、彼が挽回する間もなく腕のなかから出てしまった。彼女は小さくすすり泣き、上着をかき合わせて胸を隠し、ほどけた髪をたなびかせながら屋敷へと駆け戻っていった。

息は荒く、体は欲望がきつく巻いた状態のケイレブは、彼女の後ろ姿を見送るしかできなかった。くそっ、強引に迫りすぎてしまった。彼女をこの腕に取り戻せたことに舞い上がり、ゆっくり誘惑しようとしていたのを忘れてしまった。

自分にむかっ腹が立ち、盛大に悪態をつきながら屋敷へ向かう。これほど彼女を欲していなければ、ことはもっと簡単だったのかもしれない。だが、青二才のように短気で前のめりになるくらい激しく彼女を欲していた。

イモジェンはものの数週間で、少しかわいい友人から、ケイレブが出会ったこともないほど魅力的な女性へと変貌した。どうして彼女を頭から追い払えなくなったのか、どうして昼も夜も彼女のことばかり考えてしまうようになったのか、どうして彼女のやわらかな肌の感触を思い出しただけで体が昂ぶってしまうことになってしまったのか。

これまで何人もの女性とつき合ってきた。その全員が誘惑的で、すばらしい美人で、快楽を得るだけでなくあたえることにも長けていた。情事のひとつひとつが対等に官能を求め合うもので、心のごたごたがからまない肉体的なものだった。一度も将来の約束をしたことがないし、してもらいたいとも思わなかった。短いつき合いでさっさと別れることがはじめから暗黙の了解だったため、関係はたいていすぐに終わった。

だが、イモジェンとはそんな冷たい取り決めを望んでいない。彼女が無垢だからこそ、より彼女を欲した。これまでだれも望んだことがないほど彼女が欲しかった。これほどまでにすさまじく熱くなるのは、自分が彼女のはじめての相手だからだろうか？　それとも、こちらが欲しているのに拒絶してきたはじめての女性だからだろうか？

だが、彼女のなにこれほどまでに夢中になっているにせよ、情熱はやがて薄れていくとわかっていた。恋人に対する激しい欲望がすっかり消えてしまう経験をこれまで数えきれないほどしてきた。イモジェンに対するこの気持ちだって、いまはどれほど強くてもいずれ弱まっていくはずだ。そんな過酷な事実をわかっているというのに、どうして自分はなにがなんでも彼女と結婚しようとしているのだろう。

たしかに自分は彼女の純潔を奪ったし、紳士ならそういう相手に結婚を申しこむものだ。だが、それだけではなかった。ほんとうのところ、彼女が好きなのだ。自分が敬意を抱くだけでなく好意も持っている女性と結婚しようとするなど、考えたこともなかった。ロマンティックな愛など完全に問題外だ。そんなものは感情的な愚か者のたわごとだ。それでも、毎朝新聞越しに目にするのがいやでない妻を、こちらを笑わせ微笑ませる妻を――どれだけ短いあいだだろうとこの体を燃え上がらせる妻は言うまでもなく――娶《めと》れるのは恩恵だ。自分の結婚はせいぜいが礼儀正しい無関心なものになるとこれまで信じてきた。イモジェンがもたらしてくれるだろう幸せな人生を垣間見てしまったいま、それ以下で妥協するつもりはなかった。

だが、がむしゃらに屋敷に駆け戻ったイモジェンの反応を見るに、簡単な仕事ではないだろう。ケイレブは頭をふった。いらだっていたし、体はいまも欲求でこわばっているのだ。彼女が気持ちを変えるにはどうやら長い時間がかかりそうだ。だが、イモジェンを自分のものにしたければ、忍耐を学ばなければならない。

「はいどうぞ、イモジェン」

イモジェンはお茶のカップを受け取った。「ありがとうございます、レディ・ウィルブリッジ」お茶をすすりながら、部屋の反対側でむっつりと突っ立っている人ではなく、目の前にいる女性たちに意識を集中しようとした。彼はなにも言わずに一心なまなざしでずっと凝視してくるようになっていた。食事などのときに腕を差し出すくらいしかしなくなった。彼から迫られなくなってほっとしていたけれど、同時に寂しさも感じていた。

装飾庭園でケイレブにキスをされてから三日が経っていた。あのときのことも、そこから逃げ出したことも、彼はいっさい口にしなかったけれど、その晩、薄緑色のリボンで結んだラベンダーの小枝が枕に置かれていた。イモジェンはその香りでキスと、彼に体をまさぐられたことを思い出してしまい、腹部で渇望が渦巻いた。ラベンダーの小さな束を窓から投げ捨てようとした。けれど、最後の瞬間に思いとどまり、旅行鞄の奥にしまいこんだ。

彼はイモジェンとふたりきりになろうともしなくなった。乗馬や散歩の誘いは、いつだって家族のだれかにも向けられた。仲間に入れてもらいたがるダフネはほとんどの外出に付き添い、陽気さをもたらしてくれた。イモジェンは日々ダフネが好きになっていった。マライアもここにいればよかったのにと思わずにいられなかった。妹とダフネはきっと親友になれただろうから。

同じ三日間で、先代の侯爵夫人を尊敬し崇拝するようにもなっていた。侯爵夫人は上品で親切で、イモジェンがいるからという理由だけにしろ息子が同じ部屋にいてくれるのをとても喜んでいるようだった。

レディ・エミリーはあいかわらず打ち解けず、隅に隠れて刺繍をしたり、何時間も音楽室に閉じこもって、悲しげながらも美しい曲を奏でたりしていた。イモジェンは彼女にかまわずにいたかったけれど、あの最初の朝に泣き腫らした目をした、青ざめて張り詰めた顔が忘れられなかった。なんとか彼女に打ち解けてもらう方法があればいいのにと思ってしまう。

けれど、レディ・エミリーはイモジェンからなるべく遠く離れていようと固く決意しているようだった。

この何日か、マスターズ家がぎくしゃくしている原因はジョナサンの死にある、というささやきが頭のなかで何度も聞こえた。家族に対するケイレブの堅苦しい態度――特に、ケイレブとレディ・エミリーがおたがいを避けている――を見れば見るほど、その密かな思いが正しいと思えてきた。

そのときレディ・ウィルブリッジに話しかけられて、イモジェンは感傷的な思いから引き戻された。「今日の午後の舟遊びは楽しめたかしら、イモジェン？」

イモジェンは顔を赤くして眼鏡を押し上げた。ダフネがおもしろそうな顔をしているところを見ると、侯爵夫人は何度か同じことを訊いていたのだろう。けれど、侯爵夫人は少しもいらいらしていないようだった。やさしげな笑みを小さく唇に浮かべている。

「とても楽しかったですわ、マイ・レディ」やさしく微笑まれて、イモジェンの恥ずかしさが和らいだ。「ご子息は舟を漕ぐのがお上手ですね。一度も転覆しませんでしたもの」

「転覆させようとしなかったからじゃないのは請け合うわ」ダフネが笑いながら言った。

「あなたがいたずらを仕掛けようとしたのは簡単に想像できますよ」侯爵夫人が愛情をこめて娘をたしなめた。イモジェンに向きなおった彼女の目はユーモアできらめいていた。「下の息子のアンドルーはダフネに甘くて、よく娘を川へ連れていくのですけどね。ダフネがじっと座っていられないせいで、ふたりしてびしょ濡れで帰ってきたことが何度もあるの」

イモジェンはレディ・ウィルブリッジと一緒になって笑った。その光景がはっきりと想像できた。ダフネは舟遊びのあいだ中、果てしなく元気で、舟がひっくり返ってみんながスプラット川に落ちるのではないかと心配したケイレブが彼女を無理やり座らせたのも一度ではなかった。

「お母さまもときどき一緒に出かけましょうよ」

ダフネのことばにレディ・ウィルブリッジは両手を上げた。「これまで何度も言っているけれど、遠慮しておくわ。そういう冒険はもっと勇敢な人たちがするものよ。あなたと一緒に舟に乗る人は、とても愚かかとても勇敢かね。わたしはそのどちらでもないから、勇敢なケイレブとイモジェンに喜んでお任せするわ」

母娘がくすくすと笑った。ふたりのからかい合いに心が温もり、イモジェンは微笑んだが、自分の母との関係を思ってほんの少しだけ胸が痛んだ。

そのとき、銀のトレイを持ったビルズビーが姿を現わして自分のほうに向かってきたので、イモジェンは驚いた。「あなたさま宛てでございます、ミス・ダンカン」

イモジェンは二通の手紙を受け取り、差出人の名前を見て心が浮き立った。

ダフネがすぐさま隣りに来た。「どなたからの手紙なの、イモジェン？」

イモジェンは微笑んだ。「妹のフランシスとマライアからよ」

ダフネが興奮して小躍りした。「レディ・サムナーと、ロンドンにいる妹さんね？　ああ、どうか読んでちょうだい！」

「ダフネ」レディ・ウィルブリッジがたしなめた。「イモジェンに静かに手紙を読ませてあげなさい」

「実のところ」苦笑いを浮かべてイモジェンが言う。「お部屋に戻るまで待てない気分なんです。いまここで読んでもかまわないでしょうか？　それに、ロンドンの情報をダフネに教えてあげる約束をしましたし」

レディ・ウィルブリッジが微笑んだ。「もちろんですよ。わたしの机を使ってちょうだい」

イモジェンは隅に置かれた白くて小ぶりの書き物机へと急いだ。腰を下ろして一通めを手早く開けると、短い手紙を熱心に読んだ。

「なにが書いてあるの、イモジェン？」ダフネが大きな声で言う。

「妹のフランシスとご主人は、ラトランドの地所から予定より早く戻ってきたところなんですって。訪ねてきてくれないかと書かれているわ」イモジェンはレディ・ウィルブリッジに向きなおった。「明日の午後、馬車をお借りして父とわたしで妹を訪問してもいいでしょうか？　妹が結婚して以来、なかなか会えなくなってしまって」

「ぜひそうなさいな。あなたがこちらにいるあいだに、妹さんご夫婦が戻ってこられてよかったわね」

イモジェンは興奮を抑えきれなかった。フランシスに会って力をもらえる機会を無視するなんてできなかった。

ダフネが口を開いた。「みんなでおじゃまするのはどうかしら。妹さんにお会いしたいわ」

「そうね、久しくレディ・サムナーを訪問していないものね」レディ・ウィルブリッジが考えこむように言った。「ご迷惑はかけたくないけれど、わたしたちがご一緒しても妹さんはおいやじゃないかしら、イモジェン？」

「もちろんですわ。きっとフランシスも喜びます」

レディ・ウィルブリッジとダフネが旅について話していると、ケイレブが近づいてきた。

「私も行こうか？」静かな声でたずねた。

イモジェンは彼の顔を探った。ケイレブをフランシスに見てもらい、どう思うか聞けるのはなかなかいい案に思われた。

「ぜひ」そう答えると、ケイレブがほっとした目になって、お辞儀をして離れていった。断られると思っていたのだろうか？

二通めの手紙の封を開けてさっと読んでから、今度はゆっくりとマライアのことばを熟読しはじめた。

手紙を机に置くと、ダフネがすぐさまやってきた。「ロンドンからはどんな知らせがあったの？」

イモジェンは笑った。「わたしたちがこちらに来てから、妹のマライアは四つの舞踏会に出て、レディ・シーモアが来週開く午後の催しに招待されたんですって。舞踏会で大流行しているダンスについてもずいぶん長く書かれているわ。アンドルー・ケアリーというダンスよ」

「聞いたことがないわ」

「わたしが社交界デビューしたころに新しいダンスだったの。でも、いまになってまた流行しているみたいね。見たことはあるけれど、踊ったことはないのよ」

ダフネの目がきらめいた。イモジェンにも、それがなにか魂胆のある兆候だとわかりはじめていた。「教えてくれる？　来年の社交シーズンでロンドンに行くなら、流行のダンスをそれまでに全部知っておきたいの」

「いいわよ」イモジェンはやさしく言った。

「でも、ちゃんと人数がそろわないとできないわよね」ダフネは母親を見た。「サンダース家の人たちや、いとこのモットラムとご家族も招待しましょうよ。それに、もちろんサムナー卿ご夫妻も」

レディ・ウィルブリッジがティーカップを下ろした。「その頭でなにを企んでいるのかしら、ダフネ？」おもしろがっている口調だ。

「むちゃなことはなにも。ちょっとした晩餐会と、そのあとの形式張らないダンス会といったところかしら」

ケイレブが部屋の反対側から声をあげた。「ぜったいにだめだ。イモジェンは人混みや知らない人が苦手なんだから」

ダフネは頑として顎を突き出した。「彼らは知らない人たちじゃないわ。イモジェンの妹さんのほかに来る人の半分はうちの親族で、残りの半分はサンダース牧師さまとそのご家族でしょう。立派な方たちよ。全員が招待を受けたとしても、たったの十七人だから、仰々しくもないはずだわ」

ダフネの声が皮肉たっぷりだったので、イモジェンは笑いをこらえるのに苦労した。けれど、ケイレブはますます腹を立てた。「彼らの大半がイモジェンにとっては知らない人なんだぞ。私は許さないからな」

イモジェンは即座に怒りの戦慄が背筋を駆け下りるのを感じた。「わたしはいやだとは思いません。すてきな夜になりそうだわ」

ダフネがぱっと顔を輝かせる。「ほらね？　イモジェンは反対しないって。そうなると、お兄さまも賛成するしかないわね」母のレディ・ウィルブリッジに顔を向ける。「すぐに招待状を出すわね。晩餐のお客さまが増えるって料理人に伝えておけば、早ければ明日の夜にみんなをお招きできるわ！」

ダフネはうれしそうに跳ねて、彼女らしく元気いっぱいに部屋を出ていった。イモジェンは小さな笑みを浮かべてその姿を見ていた。自分がなにに賛成したのかに気づくまでだったが。ダフネは出席者全員にダンスのステップを教えてもらいたがっている。知らない人たちの前に出て、教えなくてはならないのだ。気分が悪くなってきた。

ダフネを追いかけていまの話はなかったことにしてと伝えようかと思ったとき、たまたまケイレブにちらりと目をやった。彼はいまもイモジェンを見つめていたけれど、その目には呆れながらも賞賛する色がかすかにあった。イモジェンは口をぎゅっと閉じて椅子に背を預けた。あんな見得を切ったあとで彼の前で面子を失うのは、シュミーズ一枚でオールマックスでワルツを踊るのに匹敵する。にっこり笑って耐えるしかない……たとえどれほどつらくても。


「イモジェン！　来てくれてほんとうにうれしいわ」

フランシスに抱きしめられたイモジェンは、普段よりもいくぶん長くしがみついてしまった。ここ数日の動揺がおさまった気がした。ここにその理由がある。ここに、ケイレブに惹かれる気持ちに必死で抗ってきた理由が。

フランシスが父に、次いでケイレブと彼の家族に挨拶をしているあいだに、イモジェンは妹の夫に挨拶した。「サムナー伯爵さま、わたしたちをお招きくださってありがとうございます」

伯爵は温和な笑みを浮かべた。「なんてことないですよ。私たちは家族なのだから」

イモジェンは落ち着いた表情を懸命に保ったけれど、心の内では目玉をぐるりとまわした。こちらの家族が訪問しても彼はほとんど姿を見せず、妻の親族の訪問を快く受け入れたことがなかった。

今回の彼がなぜいつもとちがうのか、想像がついた。彼がケイレブのほうへ行くのを見つめる。伯爵の彼が浮かべているおもねるような笑顔と熱心すぎる態度がすべてを物語っていた。彼は野心まみれの人で、ウィルブリッジ侯爵ほどの地位にある人物の訪問はまさに願ってもないことなのだ。

でも、義弟のことはこれくらいにしておこう。ここへ来たのは彼に会うためではないのだから。

「みなさん、どうぞおかけになって」円形に配された椅子をフランシスが身ぶりで示した。見た目はとてもいいが座り心地がまったくよくないもので、サムナー卿が選んだにちがいない。彼は、壁装材から銀器に至るまで――妻ですら――屋敷のあらゆるものが自分の地位を最高に目立たせるようにと心を砕いていた。

「わたしたちまでイモジェンとタリトン卿と一緒におじゃますることを許してくださって、ありがとうございます」レディ・ウィルブリッジがフランシスに言った。「ほんとうにおやさしい方。ご家族だけの水入らずの時間に割りこんだりしてごめんなさい」

「そんなお気づかいはどうぞなさらないでくださいな」フランシスが返す。

「いや、ほんとうですよ」サムナー卿が口をはさんできた。「お迎えできて光栄に思っています。みなさんはいつでも歓迎だと言わせてください」そう言って、ケイレブからイモジェンに視線を移す。義姉の変わった訪問がいったいなにを意味するのだろうと訝っている声が聞こえそうだった。そして、それが自分の得にどうつながるのだろうと考えている声が。

レディ・ウィルブリッジは穏やかな表情でサムナー卿に礼儀正しくうなずいたあと、フランシスに話しかけた。「あなたのお父さまとお姉さまがうちを訪問してくださって、とてもうれしく思っているのですよ。社交シーズンまっ盛りのこんなときに許してくださるなんて、お母さまはとてもおやさしいのね。きっと、下の妹さんの予定でとてもお忙しいでしょうに」

「ご心配にはおよびませんわ」フランシスが言う。「母はどんな軍隊の将軍にも負けませんから。そういう仕事が大好きなんですよ」

そこにこめられた冷ややかさは、だれの耳にも明らかだった。イモジェンの胸は妹を思って痛んだ。社交シーズン中に母から無情に操られたことをフランシスがけっして赦していないのを知っていた。

レディ・ウィルブリッジが口を開き、心地悪い暗い沈黙を破った。「ダフネが来年デビューするのだけれど、それを考えるだけで体が震えるんですよ。ロンドンには何年もご無沙汰なの。夫がロンドンを好きでなかったものだから。正直なところ、わたしもなのだけど。あなたはロンドンで過ごすのがお好き、レディ・サムナー？」

侯爵夫人のおかげで、すぐにもっと安全な話題に変わった。イモジェンはありがたく思った。ケイレブの母をすでに尊敬するようになっていたが、そこにあふれんばかりの親愛の情がくわわった。

お茶と軽食がふるまわれ、ひととおり落ち着くと、庭を散歩しませんかとフランシスが提案した。全員が外に出るとき、イモジェンは後ろに残って妹と一緒になれるようにした。ふたりは腕を組んでみんなのあとをゆっくりと歩いた。背中に暖かな陽光を受け、空気は薔薇と肥えた土の香りに満ちていた。

イモジェンはみんなをもう少し先に行かせてから口を開いた。「元気なの、フランシス？」

「とても元気よ」

たしかに元気そうに見えたので、イモジェンは驚いた。少しふっくらして、頬もほんのり赤い。妹夫婦の仲がよくなりつつあるのだろうか？

「来てくれてうれしいわ」フランシスは続け、イモジェンの腕をきつくつかんで微笑みを浮かべた。「なんてすてきなのかしら」

「今夜のレディ・ウィルブリッジの晩餐会にあなたが来られないなんて残念だわ。予定を変えるのはほんとうに無理なの？」

フランシスが小さくため息をついた。「そのようよ。ジェイムズは前々からフィンチ卿に地所を売ってもらおうとしていたの。うちの西側にある草地で、そこを買えればうちの牛の放牧地が二倍になるのよ。でも、お相手と会える時間がとてもかぎられていて。ラトランドから急いで戻ってきたのもそのせいなの。だから、ええ、たとえ侯爵さまのためでもジェイムズは予定をぜったいに変えないでしょうね」考えこむようなまなざしをイモジェンに向ける。「それで思い出したけれど、ウィルブリッジ卿はどうしてお父さまとお姉さまを本邸に招待なさったの？　奇妙な感じがするけれど」

イモジェンは頬を赤らめたが、ことばは出てこなかった。

「あの人はおそろしいほどハンサムよね、イモジェン」フランシスの口角が上がって小さな笑みになった。「お姉さまもずいぶんすてきになったわよ。そのドレスはとっても似合っているわ。それに、髪型も。それだけでこんなに変わるなんて信じられないくらい」

イモジェンは顔がさらに熱くなるのを感じた。「自分でやったわけではないのよ」

「困ったことみたいに言わなくてもいいのに」フランシスがなだめるように腕をぽんぽんとやった。「お姉さまが変わったのには驚いたけれど。特に、人前で眼鏡をかけてもよくなったことにね。どれほどの言い争いがあったのか」

イモジェンは苦笑いをした。「楽しいものじゃなかったわ」

「そして、今度はウィルブリッジ侯爵の目に留まった？　彼はお姉さまと交際するつもりなの？」

イモジェンはまたしゃべれなくなった。黙っているのが返事だと取られるだろうことはわかっていた。

しばらく無言で歩いているあいだ、イモジェンはケイレブに目をやった。ダフネと腕を組んでいて、サムナー卿の言ったなにかに返事をしているところだった。それからイモジェンをふり向いて、小さく微笑んだ。彼女の体が即座に反応した。惹かれているのは紛れもなかった。そう、彼はハンサムだ。イモジェンが出会ったなかでいちばんの。でも、彼はそれだけの存在ではない。親切で、やさしく、癒してあげたいとイモジェンが心から願っている深い傷を負っている。フランシスの目にはなにが映っているのだろう？その思いを読んだかのように、フランシスが言った。「彼はいい人に思えるわ、イモジェン」

「ええ、いい人よ」小声で言う。

「彼が好きなのね」質問ではなかった。このときも、沈黙で答えるしかイモジェンにはできなかった。心のなかでは認めていたけれど、ことばにしたら壊れてしまいそうだった。

「気をつけてね」フランシスがささやいた。

そのとき、ほかの人たちと合流したため、それ以上の話はできなかった。けれど、イモジェンはしっかり観察した。そして、目にしたものに驚いた。

サムナー卿がフランシスにやさしく接していたのだ。応接間でもそんな場面を垣間見たけれど、いまのほうがはっきりとわかった。彼は妻が休憩をとっているか、無理をしていないか、午後の暑い陽射しから守られているかを気にかけた。フランシスも夫の変化をうれしそうに受け止めているようだった。

イモジェンの胸でなにかがほどけた。フランシスの結婚生活がよいほうに変われるのなら、ケイレブと自分の関係もうまくいく可能性があるかもしれない。

しばらくして妹夫婦に別れを告げ、ケイレブの手を借りて馬車に乗りこんだ。彼に触れるとなじみの電流が走るのを感じながら、慌てて結論を出すまいと心に誓う。けれど、この件についての心の言い分は、胸にどっと押し寄せた希望が物語っていた。

22

イモジェンは男女で組になった人々の前に立ち、ごくりと唾を飲んだ。思っていた以上にむずかしいとわかった。

その晩はびっくりするほどうまく運んでいた――晩餐のあとの予定に思いを馳せずにいられるかぎりは、だが。パーティのはじめから形式張らない雰囲気があった。牧師館はウィロウヘイヴンから歩いてすぐのところにあるため、イライジャ・サンダース牧師とその家族が最初に到着した。牧師は陽気で太った人で、妻も同じくふっくらしていた。夫婦にはレベッカとハンナというかわいらしくて朗らかな娘がふたりと、その下に父親の信心深さを受け継いでいるらしきゲイブリエルという息子がいた。牧師一家はレディ・ウィルブリッジに対して、裕福な後援者を持つ聖職者にありがちな媚びへつらいをせず、気楽にしゃべっていたので、長年にわたって真の友情を育んできたとわかった。

レディ・ウィルブリッジの母方の親族であるサー・アレクサンダー・モットラムの一家も、ウィロウヘイヴンの屋敷の人たちとかなり親しいように思われた。このふた家族はたった一時間の距離に住んでいて、テーブルで交わされる話からしてしょっちゅう集まっているようだった。サー・アレクサンダーと妻にはふたりの息子がいた。頭の回転が速いミスター・ダニエル・モットラムは大学を卒業してまだ間もなく、次男のクリストファー・モットラムは任官辞令を購入して近衛騎兵になるのだと公言していた。

イモジェンはすぐに全員を好きになった。冷たかったり尊大だったりする人はおらず、開けっぴろげだったので、肩の力を抜いて驚くほど気軽におしゃべりできる。

晩餐はすばらしいひとときとなった。食事の席でこれほどの陽気な雰囲気に囲まれたのは、はじめてだった。明白な地位のちがいなど関係なく、みんなが冗談を言い、笑った。ヒルヴュー・マナーでは、地元の家族を食事に招待するときでも、身分のちがいが際立っていた。これまでは知らない人に会ったり、おおぜいの人としゃべるのを避けてきたイモジェンだったが、今夜はとても楽しかった。

ひと晩中ケイレブにじっと見られているのを強く意識していた。社交が苦手なのを彼は知っている。くだけた集まりだったので、晩餐では隣りの席に座るよう彼は手配していた。よけいなお節介だと憤慨したかったのに、気づかいに感動してしまった。

見られるたびに呼吸が乱れるのをこらえながら、できるだけ彼を無視した。右隣りに座っているミスター・ダニエル・モットラムは魅力的でおもしろい人だったけれど、どうしても左隣りにいるケイレブに惹きつけられてしまうのだった。今夜の彼はロンドンで見せる一面を出していたものの、ときどき感じていたような、またウィロウへイヴンに来てからはずっとそうだったような、無理をしている感じはなかった。部屋にいるみんなを魅了していた。

彼ら全員を心から好いているように見えた。そして、訪れてきたふた家族がケイレブを高く評価しているのがはっきりとわかった。

けれど、正式な応接間に移ってダンスをする段になると、イモジェンは恐怖で麻痺したようになった。この行事については考えないようにしていたのだが、いよいよそのときが来ると不安に圧倒された。男性陣は残って食後の酒を楽しむ慣習を捨て、女性たちと一緒に食堂を出ていった。イモジェンは急に脚が震え出してくずおれるのではないかと心配になり、みんなを見送っていた。

すぐさまケイレブがそばに来て、彼女の冷たい手を取って腕を組んでくれたおかげで、正気が少し戻ってきた。いまになって面目を失うことなどできない。このパーティに関しては、わざとケイレブに逆らったのだから。

彼がイモジェンの耳もとに顔を寄せた。「ほんとうにやるのかい、イモジェン？」

「当然でしょう」

彼は片方の眉を吊り上げたあと、イモジェンを連れて応接間に向かった。

そしていま、みんなが目の前にいた。ピアノの前に腰かけたレディ・エミリーをのぞき、若い人たちみんなが立っている。ダフネは元気にみんなを組にすると、イモジェンに注目するよう言った。

ケイレブはまだそばにいてくれている。イモジェンは彼を見上げ、その落ち着いた表情からいくばくかの力をもらった。不安げに咳払いをして眼鏡を押し上げる。家でよくしてきたように、妹や弟に教えていると想像すればいいのかもしれない。

　そう考えると、はじめは小さかった声も話していくうちに力強いものになっていった。

「アンドルー・ケアリーというダンスではフルーレのステップを踏みます。同じステップを三度行なって背を伸ばしたままひざを折るプリエをし、それをくり返します。飛び跳ねるのではなくすべるように動きます。踊りやすいように四拍子でやってみましょう」

　曲をハミングしはじめると、ケイレブのバリトンもくわわってきて驚いた。感謝の笑みを向けると、励ますような笑顔が返ってきて、ふたりで踊りはじめた。むずかしい箇所に差しかかると動きをゆっくりにして、ほかの人たちに動きを説明した。ひととおり踊ると、みんなが興奮気味にしゃべり出した。

「踊ってみましょうよ、ね？」ダフネがみんなの話し声に負けないように言い、いとこのクリストファーの手を取って半ば強引に位置につかせた。ほかの人たちもそれに倣い、部屋の中央で列を作った。

　イモジェンがまたハミングしようとしたとき、彼女とケイレブが奏でた旋律をピアノが完璧に再現する音が聞こえてきた。部屋の隅に目をやると、レディ・エミリーが弾いていた。満面の笑みを向けると、レディ・エミリーからおずおずした笑みが返ってきたので心がぽっと温もった。

みんなに向きなおる。イモジェンとケイレブがステップを踏みはじめると、みんなもそれに倣った。踊りながら、それぞれの番が来たときにどう動くかを細かく指示する。はじめのうちはしょっちゅうつまずき、くすくす笑いや騒々しい笑い声があちこちで起こった。最後のほうになると、みんなはステップをおぼえてきたようだった。もう一度やってみると、ずいぶん優雅に踊れるようになった。

曲が終わると、全員が熱をこめて拍手をした。イモジェンは困惑して顔を赤らめたが、ケイレブが賞賛のまなざしで笑っているのを見ると、心からの幸福が弾けた。

そのあとはダフネが率先して前に出てくれたので、イモジェンは安堵した。彼女はさらにいくつかのダンスを選び、みんなも大喜びで踊った。それぞれに気軽なようすで相手を変えた。イモジェンは最初にミスター・ダニエル・モットラムとコティヨンを踊り、次いでとても若くてとても魅力的なミスター・ゲイブリエル・サンダースとカドリールを踊った。その次は青い目に笑いをたたえたミスター・クリストファー・モットラムが威風堂々としたメヌエットに誘った。活力にあふれたスコットランドのリールの曲になると、年配の者たちも傍観していられなくなった。

イモジェンは若い人たちと一緒になって笑った。父が陽気なミセス・サンダースと組み、見たこともないほど軽快に脚を動かすのはなかなかの見物《みもの》だった。年配者たちが笑いながら椅子に戻ると、若い世代がふたたび踊り出した。こんなにすばらしい夜の一部に自分がなれたのは、イモジェンにとってははじめての経験だった。ロンドンの舞踏会で隅に座り、目の前を通り過ぎる人々の優雅さを見ているだけだった思い出は消えた。そして、自分をのけ者にせずに歓迎してくれる人たちと、これまで知りもしなかった楽しい夜の思い出を作れた。

笑いさざめきながら次に組む人をふり向く。けれど、糊のきいたクラバットに鼻がぶつかりそうになり、唇から笑いが消えた。顔を上げなくても、だれなのかわかった。このなかでこれほど長身の人はひとりだけだ。これほど肩幅が広く、これほど優雅に服を着こなしている人はひとりだけ。

それでも、イモジェンは顔を上げた。ケイレブの目の表情に胸がずきりとする。そこにはやわらかさが、目新しい賞賛があった。まるで、はじめてイモジェンを見るようなまなざしだった。

ケイレブが手を差し出すと、イモジェンは彼から目をそらせないまま黙ってその手を取った。彼の手をしっかり握ったあと、レディ・エミリーが曲調を変えたのに気づいた。やさしい旋律が流れ出し、ケイレブの腕のなかに引き寄せられてから、遅まきながらそれがワルツだと気づいた。

ケイレブとワルツを踊ったのは、部屋に連れていかれて愛を交わしたあの夜の一度きりだ。そのときの思い出が勢いよくよみがえる。急に肌が熱っぽく敏感になった。背中に置かれた彼の手がドレス越しに燃えるようで、もう一方の手はわがもの顔にイモジェンの手を握っている。メイドのケイトは今夜のドレス選びにこれまで以上に熱を入れたようで、イモジェンが着たこともないほど胸もとが深くくれたものだった。胸の上部はクリーム色のシルクのドレスから押し上げられており、なめらかな生地と夜気の感触が相まって、炎に包まれているみたいに感じた。

けれど、ドレス以上に大きな影響力を持っているのは、一夜だけの思い出以上に大きな影響力を持っているのは、目の前の現実のケイレブだった。いま、彼は紛うことなき炎をたたえてイモジェンの目を見つめていた。息をするのを止められないように、彼から目をそらせなかった。

ケイレブはなにも言わなかった。その必要がなかった。表情がすべてを語っていた。彼はイモジェンを欲している。リードされながら、イモジェンは彼に近づいていく自分に気づいた。背中に置かれた手に、きちんとした距離よりも少しだけ近くに引き寄せられる。唇を見つめられて、呼吸が速くなる。少しだけ顔を上げ、曲とケイレブに心を奪われ、ほかにも人がいることを忘れた。

「イモジェン」ケイレブがささやいた。

そのとき曲が終わり、踊っていた人たちが離れて拍手をした。遅まきながら、イモジェンは自分がどこにいるのかを思い出した。慌ててケイレブの腕のなかから逃れてあとずさり、みんなをまねて拍手をする。人でいっぱいの部屋にいるのに、ケイレブにすっかり夢中になっていた。だれかに見られただろうかとこっそり周囲を見まわすイモジェンの顔はまっ赤だった。みんなはおしゃべりに忙しくしていた。レディ・エミリーだけが不思議そうにイモジェンを見ていたが、すぐに顔を背けた。

それからほどなくパーティはお開きとなった。サー・アレクサンダーが嵐の到来を骨に感じると言い、天候が崩れる前に家に戻りたがったのだ。イモジェンはケイレブや彼の家族とともに、帰っていく客たちを手をふって見送った。

この先の年月で、ここでケイレブの横に立つ自分の姿がありありと浮かび、息が詰まった。そうなりたかった。全身全霊でそれを望んでいた。無意識のうちに鋭く息を吐いていた。

「イモジェン、どうしたんだい？」

彼女は呆然としてケイレブを見上げた。彼がたいせつに思ってくれていることに疑念の余地はない。わたしが彼を愛しているようには彼から愛されていないことが、ほんとうに問題だろうか？　気持ちにずれはあっても、なんとかうまくやっていけないだろうか？

考える時間と空間が必要だった。ケイレブがそばにいると気持ちが乱れてしまう。体は彼に近づきたがっていたけれど、なんとか一歩離れた。

でも、いま心を決める必要はない。滞在期間いっぱい考えればいい。目の前のこわくてすばらしい可能性を考える時間はたっぷりある。

「お休みなさい」自分の声が夢見がちで遠くから聞こえるようだった。さっとひざを曲げてお辞儀をすると、きびすを返して安全な自分の部屋へ向かって逃げた。

イモジェンはいきなり目が覚めた。じっと横になったまま、どうして突然こんなに意識がはっきりしたのかと訝った。焦点の合わない目で暗がりを見つめ、それから窓を見る。寝る前にカーテンを少し開けておいたのだった。嵐になるとサー・アレクサンダーは言っていたけれど、そのときは夜空は澄みきっており、丸々した明るい月が部屋をやわらかな銀色に照らしていたからだ。

けれど、いま外はタールのようにまっ黒で、目の前に下りたかのような夜のベールにはほんの少しの光もなかった。空気にはぴりぴりした感じがあり、イモジェンは毛布を握りしめて顎の下まで引っ張り上げた。

突然、部屋中が明るい閃光に照らされた。光が押し寄せて影を追い払い、すべてのものから色を奪った。そして、同じように突然消えた。子どものころによくしていたように、小声でゆっくりと数を数えはじめる。十まで数えたときに重低音が聞こえ、窓ガラスをガタガタと震わせた。

小さく吐息をついて体を起こし、小ろうそくに火をつけようと手を伸ばした。嵐が去るまで眠りに戻るのが無理ならば、その時間を有効に使ったほうがいい。図書室から借りてきたすり切れた『森のロマンス』を取って読みはじめる。しばらくは静かで、降りはじめた雨がやさしく窓にあたっていて、暗い森と修道院の廃墟の物語の完璧な背景となった。けれど、また稲光がして、今度は先ほどよりも短い間隔で雷が鋭く轟いた。嵐はすばやく近づきつつあって、いくらもしないうちに真上を通りそうだ。

屋敷の基礎をも震わすほどの轟音がする直前、奇妙な引きずる音が廊下から聞こえてきた。かすかな悲鳴に続いてくぐもったドシンという音がしてはっと顔を上げる。静けさが戻ると、また引きずる音がした。部屋のちょうど前を通る足音にちがいない。

だれかがそこにいる。なにか困っているのかもしれない。イモジェンは本を置いて上掛けをはねのけ、急いでろうそくを灯すと眼鏡をかけて部屋着を羽織った。弟のビンガムが極端に嵐をこわがる子だったので、苦手な人がどれほどの恐怖を味わうかよくわかっていた。だれかの役に立てる可能性があるのなら、やってみなくては。

ドアを開けて廊下を覗きこむ。突きあたりで黄金色の光が壁に跳ねて消えていった。だれかがちょうど角を曲がったところだった。イモジェンは裸足のまま急いだ。廊下に敷かれた絨毯のおかげで足音はくぐもっていた。角を曲がり、開いたドアを覗きこむ。そこは画廊へ続くドアだと思い出した。

奥に無言の白い人影があった。三つ編みの黒っぽい髪が背中に長く垂れている。女性の持っているろうそくの炎が揺れて、一枚の絵をかすかな明かりで照らしている。その前に立つ女性はあまりにもじっとしているので、イモジェンの背筋を寒気が走った。

また稲光がして部屋が明るく無情に照らされ、まるでゴシック小説の一場面のようだ、とイモジェンは思った。稲光の直後に激しく鋭い音がした。画廊の突きあたりにいた人物がぎくりとし、ろうそくの明かりが壁の上で揺れた。

イモジェンは体を震わせた。あの女性は屋敷に取り憑く幽霊ではなく、生身の人間に決まっている。ミセス・ラドクリフの小説の読みすぎだ。こわがる必要などない。

肩をいからせ、ゆっくりと画廊に入っていった。

23

イモジェンが近づいていくと、無言の人影がはっとしてくるりとふり向いた。白い部屋着がたなびき、ずっしりした三つ編みが弧を描いた。その動きでろうそくの明かりが消えかけたが、なんとか持ちなおしてレディ・エミリー・マスターズの顔を照らした。涙の筋がダイヤモンドのようにその頬できらめいた。

ふたりはしばし見つめ合った。最初にわれに返ったのはレディ・エミリーだった。

「ミス・ダンカン、こんな夜更けになにをしているの？」

「嵐のせいで目が覚めてしまって」そっと返事をする。「苦しそうな声が聞こえたと思ったものだから、たしかめに来たの。おじゃましてごめんなさい。なにかお役に立てるんじゃないかと思ったのよ」

エミリーは頭をふり、慌てて頬を拭った。「こっちこそ心配をかけてごめんなさい」

イモジェンは彼女を注意深く探った。いまのはレディ・エミリーと交わしたなかでいちばん長い会話だったので、まちがったことを言ってこの予期せぬ休戦を破りたくはなかった。

「謝ってもらう必要などないわ」やさしく言う。エミリーがふたたび肖像画のほうに向いた。彼女と心を通わせるこんな好機は二度とないと理解したイモジェンは、ほんの少しだけためらったあとゆっくりと彼女の横に立った。

肖像画は、十一、二歳くらいの少年のものだった。赤銅色の巻き毛がかわいらしい感じに額にかかり、紺青色の上着の華奢な肩にもかかっていた。自信たっぷりの灰色の瞳にはいたずらっぽいきらめきがあり、少しゆがめた唇を際立たせていた。片手をポケットに入れ、もう片方の手は足もとでおとなしく伏せている白黒のスパニエル犬の引き紐を握っている。

少年が気味が悪いほどケイレブにそっくりなことに気づき、イモジェンは衝撃を受けた。そして、あまりに若すぎる歳で亡くなったとケイレブから聞いた弟のジョナサンだと確信した。

知り合うことのないこの少年に対して大きな悲しみを感じた。子どものころに双子の片割れを亡くしたエミリーがどんなにつらい思いをしたのかも、当時を思い出させる顔の傷を毎日目にしていまもまだなにを感じているのかも、想像がつかなかった。

「これはジョナサン？」イモジェンは小さな声でたずねた。

エミリーがはっとふり向いた。「どうしてジョナサンのことを知っているの？」ざらついた声だった。敵意はなく、ただ驚きのあまり反射的にたずねたようだ。

「ケイレブから聞いたの」

エミリーがあんぐりと口を開ける。「兄から？　ジョナサンのことを？」彼の名前を口にするとき、かすかに声が震えていた。眉をひそめ、咳払いをする。

「少しだけね。小さいころに亡くなったことと、あなたがそのときに怪我をしたことを」

エミリーは黙ったまま長々とイモジェンを凝視した。

「ええ」ついにそう言う。「そのとおりよ」

「そんな風にきょうだいを亡くしたら、なかなか乗り越えられないでしょうね」やさしい口調だ。

エミリーがまた肖像画に顔を向けた。「けっして乗り越えられないものよ」

イモジェンはうやうやしい気持ちで黙って肖像画を見つめた。また稲光がしたが、今度のはそれほどまばゆくなかった。続く雷鳴もしばらく間があったし、遠くからの小さな音になっていた。細長い窓を打つ雨足が激しくなってきた。

「彼の話をしたい？」イモジェンはそっとたずねた。

ちらりとエミリーを見ると、目を閉じてつらそうな切望の表情を浮かべていたので、目をそらしてそっとしておいてあげたくなった。

エミリーの声はかろうじて聞こえる程度だった。「ジョナサンはすごい子だった。勇敢で、おもしろくて、頭がよかった。一緒に行きたいと言うわたしを追い払いもせず、腹を立てもしなかった。彼が学校に行くようになると、自分の一部を失ったように感じた。新学期で家を出ていくたび、その後一週間も息ができなくなった。彼はわたしの大親友だった」

「すばらしいきょうだいだったみたいね」イモジェンはやさしく言った。

「そうよ。ええ、ほんとうにすばらしいきょうだいだった」エミリーが目を開けてイモジェンをふり向いた。「わたしは昔からこうだったわけじゃないの。小さかったころはいたずら好きで向こう見ずで、活発だったのよ。わたしのそういう面をジョナサンが引き出してくれたの。彼がわたしを強くしてくれた」

「きっとそれはいまもあなたのなかにあるのだと思うわ」イモジェンは注意深く言った。「もともとそういう資質がなければ、表面に現われることはないもの。あなたが望めば、たとえ心のなかにしかジョナサンがいなくても、彼から力をもらい、そういう面を取り戻せると思うの」

それを聞いたエミリーの顔が明るくなった。口角がほんの少し持ち上がり、もう一度ジョナサンの肖像画に目を向ける。イモジェンはしばし彼女に見入った。この悲しみに暮れる女性とのあいだに突然絆が芽生えて驚いていた。ほかのだれよりも、ジョナサンがエミリーのちがう面を引き出していたようだった。より大胆でより外交的な面を。では、エミリーと自分のちがいはなんだろう？　ケイレブとの友情のおかげで新しいことに挑戦する勇気を見つけ、自分自身のために立ち上がり、思いを口に出す力を見つけた。彼を拒絶する意志の力だって、そこから見つけたものだ。それなら、求婚を断った場合、自分はどうなるのだろう？　その部分がしなびていき、最後には失ってしまう？

自分の息でかすかに揺れるろうそくの炎をじっと見つめる。その明るい黄金色の輝きはとてもはかなげだ。ほんの少しなにかをすれば、永遠に消えてしまう。新たに見つけた強さだって、その気になればあっさりなくなってしまうだろう。

イモジェンは炎を手で囲んで守った。炎は肌をオレンジ色に輝かせ、その熱がしみ入ってかじかんだ指を暖めてくれた。そう、ケイレブはイモジェンの最善の部分を引き出してくれた。でも、その最善の部分はもともと彼女のなかにあって、眠りから覚ましてくれるきっかけとなる火花を待っていたのかもしれない。重要なのは、その炎を絶やさずにいることだ。


部屋に戻ったイモジェンは、眠れなかった。目を閉じるたびに、エミリーが最後に目にしたにちがいない、血まみれでじっと動かないジョナサンの無垢な顔が浮かんだ。そのおそろしい瞬間にエミリーがどんな思いをしたのかを、きょうだいのだれかが同じような状況になったときの自分を、想像しようとした。でも、できなかった。ぎょっとするほど激しく心が拒絶したのだ。ようやく浅い眠りにつけたあとも、その思いにつきまとわれていやな夢を見てしまい、翌朝目が覚めたときはそれから逃れられてほっとした。

いまではエミリーを少し理解できるようになり、絆のようなものを感じていた。エミリーは他人に、特にイモジェンのような部外者になかなか心を開けない類の女性という気がしたので、たとえほんのわずかでも思いを分かち合ってくれたことがうれしかった。でもそれは、嵐の夜という状況のなせる業《わざ》にすぎなかったのかもしれない。明るい日中にどんな反応をされるかよくわからなかったので、どきどきしながら朝食室に向かった。

エミリーはすでにテーブルについており、料理が載った小さな皿と『タイムズ』紙を前にしていた。イモジェンが入っていくと、彼女が新聞から顔を上げた。イモジェンが微笑むと、笑みを返してくれたのでほっとする。

「レディ・エミリー」サイドボードに向かいながら声をかけた。「あのあとはぐっすり眠れたかしら」

「眠れたわ。ありがとう」新聞を置いたエミリーには、いままでのよそよそしさが消えていた。「お願い、わたしのことはエミリーと呼んで」

「エミリー」イモジェンはいそいそとくり返し、卵をスプーンで皿に載せた。「じゃあ、わたしのことはイモジェンと呼んでね」

「嵐のときはよく眠れないの。でも、ゆうべはベッドに戻ったとたんに眠りに落ちたわ」そう言ってホット・チョコレートをすすった。

「それを聞いて安心したわ」皿を持ってテーブルにつく。「そうそう、ゆうべの演奏はすばらしかったわ。持って生まれた才能なのね」

「ありがとう。大好きなもののひとつなの。あなたはピアノを弾くの？」

「ええ。でも、しばらく練習をする機会がなくて」

「ぜひあなたの演奏を聴きたいわ」そう言ったあと、食事に戻った。しばらくしてフォークを持つ手が止まり、なにか訊きたそうな目を向けてきた。イモジェンはなにかしら、という感じに小首を傾げた。

「歌も歌ったりします？」ためらいながらたずねる。

イモジェンは顔をしかめた。「少しは」

エミリーは笑ったものの、ためらいの色は消えなかった。「好きじゃないみたいね」

「ええ、あまり」苦笑いを浮かべる。「内気な性格と人前で歌うことは相容れないみたい」

「わかるわ。でも」エミリーが思いきって言ってみる。「わたしのために例外的に歌ってくれないかしら？」

「よくわからないのだけど」

エミリーが身を乗り出す。「ずっと二重唱をしたいと思っているのだけど、歌のうまい妹はその気になってくれなくて」

イモジェンはぎょっとした。「ご家族の前で歌うの？」

「とんでもないわ！」エミリーが驚きで目を丸くするようすは、滑稽ですらあった。「練習のときに一緒にお願いできないかと思っただけなの。毎日朝食のあとに練習していて、あなたにも来てもらえたらうれしいのだけど」

「そうだったの」そんなことを頼まれて、心が温かくなった。「それはすてきだわ。喜んでご一緒させてもらいます」

エミリーが顔をぱっと輝かせた。ほんとうに美しい女性だ。こんな風に体全体で微笑むと、顔の傷痕など簡単に忘れてしまえる。

「さっそく今朝お願いできる？」

「ほかのなにより楽しみだわ」

ちょうどそのとき、ケイレブが入ってきた。エミリーが笑みを消して縮こまったので、イモジェンは驚いた。顔を上げてケイレブを見ると、ふたりに気づいた彼の足がふらついた。

「エミリー、イモジェン」ケイレブは皿に料理を盛りはじめた。不意に朝食室の空気が張り詰めた。イモジェンはすでに、この一家のぎこちなさはジョナサンの死が原因だと思っていた。ずっと昔の事故がいまもみんなに影響しているなんて、いったいなにがあったのだろう？　悲しみなら理解できた。そんなおそろしい事故は、その後もずっと影を落とすだろう。でも、この一家に起きているのはそれとはまったくちがうものに思われた。

ケイレブが隣りに座るとそんな重苦しい空気もふわっと消えたように思われた。薄灰色の目はイモジェンを温かく見つめていた。

「ゆうべみんなにダンスを教えてくれたきみはすばらしかったよ。毎日驚かされているな」

低いつぶやきがイモジェンの体に親密に響きわたった。彼女は顔を赤くして咳払いをした。エミリーが黙りこくっているのを強く意識していた。紙のこすれる音が聞こえたので、彼女はまた新聞を読んでいるらしかった。

「ありがとうございます。はじめはかなり緊張しましたけど、きょうだいたちにもよく教えていたので、ゆうべもそうしているのだと自分に思いこませたんですよ」

「おもしろい考え方だね。私としては、あんなにダンスを楽しんだのははじめてだった。いや、前にも一度あったかな……」

イモジェンはあえぎ声が出そうになるのをこらえ、テーブルの下で彼の足を思いきり蹴った。彼がうめき、体をかがめて向こうずねをさすった。

「ブーツを履いていて運がよかったよ」イモジェンにだけ聞こえるように声を落とす。「そうでなければ大怪我をしていたかもしれない」

「あら、残念だこと」生意気な口調で返し、皿に目を転じてハムを小さく齧った。

「一本取られたな」笑いのにじむ声だった。「幸い大怪我にはならなかったから、馬で村まで出かけないか。きみはまだ行ってないだろう？　かわいらしい店が何軒かあるから、きょうだいへの土産をそこで買えるよ」

イモジェンは首を横にふった。「ごめんなさい。今朝はだめなの。ほかの予定があるのよ」

「予定ね」ケイレブが虚ろにくり返す。

「そうなの。エミリーと一緒に二重唱の練習をするのよ」エミリーに目をやると、新聞も忘れてイモジェンをぽかんと見ていた。「そうでしょう？」

エミリーは無言でうなずいた。不安そうにイモジェンとケイレブを交互に見ている。

「村に行くのは明日ではどうかしら？」イモジェンはケイレブに言った。

「いいよ」即座に返事があった。

「よかった」それからエミリーに言う。「お食事は終わった？　すぐにはじめましょうよ。あなたに気に入ってもらえそうな歌を何曲か知っているの」

エミリーがぎこちなくうなずくのを見て、イモジェンは立ち上がった。エミリーもついてきて、ふたりして朝食室のドアに向かう。廊下に出る直前に、イモジェンはふり返った。ケイレブは背筋を伸ばして座っており、眉根を寄せていた。考えこむように唇を嚙みながら、イモジェンはエミリーと連れだって部屋を出た。


ケイレブは、奇妙な空想の世界に足を踏み入れたように感じていた。はっとわれに返ったときには、イモジェンとエミリーは朝食室を出たあとだった。手をつけていない皿に目をやったが、急に食欲が失せていた。

イモジェンとエミリーはいつ仲よくなったのだ？　イモジェンがここへ来てからの一週間、ふたりが友情を育む気配すらなかったのに。

胸がいやな感じに重くなる。テーブルを押して立ち上がり、朝食室を出る。イモジェンは生まれつき親切な女性だ。彼女がエミリーと親しくなろうとするのは驚きでもなんでもない。よそよそしいエミリーに傷つき、打ち解けないようすに狼狽していたのを目にしていたが、自分にはなにもしてやれなかった。なんといっても、エミリーはもともと知らない人には控えめなのだから。

それが、いまではふたりのあいだになにかが生まれつつある。それに対してどうしたらいいのか、まるでわからない。

音楽室の閉じられたドアに近づくにつれ、足どりが遅くなった。ふたりの軽いおしゃべりの声と、旋律を試し弾きしているピアノのやさしい音色がかすかに聞こえる。小さく笑い声があがったあと、曲が本格的にはじまった。

ケイレブはしばらくドアを見つめて耳を澄ましていた。ふたりが一緒に歌い出すと、眉をひそめて廊下を進んだ。どうしてこんなに気になるのだろう？　イモジェンがエミリーと友だちになったのを喜ぶべきなのに。イモジェンがダフネと絆を結び、母を敬い好きになるのを目にしてきた。それなら、この家で最後の人間とも彼女が親しくなるのは、自分にとって有利に働くのではないのか？　イモジェンが彼の家族とより強く結びつけば、ふたたび求婚したときに断わられにくくなるのではないだろうか。

だが、ジョナサンの死についてエミリーがしゃべったらどうなる？　エミリーはあの場にいた数少ない人間のひとりで、醜い真実のすべてを話せる立場なのだ。あの事故は私の責任なのだと聞いたら、イモジェンはどう思うだろう？

動揺したケイレブは、厩に向かった。イモジェンをここに連れてくるべきではなかった。

だが、ほかに求婚を受け入れてもらえるようにする方法はなかったのだ。

さっと屋敷をふり返る。どうやらイモジェンを永遠に失う可能性が出てきてしまったようだ。

24

新たにできた友人と楽しく歌い、庭を散歩したあと、イモジェンはエミリーと別れて部屋に戻り、本を読みながら休養をとった。けれど、文字に集中できなかった。昨日の変化のあと、心は活力に満ちていた。エミリーとようやく仲よくなれて、とまどいとうれしさを同時に感じていた。ケイレブとの結婚を考えるようになっていたからなおさらだ。

エミリーはほんとうにかわいらしい人だ。周囲を本能的に惹きつけるきょうだいたちとはまったくちがう。そう、イモジェンはエミリーに自分と近いものを感じた。ふたりとも内気で、知らない人たちといると心地の悪い思いをし、壁と一体化しようとしてしまう。自分やエミリーのような人間は、外向的な人たちの陰に隠れがちだ。彼女の内面を引き出せてほんとうによかった。

ドアをノックする音がして、イモジェンはもの思いから覚めた。メイドが入ってきてさっとお辞儀をする。「お嬢さま、レディ・サムナーがおいでです。小さいほうの応接間にお通ししました」

「ありがとう。すぐに行くわ」

妹が来てくれたこの機会を一瞬でもむだにしたくなかった。屋敷のなかを飛ぶ勢いで急いだ。ケイレブの求婚を受けようかと考えていると話したら、フランシスはなんと言うだろう。毎日だって訪問し合える距離になるかもしれない。胸のなかで喜びが弾け、応接間のドアの前ですべるように止まった。

つまり、わたしはもう心を決めたの？　ケイレブと結婚するの？　どうもその答えはイエスのようだった。

顔に笑みが広がり、安堵が全身に行きわたる。だれかに話したい。もちろん、まずはケイレブに話すべきだ。でも、彼はどこかに出かけていたし、フランシスはここにいる。最初に妹に打ち明けても、彼なら気にしないでくれるだろう。

ドアを勢いよく開けて応接間に駆けこむ。「フランシス、来てくれてすごくうれしいわ」

イモジェンは妹を抱きしめた。ところが、抱擁を解いたとき、幸福感でいっぱいの彼女にすら、なにかがおかしいとわかった。

フランシスの目に見慣れた惨めさがまた戻っていたのだ。それどころか、赤むけの傷のように、以前よりもっと深く刻まれていた。

フランシスは無理して元気な声を出した。「たいせつなお姉さまに会うのをじゃまするものなんてないわ。こんなに近くにいるときはなおさらね」

イモジェンの興奮はあっというまに消え、心配の気持ちが重石のように腹部に居座った。フランシスをソファへといざなう。「少し座っておしゃべりしましょう」

フランシスが渋面になる。「お姉さまとおしゃべりしたいのは山々だけれど、今日うかがったのには理由があって、どうしてもそのお話をしなくてはならないの」

イモジェンは不安に苛まれ、背筋を伸ばした。「なんなの？」

「お母さまから手紙が来たの。お姉さまがウィルブリッジ侯爵の求婚を断ったと書かれていたわ」

イモジェンは赤くなった。「ええ、たしかにお断りしたわ」

「なぜなの？　うちに来てくれたときのふたりを見たわ。お姉さまは彼をたいせつに思っているのよね、とても深く」

「理由はどうでもいいの」

「いいえ、どうでもよくないわ。話してちょうだい」

「彼はわたしを愛していないのよ」そう言ってから、手で空を切る仕草をする。「でも、それはいいの。もう一度求婚されたらお受けしようと決めたから」

フランシスがイモジェンの手をきつく握った。熱に浮かされたような目をしていた。「だめよ！　そんなことをしてはいけないわ。わたしからなにも学ばなかったの？」

イモジェンは、こんなに一心不乱なフランシスを見たことがなかった。驚いて手をさっと引き抜く。

「どういうことなの？」感覚のなくなった唇をなんとか動かす。「昨日のあなたとサムナー卿はとても幸せそうだったのに。ようやく事態がよくなってきたのだと思ったのよ」

フランシスが顔をくしゃくしゃにした。両手でぱっと口をおおったが、その前にすすり泣きが漏れた。

イモジェンは身を乗り出した。「フランシス、なにがあったの？」

「わたしがばかだったの」小さな声だった。「結婚したとき、彼から愛されていないのはわかっていたわ。わたしがふたり分愛せばいい、そのうち彼もわたしを愛するようになってくれる、と自分に言い聞かせた。でも、まちがっていた」

イモジェンは吐きそうになった。「でも……昨日は……」

「ただの見せかけよ」フランシスが吐き出すように言った。「ジェイムズがいやな面をウィルブリッジ侯爵に見せたがると本気で思っている？　それに、子どものこともあるし」

イモジェンは自分がさぞやひどい衝撃を受けた表情をしているだろうと思った。フランシスがその表情に気づき、唇をゆがめた。そうしながらも、守るように腹部に両手を置いた。

「そうよ、身ごもったの。結婚してずいぶん経つから、自分でも驚いたわ」

「でも、それっていい知らせでしょう？」イモジェンは妹を抱きしめ、おめでとうと言いたかった。けれど、フランシスの目が苦々しい表情をたたえていたので、できなかった。

「ジェイムズにとってはそうかもしれない。わたしのせいで何年も持てなかった跡継ぎがようやくできるんですものね。この一週間で何度もそう言われたわ」少しも楽しそうでない鋭い笑い声をあげる。それを聞いて、イモジェンの背筋を寒気が這い下りた。「お姉さまはわたしよりも強いわ。自分の良識に蓋をして、借地人などの安寧よりも身分や地位ばかり気にする男性の求婚を受けてしまったあの何年も前に、お姉さまの強さを持っていたらよかったのにと思わずにはいられない。もしかなうなら、なにをしてでも過去に戻ってやりなおしたい」

恐怖が頭をもたげてきて、イモジェンはごくりと唾を飲んだ。フランシスのことばが重苦しく漂っていた。「でも、ケイレブはそんな人じゃないわ」

フランシスはぐったりとソファにもたれた。「わたしも自分にそう言い聞かせたわ。目が見えていなかったのね。彼を愛しすぎていて、どういう人なのかが見えていなかった」頭をふり、疲れたように目を閉じた。「彼を愛する気持ちはとっくに死に絶えたの。もう目が見えるようになったのよ」

イモジェンは、しわのひとつひとつに惨めさが刻まれた妹の顔を見た。何年かしたらわたしもこうなるの？

危うく屈するところだった。もう一度彼に求婚されたら、受けるところだった。けれど、フランシスと会ったこの短い時間に――妹が耐えていることを想像するのではなく、その苦しみのほんとうの深さをはじめて目の当たりにして――愛を返してもらえないのならケイレブとはけっして結婚できないと悟った。

ほんの少し前に感じた喜びは完全に消えてしまった。ケイレブと過ごす将来への希望も。

その晩遅くなるまで、イモジェンはケイレブに会わなかった。彼は借地人の問題を解決するために呼び出され、夕食の少し前に戻ったときには疲れて静かだった。食事のときも彼らしくなく打ち沈んだようすで、イモジェンに今日はどう過ごしていたのかとたずね、彼女の父が図書室で発見したものについて話をし、ダフネから向けられた問いかけをかわした。食事が終わると、早めに部屋に下がりたいと断りを言った。

けれど、みんなと一緒にイモジェンが応接間に行こうとしたとき、彼が腕に手をかけて止めた。彼女はケイレブの顔をしげしげと見つめ、神経を焼く欲望を無視し、フランシスと話して以来胸に巣くう悲しみを強く意識した。ケイレブの目のなかには、これまでなかった奇妙な堅苦しさがあった。

「明日村へ行く気持ちはいまもあるかい？　今朝その話をしたのはわかっているが、きみが考えなおしたのではないかと思ったんだ」バリトンの声はおだやかで、気持ちの読めない曖昧な感じだった。

イモジェンは眉根を寄せて彼の顔を探った。奇妙な態度が気になって、自分の心配を忘れていた。「ええ、行きたいわ」

ケイレブはほとんど聞き取れないくらい小さく安堵の吐息をついた。「それなら、朝食後すぐに出かけようか？」

イモジェンが返事をする前に、ダフネが飛び跳ねながらやってきた。「明日の朝食のあと、どこへ行くの？」

ケイレブの顎で筋肉がひくついた。「ケタビーだ。イモジェンがきょうだいに土産を買いたいんじゃないかと思ったんだ」

「すてき。わたしも行くわ。レベッカとハンナのサンダース姉妹に会いたいの。村へ行く途中で牧師館を訪問すればいいわ」

ダフネがまた飛び跳ねながら立ち去ると、ケイレブとイモジェンは信じられない思いでその後ろ姿を見つめた。

「彼女ったらほんとうに侮りがたい人ね」イモジェンはなにも考えずに言っていた。直後にぎょっとして両手で口をおおった。妹さんについてケイレブにあんなことを言うなんて、なにを考えていたの？

けれど、彼は目尻にしわを寄せて微笑んだだけだった。「ほんとうだね。別の方法できみとふたりきりになるしかないか」ケイレブがイモジェンのほうにかがみこんできた。あまりにすばやい行動だったので、反応する時間もなかった。イモジェンの唇がふさがれる。

所有欲と欲望のキスではなかった。短いながらもあまりにやさしいそのキスに、イモジェンはさまざまな感情がこみ上げて息もできなかった。彼の唇は引き締まっていて温かかった。

ワインの味がして、顎に沿ってそっとなでる彼の指を感じた。彼に寄りかかってキスを返そうとしたとき、ケイレブが身を引いた。

やわらかで悲しげともいえるまなざしで見つめてきたあと、ケイレブは部屋を出ていった。イモジェンは呆けたように長々と彼の後ろ姿を見つめていた。

不意に父が横に来た。どうしてお父さまが部屋に戻ってきたのに気づかなかったのだろう？　父は心配そうな目をしていた。

「みんなと一緒に応接間に行くかね？」

イモジェンは無理やり笑顔を作った。「ええ、お父さま」父の腕に手を置き、いざなわれるままに部屋を出たが、いまもケイレブのことを考えていた。

翌朝、イモジェンはひどく声高な静けさを感じていた。サンダース姉妹を迎えに行ったダフネが、村への砂利道にケイレブとイモジェンをふたりきりで残したのだ。

ぐっすり眠ればいつもの明るいケイレブに戻ってくれるものだと思っていた。けれど、前夜よりももっと沈みこんでいるようだった。横目でちらちら見てくるものだから、イモジェンは一度ならず手入れの行き届いた道でつまずいた。

なんとかいつもの彼を取り戻したくて、話題を探した。会話が得意だったためしはなく、おまけに予想もしていなかったぎこちなさがふたりのあいだに生じたせいで、いつも以上になにも言えなくなった。

「サンダース家のお嬢さんたちが好きだわ」ようやく無理をして明るい声を出す。「ふたりともかわいらしいもの」

「そうだね」

もう一度がんばってみる。「前々からのお知り合いなの？」

「彼女たちが生まれたときからずっとだ」

「ああ、だからダフネは彼女たちととても親しいのね」

ケイレブはうなずいただけだった。

イモジェンはいらだって唇をぎゅっと結んだ。「エミリーは？」

彼がはっとして謎めいた表情でイモジェンを見た。「エミリーがなんだって？」

「彼女もサンダース家のお嬢さんたちとお友だちなの？」

「さあ、どうかな」

でも、エミリーはあなたの妹でしょう。イモジェンはそう叫びたかった。

そのとき、ダフネがレベッカとハンナを連れて戻ってきた。三人はぺちゃくちゃとおしゃべりをして奇妙な雰囲気を追い散らした。太陽は暖かく、空は青く澄みきっていた。すばらしい日を楽しもうと決めたイモジェンは、彼女たちの話に集中した。しばらくするとケタビーに着き、絵のように美しい風景にすっかり魅了され、ケイレブの奇妙な態度も忘れた。

スプラット川にかかる大きな石橋を通って村の目抜き通りに入った。道沿いには、黄土色の石造りで、屋根が葺かれたばかりの小さなコテージが並んでいる。低い石壁の内側で庭の手入れをしている赤ら顔の女性がおり、そのそばでこざっぱりしたようすの子どもたちが奇声を発しながら遊んでいた。

「ミセス・ラーストウ」ケイレブが門に向かいながら声をかけた。「トマスの怪我はもうすっかりよくなったみたいだね」

ミセス・ラーストウはにっこり微笑んで近づき、ひざを曲げてお辞儀をした。「侯爵さま、お目にかかれるなんてうれしいです。はい、ごらんのとおりうちのトマスはいつもの状態に戻りました。腕はちゃんと治って、もう全然平気みたいです」女性たちにも笑顔を向けて挨拶した。

ケイレブがイモジェンの肘に手を添える。「ミス・ダンカンを紹介しよう。ロンドンからお父上のタリトン子爵と来てうちに滞在しているんだ。イモジェン、こちらはミセス・ラーストウとその子どもたちのトマス、ジュリア、スーザンだ。ミセス・ラーストウの妹さんのミス・ランダルは、妹たちの家庭教師をしてくれたんだよ」

ミセス・ラーストウがふたりはどういう関係なのだろうという目をしていたので、イモジェンは顔を赤らめながら挨拶した。

「ミス・ランダルはお元気?」ダフネが心をこめてたずねた。「いやだ！　いまはミセス・

フラーになられたんだったわ」

　ミセス・ラーストウがくすくすと笑う。「ええ《アイ》、とっても元気です。北部にだんなさんの家族を訪ねて戻ってきたところなんですよ。家にいると思いますから、もしよかったらあとで訪ねてやってください」

「そうできたらうれしいわ！　ケイレブ、お昼をいただいたら、レベッカとハンナとわたしはそうさせてもらうかもしれないわ」

「いいとも」そう言ってから、イモジェンを熱いまなざしで見つめた。「少しのあいだなら、イモジェンと私だけでも大丈夫だよ」

　イモジェンはまっ赤になった顔を背け、動揺をだれにも見られていませんようにと願いながら、散り散りになった思いをかき集めようとした。ありがたいことに、ちょうどそのときにミス・レベッカ・サンダースが籠から瓶を取り出して差し出したので、ミセス・ラーストウの注意がそちらにそれた。

「ご主人にって母からです」ミス・サンダースは言った。「腰に塗る軟膏です。とても苦しんでらっしゃるそうですけど、これで少しは痛みが和らぐと思います」

「ありがとうございます」ミセス・ラーストウが礼を言った。「お入りになりませんか？　ちょうど今朝マフィンを焼いたところなんですよ」

「残念だけど、だめなんだ」ケイレブが答えた。「お誘いを受けたいのは山々なのだが」

「じゃあ、またの機会にでも」ミセス・ラーストウが陽気に言った。いとまごいをする彼らに手をふると、庭の手入れに戻った。

小さな村の目抜き通りをみんなとともに歩きながら、イモジェンはもの思いにふけっていた。出会う人出会う人がにこやかに挨拶をしてきたので、横にいるこの男性を不思議に思わずにはいられなかった。本邸にはめったに戻ってこないようなのに、村人たちは心から彼を尊敬しているみたいだ。家々や道は補修が行き届いており、子どもたちは健康そうだ。ケイレブは村人全員の名前を知っており、村人たちもケイレブに気楽に、ときには親しげに接している。彼が自分の責任下にある人たちをとても気にかけているのは明らかだ。

だからこそ、彼と家族が不満を抱え、ぎすぎすしている状況がよけいに目立った。そのすべての原因が、ケイレブの弟さんの死にあるなんて？　どれだけ頭を悩ませても、まったく意味をなさないのだった。

25

マライアにはクリーム色のレース地を、ほかの弟や妹にもちょっとした土産を買ったあと、イモジェンはみんなと一緒に地元の宿に向かった。その宿は二階建ての大きなもので、賑わっていて、村のほかの家や店と同じ黄土色の石造りだった。女性たちを連れたケイレブは、大型四輪馬車から荷物を下ろしている若者のそばを通って、白壁で清潔そうな宿に入った。

「侯爵さま」大声が聞こえた。イモジェンが驚いてふり向くと、大柄な男性が大股で向かってくるところだった。男がにんまり笑ってたくましい手を突き出すと、ケイレブがうれしそうに握手をした。「約束どおりに来てくださったんですね。お望みの持ち帰り用の籠の用意はできてます。息子のエヴァンに持ってこさせましょう」男はくるりと向きを変え、開いた戸口に向かって指示をどなった。すぐにやせ細った少年が急いで出てきた。ずっしりと重い籠を持っているせいで前かがみになっていた。

「ありがとう、ドナルド。きみが思っている以上に、奥さんのうまい料理を楽しみにしているんだよ。ロンドンだってかなわない」ケイレブは籠を受け取るときに少年の顔を覗きこみ、驚いた。「エヴァン・サムソン、また歯が抜けたのかい？」

「はい」少年は誇らしげな甲高い声で言い、にっと笑って歯の抜けた場所を見せた。「これで五本めです」

ケイレブは少年の髪をくしゃくしゃにした。「気をつけたほうがいいぞ。じきに歯が全部なくなって食事ができなくなるかもしれないからね」笑みを浮かべて硬貨を放る。エヴァンは慣れた手つきで受け取って、「ありがと」と朗らかに言いながら駆けていった。

ケイレブはくつくつと笑った。「ドナルド、息子さんはあっという間に大きくなったね」

「まったくです」宿の主人がイモジェンに目をやった。「レディ・ダフネとサンダースのおふたりは存じてますが、この若いお嬢さんはどなたで？」

イモジェンは喉が詰まりそうになった。若いお嬢さんですって？　ドナルドという宿の主人だって三十歳以上には見えないというのに。眼鏡をかける必要があるか、とんでもなく口がうまいかのどちらかだろう。

ケイレブが彼女を前に引き寄せた。「イモジェン、こちらはノーサンプトンシャー一すばらしい〈王者の白鳥〉亭の主人のミスター・サムソンだ。彼と私は一緒に育ち、村の人たちを恐怖に陥れたんだ。そういうわけだから、彼の厚かましい態度を赦してやってほしい。ドナルド、ミス・ダンカンを紹介しよう。わが家に短いあいだ滞在中のロンドンからの客人だ」

ミスター・サムソンが歓迎の気持ちをこめてイモジェンの手を握った。「お会いできて、あなたが思っている以上に喜んでいます、ミス・ダンカン。この筋金入りの放蕩者を改心させるために来てくださったのならうれしいのですが」

その日百回めくらいにイモジェンは顔を赤らめた。村人のだれもが、イモジェンがウィロウヘイヴンに滞在しているからにはケイレブとの婚約が新聞で告知されたも同然だ、とみなしているようだった。そしてケイレブは、借地人たちが好き勝手に推測するのをまったく止めようとしてくれていない。

いまだってそうだ。彼はふくみ笑いをしてイモジェンに腕を差し出した。しぶしぶそこに手をかける。「女性たちは午後の買い物のあとで腹を空かせているにちがいないので、失礼するよ。またあとで会おう」

ケイレブは女性たちを連れて騒がしい前庭を通り、宿の裏手に向かった。草におおわれた傾斜のゆるやかな丘の下に小さな池があった。木々が大きな宿を囲って見えなくしている、静かな場所だった。ケイレブが巨大なオークの木陰に毛布を広げ、女性たち四人はそこに座ってスカートを整えた。みんなで籠の食べ物をおいしく食べ、いくらもしないうちにミートパイ、チーズ、パン、まっ赤な木苺はすっかりなくなった。

「ごちそうさまでした、侯爵さま」ミス・サンダースが幸せそうにため息をついた。「すばらしい午後でした。ミセス・サムソンはお料理がとてもお上手なんですね」

「さてと」ダフネが立ち上がり、スカートを揺すった。「そろそろ行かなくちゃ。ミス・ラッセル――じゃなくて、ミセス・フラーに会うのが待ちきれないわ。ものすごく久しぶりなんですもの。レベッカ、ハンナ、行きましょうか？　ケイレブ、イモジェン、一時間以内に戻ってくるわね」

ダフネは返事も待たずにふたりの友人を連れていってしまった。

三人を見送るイモジェンは、牧歌的な風景の輝きが消えはじめるのを感じた。不安そうにスカートをなでつける。隣りのケイレブは肘をついて寝転がったが、その目が自分に向いているのをイモジェンは感じた。

以前は気の張らない友だちでいられたのに、いまのイモジェンは彼と一緒だと自意識が強くなってなにもしゃべれなくなった。怒りが小さくこみ上げるのを感じる。彼の友情は、自分の人生でとてもたいせつなもののひとつだった。けれど、ふたりのあいだに起こったできごとと、心を奪われたことのあとでは、もう修復できないほど壊れてしまったように思われた。

彼がイモジェンに愛を返せないのであれば、永遠に別れるしかない。

イモジェンは不意に目頭が熱くなってきたのをこらえ、鼻をくすんとやった。

「イモジェン、どうしたんだい？」ケイレブが彼女の片方の手を取る。

彼女は頭をふった。「どうもしないわ」

「ほんとうに？」

「ええ」イモジェンは弱々しく手を引いたが、ケイレブはしっかり握って放してくれなかった。急に彼がその手を一心に見つめた。イモジェンが彼の意図を察する間もなく、ケイレブは手袋の小さなボタンをはずしはじめた。

そして、敏感な肌に熱い唇を押しつけた。イモジェンはなにもかもを忘れた。頭にあるのはケイレブと、手首に触れる彼の唇の感触だけだった。人生で最高にすばらしい一瞬だった。

ケイレブは唇に触れる繊細な肌のことしか考えられなくなった。イモジェンはいつもこんなに甘い味がしただろうか？　いつも口に唾が湧くほどすばらしい香りがしていただろうか？　このまま一生飽きずにこんな風に口づけていられそうだった。速い脈が、耐えられないほどなめらかな肌が感じられ、彼女への欲望で爆発しそうだ。

イモジェンの息が荒く不規則になってきたが、それでもケイレブは手首へのキスを続けた。ここが公共の場で、だれに見られてもおかしくないと、心の奥深くではわかっていた。だが、もうそんなことは気にもならなかった。ただ彼女が欲しかった。その気持ちは、近くにいるのに触れられないせいで日々強くなっていくようだった。夜空に星が浮かぶのを止められないように、イモジェンへのキスを止められなかった。

とうとうイモジェンが少しだけわれに返ったようで、やや震える声で話し出した。

「借地人と気軽に話すあなたを見て驚いたわ」そして鋭く息を呑んだので、そんなことを言うつもりはなかったのだろうとケイレブは思った。気づいていた以上に彼女を取り乱させてしまったようだ。

彼女の肌に向かって微笑んだ。「私をおそろしい領主だなんて思っていなかったんだろう? きみは私という人間をちゃんとわかってくれていると思う、イモジェン」彼女の肌にまた唇をすべらせる。皮膚の下に青い血管が見え、そこがどくどくと脈打っていた。舌でその場所を湿らせてからそっと息を吹きかける。イモジェンが震える息を吐くのが聞こえた。

「え、ええ」口ごもり、咳払いをする。「ええ」今度はもっとしっかりした声だった。それから、自分がなにを言おうとしたかにぎょっとしたのか、ためらった。それに気づいてケイレブはうれしくなった。イモジェンはふつうに会話をしようとしているが、手を引き抜こうとはしなかった。

「あなたはきっと借地人たちに魅力的に接しているのだろうとしか思っていなかったわ」ようやくそう続けた。「でも、ウィロウヘイヴンにはあまり来ていない印象を受けたの。だから、あなたが村人たちに歓迎されていて、あなた自身も打ち解けているのを見て驚いたんだわ」

ケイレブは短く笑った。彼女の気持ちを考えたら、いまのはずいぶんと礼儀正しい言いまわしだったな。顔を上げると、イモジェンの頬が赤く染まり、目は情熱で腫れぼったくなっていた。けれど、唇はきつく結ばれており、眉間にはしわが寄っていた。

「きみはほんとうに歯に衣着せないんだね」もごもごと言って彼女の手に注意を戻す。どうやらまた一からやりなおさなければならないようだ。思っていたほどイモジェンを惑わせられていない。子山羊革の手袋を引っ張り、ゆっくりと脱がせていく。手袋が脱げると、彼女の息が荒くなった。

「きみの懸念に答えると、年に三回ほどはここに戻ってきているんだ」イモジェンの手首にキスをする。「そのときはかならず村に顔を出すようにしている」親指のつけ根のふっくらした場所に唇を長々とつける。「ここにいないときは、差配人に毎週手紙を書いて、借地人の要望がかなえられるようにしている」

あまりロマンティックな話ではなかった。けれど、イモジェンは少しも聞いていないようだった。丸まった指を開かせ、てのひらに直接唇をつけずに熱い息を感じさせる。イモジェンの手脚が震えはじめる。肌に唇をつけると、彼女がことばにならないやわらかな声を発した。

その反応を見て、ケイレブの体を欲望が襲った。イモジェンを組み敷いて、池の堤のここで体を重ねたい。ダフネたちがあとどれくらいで戻ってくるか、オークの枝がふたりを完全に隠してくれるか、村人がここを通る可能性があるか、必死で頭を働かせる。

だが、彼女の上になって唇を重ねようとしたとき、ふとためらった。だめだ。そんなことを彼女にするなんていけない。こんな風に敬意を欠く行ないをしてはだめだ。けっして赦してもらえなくなり、永遠に彼女を失ってしまうことになる。

てのひらに最後にもう一度キスをすると、ケイレブは彼女の手を放して顔を上げた。

それはまるで、かかっていた魔法がいきなり解けたかのようだった。イモジェンはすっと背筋を伸ばし、慌てて毛布の端まで移動した。目をそらし、そわそわとそばの草をつかんで引き抜いた。

ケイレブがなだめる声をかけようとしたとき、甲高く自制の効いた声で彼女が言った。

「この二日ほど、あなたはずいぶん上の空だったみたいだけど」

ケイレブは気分が落ちこむのを感じた。イモジェンに言われて、自分が内にこもっていた理由を思い出したのだ。彼女とエミリーが親しくなったことに昨日一日心をむしばまれた。がむしゃらに馬を走らせたあと、地元の農夫たちを訪問した。荷車の事故で壊れた壁をなおす作業を手伝ってへとへとになった。一日が終わるころには体は疲れ果てていたが、あいにく心はちがった。夕食のあいだ中、つきまとって離れない恐怖心と戦っていた。まだ村を訪問する気はあるかとたずねたら、断られるものと半ば信じていた。碧青色の澄みきった目が自分への嫌悪を宿しておらず、予定どおりに行きたいと返事をしてくれたとき、信じられないほど大きく安堵したのだった。思わずキスをしてしまい、イモジェンにやさしい気持ちを抱いている自分に衝撃を受けた。唇を重ねたとき、ほとんど崇拝に近い気持ちを感じたのだ。

いま、彼は微笑もうとした。「そうだね。申し訳なかった。いまから先はもっといいもてなし役になるよ」

イモジェンが頬を染める。「あなたは完璧にすばらしいもてなし役を果たしているわ。わかっているでしょう」

しぶしぶながらでもお世辞を言ってもらい、ケイレブは気分が上向いてにやりと笑った。

「そうかい？　自信がなかったんだが」

彼女がいたずらっぽい目でケイレブを見た。「もっとお世辞を言ってほしがるあなたと、お世辞をすなおに受け取れないわたしでは、どっちのほうがましなのかしらね？」

ケイレブは笑った。「もちろん、私のほうだよ。ますます魅力的に映るだけだからね」

イモジェンが唇をゆがめた。「あなたが慎み深さを失っていないのがわかってよかったわ」

以前と同じようにからかい合ったことで、ケイレブは突然の喜びに打たれた。丘に咲く野草のなかからスミレとわすれな草を引き抜いた。毛布の端にいるイモジェンに手を伸ばし、小冠に編んだ髪に挿す。彼女ははっと固まって顔を赤くした。

「いまのきみは木の妖精そのものに見えるよ」ケイレブはつぶやいた。黄色い小花と巻きつく緑の蔦が刺繍された白くやわらかなモスリンのドレスを着て、薄緑色のショールを肩にかけ、薄青色と紫色の花をティアラのように髪につけている彼女は、まさに妖精のようだった。

「それなら気をつけたほうがいいわ。魔法をかけて、あなたを蛙にしてしまうかも」

「そういうことをするのは魔女だけだと思っていたんだけどな」

「意地が悪いのは魔女だけじゃないのよ」

「そのあとキスをして王子にしてくれるかい？」

イモジェンはしばし考えこむように見えたが、やがていたずらっぽく目を輝かせた。とても珍しいそんな面を、ケイレブはこの一週間半見られなくて寂しかったのだ。

「いいえ。蛙のままにしておくと思うわ。そして鳥に食べさせるの」

ケイレブはくつくつと笑い、イモジェンの顔にも陽気さが浮かぶのを見た。「血に飢えたお嬢さんだ」

ふたりは軽く笑い、それがあまりにも以前のままだったので、ケイレブは考えもせずに彼女の手を包んだ。イモジェンは笑みをあっという間に消し、自分の手を包む彼の手を凝視した。そして、手を引き抜いた。

ケイレブは悪態をつきたかった。なにかを投げつけたかった。どうしていつも私から離れようとする？　私との結婚のなにがそんなにいやなのだ？　ふたり一緒だとすばらしいとなぜわかってくれない？

彼は腹を立てていた。

説明もなく求婚を断られたことに。イモジェンに好かれ、欲望を持たれているのはわかっている。だったらなぜ、追い払い続ける？

「またそこに戻るわけか」イモジェンがぎょっとしてこちらを見たことから、軽い口調で言ったつもりだったのに、いらだちを隠しきれなかったのがわかった。

イモジェンは返事をせず、周囲を見まわした。「ここはほんとうにきれいな場所ね。連れてきてくれてありがとう」注意深く繕った声で、よそよそしく慇懃な態度に戻っていた。

「きっと気に入ってもらえるとわかっていたよ」ケイレブはやすやすと答えた。あまりにもやすやすと。ふたりとも礼儀正しい態度にあっさりと戻ったのは、空おそろしいほどだった。

イモジェンは彼を見た。両手は慎ましくひざの上で握り合わせ、手袋を脱がされたほうの手はもう一方の下に隠していた。「美しい土地だわ。どうしてもっと頻繁に戻ってこないの？」

「忙しいからだよ」心はかき乱されていたが、さりげなく聞こえるように答える。「それに、理由が重要かな？」

「あなたはここをとても愛しているから、奇妙に思っただけ」注意深く言う。「離れているのにはもっと大きな理由があるんじゃないの？」

言いまわしが気になり、ケイレブはしげしげと彼女を見た。唇の端がひくついているのは、つらい思いをしている兆候だろうか？　それに、何度も目を瞬いているのにはどんな意味がある？　そのとき、いきなりわかった。なぜ彼女があんなことばを使ったのか、なぜ彼女が注意深くこちらを見ているのか。やはりエミリーからなにか聞かされたのだ。

ケイレブの心にひびが入った。

「どうして気になるんだい？　私の妻になってここで一緒に暮らすつもりはないのだろう。

どうして私の行動をそんなに気にかける?」

イモジェンがたじろぐのを目にして、ケイレブは思っていた以上にきつい口調になっていたのを悟った。あんなことを言ったのは、エミリーに対する怒りからではなかった。イモジェンを失う恐怖のなせる業だった。エミリーがイモジェンの心に入りこみ、ケイレブの悪口を吹きこんだのだ。すでにイモジェンを失ったも同然だった。

エミリーはわざとやったのだろうか。まさか、そんなはずはないだろう。妹はよそよそしくて打ち解けず、ケイレブのしたことにいまもいくらかの憎しみを持っているが、残酷な人間ではない。

心許なげなようすのイモジェンを見て、ケイレブは罪悪感にぐさりとやられた。彼女に過去を隠し、けっして知られないようにと祈るのではなく、自分から打ち明けるべきだったのだ。

ケイレブはすべてをさらけ出す覚悟をした。いまとなっては失うものなどなかった。けれどそのとき、ダフネがサンダース姉妹を子鴨のように引きつれて戻ってくるのが見えた。

「すばらしい時間を過ごしたのよ。ああ、ケイレブ、お兄さまも一緒に来ればよかったのに。あんなにお元気そうなミス・ランダル——じゃなくて、ミセス・フラーは見たことがないわ。結婚が性に合ってるんでしょうね」

毛布に座っているケイレブとイモジェンを見て、ダフネははたと立ち止まった。張り詰めた空気があまりにも濃くて、彼女に勘づかれたのかもしれない。ケイレブは無理やり笑みを浮かべ、昼食の残りを片づけにかかることでダフネの注意を引きつけて、イモジェンに落ち着きを取り戻す時間をあたえた。

「そうなのかい？　長年おまえに辛抱してきたんだから、かわいそうな彼女は幸せになって当然だな」

三人の乙女たちは朗らかに笑い、ケイレブが片づけているあいだも活発におしゃべりをしていた。イモジェンは黙って立ち上がり、毛布をたたんだ。彼女の青白い顔とこわばった肩をケイレブはしばらく見つめた。イモジェンが脱いだボンネットを拾って渡す。彼女はしばらくわけがわからないようだったが、黙って受け取った。それから全員で宿に戻り、そこから屋敷に向かった。

打ち明ける機会が永遠に失われて、ケイレブは安堵の吐息をつけばいいのか苦しみに吠えればいいのかわからなかった。

26

村から戻ると、ダフネは自室に下がり、ケイレブは家令と話し合うことがあるとぼそぼそと言っていきなりイモジェンを玄関広間に置き去りにした。彼女は窓越しに中庭を見つめた。雲が出て空が暗くなりはじめており、いまの自分の気持ちにはぴったりだった。

ケイレブはひどく喧嘩腰で、弁解がましくなった。あんな彼も、彼から怒りを向けられるのもはじめてだった。彼にあんな面があるなんて、気づいてもいなかった。でも、彼のなかでなにかが変わり、たいせつな話をしようとしかけた。そうとわかっていた。あのときにじゃまが入らなければよかったのに。

どこへ行けばいいかわからず、あたりを見まわした。そして、図書室へとつながる廊下へのドアに目が留まった。

父が図書室にいて、隅のマホガニー材の大きな机についていた。机の上には本の山がいくつもできていた。かなりの大部である一冊に顔を埋めるようにしていて、紙になにやら書きつけるのに忙しくしている。

イモジェンは大きな机の前に立った。父に気づいてもらうのを待っていた思い出の数々が唐突によみがえる。正直なところ、それを苦にしたことはなかった。それどころか、ちょっとしたゲームに仕立てすらした。炉棚に載った時計で時間を計り、父がついにはっとして顔を上げ、本の内容で頭がいっぱいのぼんやりした目を向け、唇に気弱そうな笑みを浮かべるのがいつになるかを密かに賭けたのだ。

ちょうどいまの父がしたように。「イモジェン。ずっとそこに立っていたのでなければいいのだが。書物を読んでいるとつい没頭してしまっていけないね」

イモジェンはにっこり微笑み、近くの椅子に腰を下ろした。

「ウィルブリッジ卿の図書室を楽しんでいたの、お父さま？　この一週間、ほとんど会ってないけれど」そうからかう。

「すまないね。ここにはほかではお目にかかれない本がたくさん所蔵されていてね。これからの十年をここで過ごしても、まだすべての宝を発掘できていないだろう」

子犬でいっぱいの籠を持った幼い子どものように目をきらめかせている父を見て、イモジェンは思わず笑ってしまった。「いいのよ。いっときたりとも寂しくなんてなかったから、わたしのことは心配しないで」

「ああ、おまえはウィルブリッジ卿の妹さんたちととても仲よくなったようだね。レディ・ダフネは元気なお嬢さんだ。マライアを彷彿とさせるな」

「わたしも同じ印象を受けたわ。レディ・ダフネはかわいらしい人よ。来年は華々しく社交界デビューするでしょうね」

父が椅子に背を預けた。「レディ・エミリーはもっともの静かだな。それでも、私のまちがいでなければ、おまえは彼女と少しばかり仲よくなったみたいじゃないか」

長年の経験から、たとえ新たな知的探究のまっ最中であろうと、実際にさまざまなことに気づく父に驚かなくなっていた。周囲の大半のことは父を素通りするけれど、ときおり意外なほど物事をとらえているときがあるのだ。

「そうなの。じつはとてもかわいらしい人なのよ。昨日も何曲か二重唱をしたところなの。すてきな声をしているのよ」イモジェンはためらった。

いつもはおだやかなタリトン卿の目が鋭くなる。「なんだね？」

「侯爵さまとご家族の関係が心配なの」そう認めるイモジェンの額にしわが寄っていた。

父がうなずく。「ウィルブリッジ卿はなぜか家族によそよそしいな。ほかの人間が相手のときはざっくばらんだから、驚いたよ」イモジェンをとくと眺める。「それが気になって仕方がないのだね」

「ええ」小声で答える。

「どうしてだね？」

イモジェンがはっと頭をのけぞらせる。「はい？」

父が前のめりになって机に肘をついた。「どうしてそれを気にするのだ、イモジェン？」

イモジェンはどう返事をしようかと考えたが、なにも浮かばなかった。

「おまえは断言したよね」父がおだやかに続ける。「ウィルブリッジ卿とは結婚しないと。ここでの滞在期間が終わったとき、やはりお断りするとはっきりと言った」

しばらくイモジェンは口を開いたり閉じたりしたが、ことばは出てこなかった。ついになんとかこう言えた。「ええ、お父さま、そのとおりよ」

「それならどうして、彼が家族と親しくないことがそんなに気になるのかね？」

父のやさしい目から視線をそらせず、イモジェンは頭をふった。

「ウィルブリッジ卿をたいせつに思っているからではないのかな、イモジェン？」

イモジェンはうつむき、突然こみ上げてきた涙を懸命にこらえた。「それは重要じゃないの」ささやき声だった。

父がさっとそばに来てハンカチを差し出した。イモジェンはそれを受け取って握りしめた。

「私は重要だと思うがね」

「ちがう。うまくいかないに決まっているもの」父が口を開こうとしたので、イモジェンは手を上げて止めた。「お願い、お父さま。わたしなりの理由があるの。それでじゅうぶんだということにしてくれない？」

父はため息をつき、隣りの椅子に座った。やさしく慰めるようにイモジェンの腕にふれる。

「フランシスの不運な状況が原因の一部なのではないかと思っている。不幸せな妹を見て、大きく影響されているのをわかっているよ。だがね、おまえが昔から自分自身にきびしすぎるのもたしかだ。自分はウィルブリッジ卿にふさわしくないと考えているのではないかね？」イモジェンの顎の下に指を入れて顔を上げさせる。「いいかい、これだけは言わせておくれ。親ばかかもしれないが、おまえは彼にふさわしいよ」

イモジェンは喉をふさぐすすり泣きをこらえられなくなった。父のハンカチに顔を埋めて涙を流した。ケイレブの求婚を断らざるをえなかったときからこらえていた涙だ。子どものころ以来ないくらい泣きじゃくった。そして、父に手を引っ張られると、子どものようにひざに乗って濡れた顔をその肩に押しつけた。

父が大きな手で背中をなで、イモジェンの髪に向かってささやいた。「それに、侯爵のほうもおまえがふさわしいと思っていることに全財産を喜んで賭けよう」

私は臆病者だ。まさに臆病者の典型だ。

帰宅して、イモジェンをいきなり玄関広間に置き去りにしたあと、ケイレブは屋敷を歩きまわった。きついことばを投げかけられて傷つき、困惑しているイモジェンの顔が頭に浮かんでいた。すべてを話し、良心の呵責から解放され、彼女に判断を委ねる機会があったのに。ことばが口まで出かかっていて、自由になろうと必死で熱く燃えていた。

ダフネが戻ってきたとき、出かかっていたことばを呑み下さなければならなかったからだ。だが、それ以上に安堵の波に襲われた。イモジェンがエミリーからどれだけの話を聞いていようとも、実際にこの口からすべてを話したら彼女を苦しめてしまうだろう。イモジェンのような家柄のよいレディが気軽に聞ける話ではない。じゃまが入ったのは天からの賜物だったのだ。この十年自分が苦しんできた真実を彼女は聞かずにすんだのだから。

だが、心の奥底ではわかっていた。安堵は、イモジェンの安寧を心配する気持ちとはほとんど関係ないと。そう、すべては恐怖のせいだったのだ。彼女に話し、その顔に嫌悪が浮かぶのを目にし、背を向けられるのがこわかった。

渋面を浮かべながら屋敷を出た。がむしゃらに馬を飛ばせば頭がすっきりするかもしれないと思いながら厩に向かう。

だが、装飾庭園を過ぎるところで足が止まった。秩序立った静かな庭にゆっくりと入り、イモジェンに口づけた場所へとぼんやりと向かった。生け垣と薬草の植わった場所に目を落とす。黒っぽくてやわらかい土にはもはや彼のブーツの跡は残っておらず、ねたましいラベンダーの茂みはもとどおりにきちんと整えられていた。

枝を一本手折る。やわらかな紫色の花と葉を握り潰し、香りを大きく吸いこんだ。すぐに腕のなかの彼女の感触と唇の味がよみがえり、彼女が反応しはじめてくれたときの荒々しい勝利感を味わった。

そう、イモジェンは私のものだ。そこに疑念の入る余地はない。彼女の体を知ってしまったいま、もっと彼女を欲していた。自分にとってなぜイモジェンがそれほどたいせつなのかは問題ではない。問題は、ほかの女性には感じた経験もないほど激しくイモジェンを求めて燃え上がるということだ。

彼女を失うわけにはいかない。

握り潰された枝を見ながら目を狭める。イモジェンにかならず求婚を受け入れてもらう方法がひとつだけある。

人前で彼女を破滅させるのだ。

実際、簡単なことではある。ただイモジェンにキスをしているところをだれかに目撃させれば、父親は頑固な娘にイエスと言わせるしかなくなる。

イモジェンが自分に欲望を抱いているのはわかっていた。情熱でわけもわからなくさせられるのはわかっていた。それをうまく利用すればいい。全力を傾ければ、今夜にだって婚約できる。

体は反応して硬くなったものの、そんな風にイモジェンを操る考えにたじろいだ。

ひどいことを考えた自分に嫌気が差し、装飾庭園によろよろと戻った。よくもあんなことが考えられたものだな。人が勝手に決めつけた自分としてではなく、心が望むままに生きるようにと、友情のはじめからイモジェンを後押ししてきたのではなかったか？　それなのに結婚を無理強いしたら、彼女はけっして赦してくれないだろう。実際、自分には赦される資格はない。

それに、なにもかもを打ち明けずに彼女と結婚できたとしても、いずれは話さなければならないときが来る。ずっとイモジェンをだましてきたのだ。そして、故意ではないにしてもエミリーがじゃまに入ったせいで、もう時間がなくなってしまった。

ケイレブは腹をくくった。潰れた花を握りしめ、装飾庭園をあとにする。イモジェンはやさしくて善良な人だ。結果がどうなろうとも、すべての真実を自分の口から聞き、証拠を見て、彼女自身で判断してもらうしかない。結婚するなら、そのあとでなければ。

明日打ち明けよう。心の苦悩のささやきを無視してそう決意する。すべてを話し、自分にふさわしいのは天国か地獄かをイモジェンに決めてもらおう。

イモジェンは午後の残りを部屋にこもって過ごした。カーテンを閉めて服を着たままベッドに横になり、天井を見つめていた。もう涙は乾いていたけれど、胸がふさがって、頭のなかでは父の問いかけがぐるぐるとまわっていた。

一週間もしないうちにここをあとにする。そんな自分はここの家族の関係を心配する立場にない。けれど、いくら心配を脇に追いやろうとしても、彼らを取り巻く不穏な状況から距離をおこうとしても、ただそうできないのだった。みんなをあまりにも好きになっていたから。

横向きになると、眼鏡の金属枠がこめかみにあたって痛くなった。いらだちの息を吐いて起き上がる。考える必要があるのに、部屋にこもっていても少しも考えは捗《はかど》らなかった。

行動を起こしたいと思い、炉棚の時計に目をやる。夕食のために着替えるまであまり時間がなかった。では、屋敷のなかにいるしかない。

上靴に足を入れて部屋から出ると、廊下を進んで画廊に入った。二日前の晩に同じ道をたどってエミリーに会ったのを思い出す。長い画廊をゆっくりと歩き、高みから見下ろしているマスターズ家の先祖の顔をさっと見ていく。ここにはこんなにも歴史がある。この人たちはどんな喜びや悲しみを目にしてきたのだろう？　この屋敷のなかで起きたなにがこの一族を形作ったのだろう？　それに、いまの苦悩は将来の世代にどう影響するのだろう？

イモジェンは自分の体を抱きしめた。それがわたしになんの関係があるの？　だって、ケイレブと結婚するつもりはないのだから。この壊れた家族を心配するなんて、首を突っこむなんて、なにさまのつもり？　ずっと昔に亡くなったこの肖像画の人々は、けっして自分の先祖にはならないし、この屋敷だって自分の家にはならないのよ。ケイレブを夫と呼ぶこともなければ、エミリーやダフネを妹と呼ぶこともない。短い訪問を歓迎してもらった行きずりの他人にすぎない。それだけ。

でも、あなたはケイレブと彼の家族を自分の家族のように愛しているけれどね。心がささやいた。

すすり泣きを漏らすまいとして、息が胸に詰まった。足どりが速くなり、磨き抜かれた木の床に足音が鋭く響いた。ふと歩みをゆるめ、立ち止まると、ジョナサン・マスターズの永遠に若い顔を見上げていた。

この少年の死が、この屋敷の苦悩の鍵を握っている。その理由をなんとか見つけ出して、この家族が平穏を手に入れてようやく傷を癒す手伝いができたらいいのに。

イモジェンはそんな思いに頭をふった。お節介を焼く権利などない。けれど、その瞬間、表情を消してこわばったケイレブの顔、エミリーの目のなかの苦痛、レディ・ウィルブリッジの切望が頭をよぎった。息を吐くと、それと同時に疑念のすべてが消えていった。この家に嫁ぐのは断ったけれど、この家族全員がそれぞれちがう意味でたいせつになった。レディ・ウィルブリッジは、イモジェンがいままで知らなかった思いやりに満ちた母親らしい存在だ。かわいらしくて、開けっぴろげで、いたずら好きのダフネは、妹のような存在。エミリーは友だちで、ときにつらくなるほど自分とよく似ている。そしてケイレブは……。

そう、ケイレブは世界一の親友だ。彼をどれだけ愛するようになっても、どれだけ欲していようとも、まずなによりも友人で、内なる力を見つけて人生を楽しめるよう手を貸してくれた人だ。この先もずっとたいせつに思い、彼のあたえてくれたものに感謝し続けるだろう。彼がいたから、がんじがらめだった人生から逃げ出して自由になる強い意志を見つけられたのだ。

そのとき、着替えをする合図の鐘が鳴った。新たな目的を見つけたイモジェンは、肩をそびやかして部屋に戻った。なにもできなくても、彼になにも残せなくても、せめてケイレブが家族を取り戻せるよう努力しよう。

27

「あと数日であなたがいなくなるなんて、信じられないわ。おたがいのことを知る時間がほとんどなかったのに」エミリーが言った。

イモジェンは微笑み、応接間をゆっくり歩きながら友人の腕をぎゅっと握った。部屋の反対側でほかの人たちと静かにカード・ゲームをしているケイレブの視線を感じる。彼はひと晩中、なぜか諦めにも似た悲しげなまなざしでこちらを見ていた。イモジェンには、それがなにを意味するのかわからなかった。

「時間の経つのが思っていた以上に速かったわ」イモジェンは言った。「明日はなにをするのか知らないけれど、あなたもご一緒してくれたらうれしいわ。友情を育む時間をいっときたりとも逃したくないの」

エミリーが顔色を失って立ち止まり、周囲を見まわしてから顔を寄せてきた。「もう気づいていると思うけれど、兄とわたしは仲がいいというわけではないの」

「一緒の時間を過ごせば、ふたりの関係もよくなるかもしれないわ」イモジェンは言ってみた。

けれど、エミリーは首を横にふった。「それはないわ。でも、そう言ってくれてありがとう」

「お兄さまとどうしてそうなったのか、話したい？　わたしは聞き上手なのよ」

エミリーは笑みを浮かべようとしたが、目は笑っていなかった。「やさしいのね、イモジェン。でも、あんまり昔の話すぎて、なにが原因だったのか思い出せないの」そうは言ったものの、無意識のうちに頬の傷痕に手を触れていた。ほつれた髪をなおそうとしたかのように、その手を慌てて髪へと運んだが。

「わかったわ。でも、だれかに話を聞いてもらいたくなったら、わたしの申し出を思い出してくれるとうれしいわ。それから、わたしがここを発ったあとは手紙を書くと約束してちょうだい。頻繁にね」

「もちろんだわ」イモジェンを奇妙な目で見る。「もう戻ってこないの？」

笑顔でい続けようとして、イモジェンの唇が震えた。「ええ、そうなると思うわ」

エミリーは眉をひそめ、なにか言いたそうになったけれど、部屋の反対側から聞こえてきた物音に気を取られた。イモジェンは安堵の息を吐き、エミリーの視線を追って先ほどまでカード・ゲームをしていた一団を見た。父のタリトン卿がカードをしまおうとしていて、レディ・ウィルブリッジとダフネは静かに話をしていた。ケイレブは席を立ってイモジェンたちのほうに向かってきていた。

「失礼させてもらうわね」エミリーは、イモジェンが反応する間もなく家族のもとへ急いで行ってしまった。

すぐにケイレブがやってきた。「母が音楽を聴きたいと言っていてね。歌ってくれないか」

イモジェンははっと彼の薄灰色の目を見上げた。夕食前からのもの悲しそうな色はまだそこにあった。眉間に現われたしわを手で伸ばしてあげたいと思ったけれど、体の前できつく握り拳にした。

「無理だと知っているでしょう。前に話したはずよ。人前で歌うのが嫌いなの」

「でも、妹とは歌うじゃないか」

彼の声のなかに聞き取ったのは傷ついた気持ち？　けれど、ケイレブは落ち着いた無表情だった。

「家族の前でしか歌ったことがないの」

「頼むよ、私のために歌ってほしい」小声で言う。「いまきみの歌を聴けなければ、二度とそんな機会はめぐってこない気がするんだ」

そのことばにイモジェンは驚いた。人生を大きく変えるようななにかがいまにも起きようとしていると気づいているかのようだった。イモジェンが求婚にイエスと言わないことをついに認め、彼女に自分の道を進ませてくれる気になったのだろうか？　そう考えても少しもほっとできないのはどうしてだろう？

イモジェンは彼の腕に手を置いた。「ケイレブ、なにかあったの？」

彼は奇妙なまなざしでイモジェンをつかの間見たあと、頭をふった。

ふたりを興味深げに見ているだろう人たちなどかまわず、イモジェンは一歩彼に近寄った。

「わたしがお役に立てるかもしれないわ」

一瞬、ケイレブが打ち明けてくれるものと思った。けれど、彼はイモジェンの手を取って関節にそっとキスをした。「明日だ。明日なにもかも話すよ。今夜はみんなで楽しもう。きみの歌声が聴けるのをずっと待っていたんだ。頼むから私のために歌ってくれ」

そのことばに折れていなかったとしても、彼の目の傷つきやすい表情に折れていただろう。いまにも粉々に砕けてしまいそうなもろい雰囲気を漂わせている彼は見たことがなかった。いつだって強くて有能に見えていたのに。生来の陽気さがこの数日ほどなりをひそめることがあるなんて、夢にも思っていなかった。

けれど、目の前にその証があった。彼はひどく傷ついていた。ほんの短いあいだでもその苦痛を軽くしてあげられるのなら、そうしよう。人前で歌うと思ったら緊張で気分が悪くなりそうだけれど。

「わかりました」とうとうそう答えた。

ケイレブの安堵の気持ちが吐息のなかで爆発するように思われた。唇には本物の笑みが浮かんだ。彼はイモジェンをピアノのところにいざなった。イモジェンは長椅子に座り、楽譜をめくっていった。手が震え、持っている楽譜も震えた。できるだけ不安を抑えこむ。これはケイレブにあげる贈り物にすればいい。それに、自分自身への贈り物にだってなるかもしれない。ケイレブに対する気持ちをことばにはできないし、彼に気づかれるのも困る。それでも、歌に想いをこめ、自分の気持ちがどれほど深いかを秘密のやり方で彼に伝えるのだ。

十七世紀の歌曲《薔薇よりも甘く》に決める。楽譜を広げ、震えを止める息を大きく吸いこみ、鍵盤に指を置いた。

低くもの憂く歌いはじめ、優雅な旋律に合わせて声を上げたり落としたりする。たやすい曲ではなかったけれど、曲の情熱にわが身を投じた。愛のすべて、欲望のすべてをことばに注いだ。

すぐそばに立って熱いまなざしで一心に見つめてくるケイレブをひどく意識していた。想いが胸にこみ上げてきて、涙が目を熱くしていた。それでも想いをことばに乗せて歌い続けた。

歌に弾みがつくと、愛を交わしたときにふたりの体が溶け合い、ともに動いたことを思い出した。その魔法のようなひとときの喜びを胸に注ぎ、声にして出した。

イモジェンは歌に乗って漂い、やがて終わりが来た。目を閉じて最後の音色が消えていくのに浸る。みんなのいる応接間に気持ちを戻すのが耐えられなかった。実際に彼を想って胸がうずいた。どうやったらこれを生き抜けるのだろう？

長い静寂があったあと、突然拍手で部屋が湧いた。慌てて涙を拭ってみんなのほうに向く。

にこやかな顔の父がやってきてイモジェンの両手を取った。「これまででいちばんすばらしかったよ。あんなに美しい声をみんなから隠すなんてもったいない」

イモジェンは立ち上がり、父にいざなわれてレディ・ウィルブリッジとその娘たちのところへ行った。黙って微笑みながら賛辞を受けているとき、ちらりとケイレブに目をやった。彼はいまもピアノの横に立ってこちらを見ていた。顔は石のように無表情だったけれど、その目は燃えていた。

彼がわたしを愛してくれさえしたら、けっして彼から離れずにすむのに。そう思いながらみんなに向きなおった。


夜はだらだらと続いた。嵐の晩と同じように、奇妙に張り詰めた空気が漂っていた。期待に満ちた緊迫感。けれど不思議なことに、それに影響されているのはケイレブとイモジェンだけだった。ほかのみんなはなにも気づかず楽しそうにしていた。

部屋に下がるときになると、ケイレブがそばにいたのでイモジェンは驚いた。

彼が腕を差し出した。「二階まで送っていってもいいかな？」

イモジェンは長々と彼を見つめたあと、ほかの人たちに目を転じた。みんなは楽しげにおしゃべりをしながら部屋を出かかっていた。

そろそろと彼の腕に手をかける。「ええ、もちろん」

部屋を出ると、ケイレブの歩みが遅くなった。よくわからない緊張感が彼から波のうねりのように伝わってくる。一度ならず彼がこちらに顔を傾け、なにか言おうとしたと感じたけれど、彼が無言を貫いたのでイモジェンはいらいらした。

イモジェンの部屋の前まで来るころには、廊下は静まり返っていた。ところどころにある壁つき燭台のろうそくが黄金色の光を放っていたが、ケイレブの表情がはっきり見えるほどの明るさはなかった。特に彼の目が暗い陰になっていた。

「ケイレブ、どうかしたの？」イモジェンはささやき声でたずねた。

彼はすばやく痙攣するように首を横にふった。「どうもしない。急ぐ必要はない」けれど、口の両側と目に緊張があった。イモジェンは彼に触れずにはいられず、頬に手を添えた。

「お願い、話して。話せば楽になるかもしれないでしょう」

ケイレブは苦しそうに身震いし、彼女の手を包んで自分の頬に押しつけた。顔をめぐらせててのひらに熱いキスを落とす。イモジェンは息が詰まり、全神経が彼の唇を受けた敏感な一点に集中した。

「イモジェン」彼女のてのひらに向かってケイレブがささやいた。「キスさせてくれ」イモジェンが答えずにいると、彼は顔を上げた。その目が薄明かりのなかできらめき、息が浅くなっていた。「それだけだと誓う。キスだけだ。それ以上を頼みはしない。ただきみを抱きしめさせてくれ。きみを感じさせてくれ」

　彼を追い返して部屋に下がるべきだ、と頭は叫んでいた。けれど、イモジェンの体と心は彼に抱きしめられたいと大声で主張していた。陰になった彼の顔を見上げる。なにを言うべきかはわかっていた。それなのに、ことばが出てこない。ケイレブはじっと返事を待っている。

　不意に彼の顎がかすかに動いたのに気づいた。ケイレブは歯を食いしばって必死で忍耐強くしてくれている。

　イモジェンの心がよじれた。彼が感じているのは表面的な苦痛だけで、イモジェンを愛しているわけではなく単に欲しているだけなのだとわかっていた。それでも、時間を巻き戻せないのと同じように彼を拒絶できなかった。

　イモジェンが黙って手を伸ばした。彼は目を見開き、さっとその手をつかんで引き寄せた。唇が重ねられ、イモジェンはひざからくずおれないように彼の肩にしがみついた。

　これをどれほど望んでいたか。最後に口づけを交わしたのはケタビーへ行く前の晩で、ケイレブはとことんやさしく、キスは短いながらも胸が張り裂けるようなものだった。その前は装飾庭園で、イモジェンが見せたがっていなかった反応を引き出そうとがむしゃらだった。いまのケイレブは彼女を一心に焼き尽くそうとしているみたいだ。彼の両手がイモジェンの背中や腰をゆっくりとなでていて、細かなところまでを記憶に刻みこもうとしているかのようだ。貪欲に唇を貪って彼女からうめき声を引き出す。片手でイモジェンの背後にあるドアの取っ手を探り、ドアを開けると彼女をきつく抱きしめたままなかに入った。

ケイレブはドアを閉めて、イモジェンを壁に押しつけた。腹部に欲望の証を感じた彼女はぐずるような声を出した。体の芯が熱く濡れ、もっと彼に近づこうと身もだえした。ケイレブの唇が彼女の喉に移り、首のつけ根の柔肌を吸う。イモジェンは息をあえがせ、もっと欲しくて首を片側に傾けた。

これに応えてケイレブが低くうなった声が彼女の肌を震わせ、イモジェンに欲求の身震いが走った。ケイレブの手がスカートをまくり上げた。ひざの裏の敏感な場所をつかんで脚を高く上げさせる。イモジェンの脚のあいだに身をおさめ、ドレスという障壁越しに硬くなった自身を押しつけた。

「ケイレブ」イモジェンがうめくように名を呼ぶ。両手を豊かでなめらかな彼の髪に突っこんで、もう一度唇を重ねようと引き寄せる。ケイレブがぶるっと震え、両手をふたりの体のあいだに入れてブリーチズの留め具をいじるのを感じた。

けれど、彼はそこで動きを止めた。荒い息で胸を上下させ、せつなくなるほどやさしいキスを最後にひとつすると、イモジェンの脚を下ろし、しがみついている彼女の腕をほどいて服を整えてやった。

イモジェンは呆然と彼を見つめた。いまも体中で感じている欲求に叫び出したかった。

「ケイレブ？」

「約束を破るつもりはないよ、イモジェン」静かな声で答える。「きみをたいせつに思っているから」

ケイレブが彼女を放した。イモジェンがなにかする間もなく、彼は部屋を出てそっとドアをしめた。イモジェンは彼がいた場所をぼんやりと見つめるばかりだった。

28

翌早朝、イモジェンは庭に出るドアを開けて外を覗き、ショールを肩にきつくまとわせた。空気はひんやりと冷たく、太陽はまだ地平線から顔を出していなかった。霧がうっすらと地面をおおい、薄灰色の光しかないため、外は幽霊の出そうな帳に包まれている。

墓地を訪れるにはぴったりの朝ね、と苦笑気味に考え、露を帯びた空気のなかに出てドアを閉めた。

方向をたしかめてから、家政婦の教えてくれたほうに足を進める。小さく冷たい水滴が顔にあたり、眼鏡を曇らせた。もどかしげに水滴を拭い、ショールをかき合わせ、沈床園を抜けて奥の小さな池も通り過ぎる。生け垣が途切れるところまで来ると、初日の朝にケイレブとたどったオークの並木と石橋に向かわずに右に折れた。あのとき、屋敷に戻ろうと急いでいたエミリーが急に現われて、危うく転びそうになった光景が不意に思い出された。

エミリーは墓地のほうからやってきたのだ、といまになって気づく。

歩き続けると、霧のなかから木々が姿を現わした。その枝は、旦朝の帳を抱きしめている腕のようだ。イモジェンはぶるっと震えて歩みを速めた。さっさと片づけて、みんなが起き出す前に屋敷に戻りたかった。

前夜は眠れなかった。自分があっという間に完全にケイレブに屈したことに愕然とした。あのままいけば、なんのためらいもなく自分を捧げてしまっていただろう。

時間が急速になくなっていくようだ、と別段驚きもせずに思った。あと数日でここを去るからではなく、心が戦いにふたたび勝ちつつあるからだ。

フランシスの苦しみがいまも鮮明に残っていて、もう一度求婚されても断るしかないとわかっていた。それでも、彼を愛すること、彼を欲することはやめられず、危うくまたこの身を捧げるところだった。

ただ、ケイレブが家族と親しい関係に戻れるようにするという問題は残っていた。時間があまりないのに……ケイレブに屈せずに、どうやったらそれが果たせるだろう?

疲れ果てているのに眠れずにベッドに横になっていたとき、この問題の中心にいる少年を訪れるという考えが浮かんだのだった。ジョナサンのお墓へ行けば、妙案を得られるのではないかと。控えめに言ってもまともではない思いつきだ。けれど、こうなったらなんでもやってみようという気になっていた。

太陽が空を照らし出す前に起きて、ろうそくの明かりを頼りに急いで着替えた。それから家政婦を探し、マスターズ家の墓地への行き方を教えてもらい、考えなおす前にと急いで屋敷を出たのだった。

そしていま、イモジェンは小さな牧師館をまわるところだった。太陽は消えつつある霧を貫いて勢いよく輝きはじめていた。石造りの古い教会が見えてきた。黄金色の朝日を浴びて神聖な壁が温かみのある蜂蜜色に輝いている。イモジェンは立ち止まってその美しい光景に浸り、そこから力を得ると、マスターズ家の人々が眠る区画に向かった。

かわいらしい錬鉄製の門を入り、蝶番《ちょうつがい》がきしまなかったので安堵の息をつく。薄青いドレスの上に濃い灰色のマントを着てじっと動かない人影が奥にいるのがすぐに目に入った。その女性は頭を垂れていて、ボンネットで顔が見えなかった。それでも、だれだかわかった。ここにいる可能性がある人はひとりしかいない。

イモジェンはマスターズ家の区画を目指して小さな墓のあいだをゆっくりと歩いた。その区画は長方形で、彫刻の施された優美で荘厳な墓石が、そこに眠る人々の身分をあらわにしていた。古い墓石は風雨にさらされ、苔むしていて、年代を感じさせた。さらに足を進めると、墓石がきれいでなめらかな新しめの場所に来た。無言の女性の前に立つ墓石はことさら手入れが行き届き、薄い色合いの表面が夜が明けたばかりの陽光を浴びていた。

墓前の女性は近づいてくるイモジェンに気づいた気配がまったくなかった。イモジェンはそっと彼女の横に行った。「エミリー」小さく声をかける。

エミリーははっとあえいでふり向いた。「イモジェン、どうしてここに?」

イモジェンは目の前の墓石を身ぶりで示した。「あなたと同じ、だと思うわ。お墓参りに来たの」

エミリーが不思議そうにイモジェンを見た。「彼を知らないのに」

「でも、あなたは知っていた。あなたは彼を愛していたし、いまも愛している」

エミリーが震える笑みを浮かべると、傷痕が引っ張られた。手袋の手を伸ばしてきたので、イモジェンはその手を握った。ふたりしてジョナサンの眠っている場所に向いた。草や茨《いばら》が几帳面に取りのぞかれ、新しい花束が置かれているのにイモジェンは気がついた。

「ここへはよく来るの？」

エミリーの吐息が朝の空気を乱す。「あまりしょっちゅうは。月に一度くらい。それより少ないかも」しばしためらう。「ううん、ケイレブが戻ってきてからは、もっと頻繁に来ているわね」イモジェンをふり返る。「こんなに長く兄がいたことはないのよ。いつもはほんの数日だけなの。わかっていると思うけど、あなたのためなのよ」

イモジェンは顔を赤らめたが、目は墓石に据えたままにして、そこに刻まれた文字をたどった。「ご親切にも父とわたしを招いてくれたわ」

「親切心からじゃなかったのよ」エミリーが言う。「ケイレブはあなたと結婚したがっている。わたしたちみんな、それを望んでいるわ。あなただってわかっているでしょう」

涙で目がちくちくしてイモジェンは驚いた。「そうね」

「でも、兄とは結婚してくれないの？」

イモジェンはごくりと唾を飲んだ。「ええ」

エミリーが手を引っ張ってイモジェンが自分のほうに向くようにした。「兄を愛しているんでしょう？　兄が見ていないときのあなたの顔を見たらわかるわ」

それは質問ではなく、答えが必要なものでもなかった。気持ちがそんなにはっきり出てしまっていたなんて、ずっとするわね、と皮肉っぽく思う。

「兄を愛しているのに、どうして結婚しないの？」エミリーが訊いた。

イモジェンはどう返事をしようかと悩んだ。やっと言えた返事は「ちょっと……こみ入った事情なの」だけだった。

エミリーが眉をひそめる。「理解できたふりはしないわ。わたしが気づいている以上に物事には深さや複雑さがあるんでしょう。でも、これだけは言えるわ」恥ずかしそうに小さな声で言う。「あなたにお姉さまになってもらいたいって」口を開きかけたイモジェンをエミリーが手を上げて制した。「ここでのあれこれにあなたが困惑したのはわかっているの。うちみたいにぎくしゃくした家族はふつうじゃないわよね。でもね、あなたがケイレブと結婚したら、母と妹とわたしは敷地内の別宅に移るって約束するわ。あなたは女主人として安心してここに住めるの。お願いだからよく考えてみて」

イモジェンの胸が締めつけられた。「結婚できればよかったのに。あなたには想像もできないくらいそう思っているのよ。でも」自分を納得させるかのように声が力強くなった。「ケイレブとは結婚できないの。いまは。ううん、この先もずっとだと思う」

ケイレブはよく眠れなかった。いや、まったく眠っていなかった。イモジェンが口づけに応えてくれたことや、腕のなかの彼女の感触を思い出して、夜の半分はずっと悶々としていたのだ。残りの半分は心配して過ごした。朝食のあとすぐにイモジェンに打ち明けるつもりだ。そのあとは、自分の将来は、ふたり一緒の将来は、イモジェンの手に委ねられる。そう思ったら不安でたまらなくなり、転々と寝返りを打ってシーツをくしゃくしゃにした。

夜明けに向かって地平線がゆっくりと灰色に輝きはじめ、ケイレブは荒々しく息を吐いて起き上がった。ベッドに横になっていても仕方がない。服を着て、屋敷を出て、きびきびと歩いてありあまった活力を発散させよう。

だが、歩き出した彼にはわかっていた。どれだけ体を動かそうと、己の悪魔は退治できないのだと。

沈床園のところで立ち止まり、空を見上げると、陽光が最後の霧を貫いていた。じめつく寒い朝だっただけに、その温もりが骨までしみた。その瞬間、自分がなにをしなくてはならないのかがわかった。イモジェンに過去の罪を告白し、そのあとで結婚を申しこむ前に、いちばん傷つけてしまった人に赦しを請わなければならない。

墓地まではとんでもなく時間がかかるように思われた。弟が埋葬されてから墓地を訪れたのは一度だけで、ほんの何年かのちの父の葬儀のときだった。新しい墓石に名前がくっきりと刻まれているのを目にしたときのつらさをいまでもおぼえていた。

自己保身のマントを脱いで弟を思い出す無防備な気持ちになることがたまにあった。そして、生意気で溌剌とした笑顔から、次から次へと禁じられた冒険をする果てしない活力まで、悲痛に感じるほど細かなことすべてを思い出した。どれだけ梳かしてもおとなしくならないくしゃくしゃの赤銅色の髪、じっと座っていられないひょろっとした体が目に浮かび、つられて笑ってしまうような腹からこみ上げて全身を揺らす笑い声まで聞こえた。

ジョナサンが眠っている場所へと歩きながら、ケイレブはそんなことを考えていた。そして、いつものように頭をもたげた罪悪感が背を丸めさせ、息をするのもつらくさせた。だが、忘れようと努力するのは終わりにしなければ。イモジェンと将来に向かって歩んでいくのであれば、ジョナサンの死とそれにかかわった自分と折り合いをつける必要がある。

ついに教会墓地の門まで来た。なかに入り、村の知っている人や知らない人の墓を見もせずに歩き、それより大きな先祖代々の墓に向かった。端のほうにいるふたりには、すぐ近くに来るまで気づかなかった。

イモジェンとエミリーがジョナサンの墓の前にいるのを見て、ケイレブは凍りついた。次の瞬間、恐怖に襲われて逃げ出したくなった。出なおして心の折り合いをつければいい。

だが、立ち去ろうとした彼の耳にイモジェンのことばが届き、絶望の矢に貫かれた。

「ケイレブとは結婚できないの。いまは。ううん、この先もずっとだと思う」

29

自分を止められず、ケイレブはふたりの女性に向きなおった。イモジェンのことばが頭のなかをぐるぐるまわる。エミリーが私の求婚をじゃましていたのか？　イモジェンとの将来をわざと妨害していたのか？

答えはあからさまなくらい明らかだった。もちろん、そうなのだ。ケイレブは有罪で、身に受けるいかなる苦痛も当然の罰だ。だが、それはいつになったら終わるのだ？　たったひとつの過ち――あまりにも忌まわしいものとはいえ――のためにこの先一生償い続けなければならないのか？

痛みの直後に怒りが湧き起こって体を貫き、ほんの一瞬前に彼を圧倒した困惑を焼き尽くした。イモジェンは前々からおまえとは結婚しないと言っていたじゃないか、いまのことばは単にそれをくり返したにすぎないかもしれないじゃないか、と頭のなかで必死に理を唱えることばを無視した。そして、心が支配し、ほかのすべてを黙らせた。

ふたりのもとへ大股で近づく。一歩ごとにその衝撃が手脚に伝わり、低くうなっている憤怒が激しくなった。ケイレブは傷ついていた。自分以外の人間も傷つけてやりたかった。

イモジェンの肩がこわばったことから、彼女が最初に自分に気づいたのだとケイレブにはわかった。イモジェンはエミリーの手を放して彼をふり向き、ぎょっとなった。眼鏡の奥の目が見開かれた。

「ケイレブ、どうしてここに？」イモジェンは微笑もうとした。だが、彼女はいつだって芝居が下手だった。それを思い出して胸が痛み、ケイレブはそんな思いを脇に押しやった。

いつもは静かな彼女の声が、早朝のしんとした空気のなかで大きすぎるほどに響いた。エミリーがぱっとふり向いた。かなり驚いているようだ。

ケイレブは黙ったままでいた。目を細めて見ていると、イモジェンの唇——前夜キスをした唇だ——に浮かんだ偽りの微笑みが揺れ、彼女は横目でエミリーを見た。エミリーはといえば、まっ青になっていた。頰の傷痕が赤く醜く目立っている。妹の傷痕を目にするといつもそうなるように、ケイレブは激しい苦痛に襲われた。過去の罪をいやでも思い出させる傷痕。

「こっちも同じことを訊きたいな」怒りをほとんど隠しきれない声になった。「若い女性ふたりが夜明けに散歩をするような場所じゃないと思うが」一歩前に出る。

イモジェンはじっと彼を見ていたが、そのかわいらしい顔にははっきりとうしろめたさが出ていた。「故人に敬意を表するには当たり前の場所でしょう」空威張りの声だった。

「いつも朝食前に屋敷を抜け出して、会ったこともない人間の墓参りをしていると言いたいのか？　なんとまあ、毎日きみの新たな面が見つかるな」

ケイレブの口調を耳にして、イモジェンが目を険しくした。「お友だちが亡くなった人と親しかった場合、そう珍しいとはいえないでしょう」

鋭い棘のあることばだった。罪悪感のせいで、エミリーにきついことばを向けてしまう。

「ああ、そうか。友だちね。きみたちふたりがこの数日ですごく仲よくなったことを忘れるなんてどうかしてたな」

「そうよ、親しくなったのよ」イモジェンが不意に注意深く言った。

「ジョナサンが亡くなったあの遠い日について、妹からどれだけ聞いたのかな」残酷な声だった。エミリーは首を絞められたような声を出してあとずさった。

ケイレブが歯を食いしばる。エミリーのいまの反応でよくわかった。

「そうか、おまえはこと細かにイモジェンに話してきたんだな」感情で喉が詰まりそうだった。

「エミリーからは弟さんが亡くなった事情をなにも聞いていません」イモジェンの声は硬かった。「どうしてエミリーを咎めるようなことを言うのかわからないわ。彼女はずっとあなたを擁護しかしていないのに」

これを聞いてケイレブは笑った。自分の耳にも下品で耳障りな笑い声だった。「妹が私の擁護者だって？　結婚の機会を潰すことが擁護だっていうのか？」怒りが募り、エミリーに向きなおった。「ずっと苦しんできた私を見てきたはずじゃないか。どうしてこんなことをした？　どうしてこれまで以上に私を罰する？」

急に腕にイモジェンの手がかけられ、引き戻された。「ケイレブ、いったいなんの話をしているの？　どうしてしまったの？」

ケイレブはくるりと彼女をふり向いた。怒りが手に負えなくなっていた。「それにきみだ」歯を食いしばりながら言う。「ほかの人たちとはちがうと思っていたのに。きみなら私を責めず、結論に飛びつく前にせめて私の口から事情を聞いてくれると思っていたのに。だが、それすらしてくれるつもりはなかったんだな？」

突然動きがあり、ケイレブはそちらに注意を向けた。うつむいたエミリーがくずおれてジョナサンの墓石によりかかった。彼よりも先にイモジェンが駆け寄り、エミリーの腕を肩に担いでウエストに腕をまわして支える。エミリーの頭が肩のほうにぐらりと傾いた。

ケイレブがとっさに手を貸そうと動くと、イモジェンが目を向けてきた。その美しい目にあったのは、失望と困惑と非難だった。

彼は不意に疲労感に打ちのめされた。なにもかも失った。イモジェンを失った。

よろよろとあとずさると、だれだかわからない先祖の優美で冷たい墓石に尻をぶつけ、くるりと向きを変えて墓のあいだを急いで門に向かった。足は鉛をつけられたように重く、肩は罪の重みで押し潰されそうだ。

女性ふたりから遠ざかりながら、こうなるのはわかっていただろう、希望など持ったのがいけないのだ、と自分に言い聞かせた。過去からはけっして自由になれないのだから。

ケイレブがよろよろと門を出て林のなかに逃げていく姿を信じられない思いで見つめていたイモジェンは、胸が張り裂けそうだった。視界のほんの少し外にどうにもおかしく感じるなにかがあった。すべてを説明してくれるはずのなにか。ケイレブを追いかけて説明を迫りたかった。けれど、腕のなかでエミリーがうめいたので、彼を追いかけるのはあとまわしにするしかなかった。

「エミリー」彼女の体がずっしりと重くなったので、慌てて声をかけた。「しっかりして」けれど、声が届いた気配はなかった。「なにもかもわたしのせいだわ」苦痛に苛まれているかのように、エミリーが目を閉じたままつぶやいた。「こうなるとわかっているべきだったのよ。彼を止めるべきだった」

「エミリー」イモジェンは大声を出した。エミリーにも協力してもらわなければ、自分ひとりで屋敷に連れ戻すのは無理だ。あいかわらず意識がはっきりする兆候がなかったので、イモジェンは肩にまわした彼女の腕をどけて平手打ちを食らわせた。力いっぱい。

エミリーがあえぎ、ぱっと目を開けた。傷つき困惑したまなざしではあったが、ぼんやりした状態は脱したようだった。

「お屋敷に戻るまで気をしっかり保っていてほしいの。できる？」

エミリーはうなずき、濡れた頬をこすった。じきにふたりは教会墓地を出て、牧師館を通り過ぎ、屋敷に向かった。

ウィロウへイヴンに戻るころには、ふらつくエミリーを支えながら歩いたせいでイモジェンは汗をかいていた。

「あともう少しだから」イモジェンは息を弾ませながら言った。「ベッドまで行ったら、思う存分気を失ってかまわないわよ」

エミリーはうなずいただけだったけれど、なんとか力をふり絞ってくれた。屋敷に入り、エミリーの寝室までたどり着いたものの、だれにも見られなかったわけではなかった。イモジェンがエミリーを寝かせて毛布をかけてやり、部屋を出てそっとドアを閉めたとき、執事がやってきた。

「ミス・ダンカン、レディ・エミリーの具合がよくないと知らされたのですが。なにがあったのですか?」

「おそろしい思いをして倒れたの。わたしが奥方さまを呼んでくるあいだ、エミリーの世話をメイドにしてもらいたいの」

「もちろんでございます」執事は驚いて目をほんのわずかに丸くしただけで、うろたえるそぶりもなく答えた。立ち去りかけた執事をイモジェンが呼び止める。

「侯爵さまはお戻りになっている?」

執事が困惑顔になった。「申し訳ございませんが、だんなさまはまだ起きてきていらっしゃらないと存じます」それだけ言って、急ぎ足で立ち去った。

イモジェンはだれもいなくなった玄関広間で途方に暮れて立ち尽くした。ケイレブはまだ戻っていないらしかった。戻っていれば、彼が起きていることに使用人たちは気づいていたはずだ。

頭をふり、レディ・ウィルブリッジを急いで探しにいく。まずはエミリーの世話をしなくては。それをすませたら、ケイレブを探そう。あまり遠くには行っていないだろう。

けれど、夜になってもケイレブの居場所はわからないままだった。彼は屋敷に戻らずに、厩に寄って馬に鞍をつけ、どことも知れぬ場所へ飛ばしていったのが午前も遅くなったころにわかった。

イモジェンはまた応接間の窓から外を覗き、ふたたびうろつきはじめた。夕食は一時間前に終わっており、空は星も出ておらずまっ暗だった。いらだち、心配していた。それに腹も立っていた。ケイレブは身勝手な人だ。戻ってきてくれたら、思いきり怒りをぶつけられるのに。

「イモジェン」部屋の奥から父が呼ばわった。「そんなことを続けていたら、気分が悪くなってしまうぞ。頼むから腰を下ろして落ち着きなさい」

「お父さまのおっしゃるとおりよ」レディ・ウィルブリッジが刺繍を下ろした。その顔は青ざめ、心配のせいで新たなしわが目尻にできていた。「息子は頑固なの。気持ちがおさまったら戻ってくるでしょう」

イモジェンは言われたとおりにはせず、気もそぞろな口調で言った。「馬丁たちに捜しにいってもらったほうがいいのでは？　外はもうまっ暗だから、馬が穴につまずいて脚を痛めるかもしれないでしょう」

ダフネが席を立ってやってきた。「こっちに来て座って。心配したって兄が早く帰ってくるわけではないのよ」

「レディ・ダフネの言うとおりだ」イモジェンの父が言った。「レディ・エミリーはぐっすり眠っているし、ウィルブリッジ侯爵は何年も自分で自分の面倒をみてきたおとなだ。今夜のように月の出ていない道で危険なまねをするほど愚かではないはずだ。きっと友人のところにでも泊まって、朝になったら戻ってくるだろう」

「そうね」イモジェンはしぶしぶダフネに従ってソファに戻った。窓辺に張りつく前に置いた果実酒のラタフィアのグラスを手に取る。甘ったるい味が口内に満ちたが、それを歓迎した。その日の朝にエミリーと屋敷に戻って以来、口のなかがおそろしく乾いたままだったのだ。

墓地でエミリーたちを見てケイレブが激しく反応したようすから、イモジェンは自分の疑念が正しかったのだと推測した。ジョナサンの死が、この家に満ちる不穏さの原因なのだ。けれど、これまで以上に疑問が増えただけのように感じていた。ジョナサンが亡くなったとき、なにがあったのだろう？　そのことで、どうしてケイレブはエミリーに突っかかったのだろう？　エミリーに訊こうとしたのだが、休息が取れるようにとアヘンチンキをあたえられたせいで、まだ話ができる状態ではなかった。

繊細なグラスの脚を握る手に力が入る。ケイレブが戻ってきてくれればいいのに。彼にはイモジェンや家族に答えてもらう義務がある。濃いオレンジ色の液体を見つめながら揺らし、光が不規則に反射するようすに歯を食いしばった。

彼が戻ってきたら、その答えをぜったいに聞き出してみせる。

30

夜が明けはじめたとき、イモジェンはどっしりした玄関ドアを叩く音を耳にした。家の者を起こすほど大きくはないが、ノックは聞こえないかと耳を澄ましながらひと晩中起きていた者の注意は引くほどの音だ。イモジェンはぱっと目を開けて上掛けをはねのけ、弾かれるようにベッドを出た。急いで眼鏡をかけ、部屋着を羽織って上靴を履くと、部屋を飛び出した。

玄関広間に駆けこんだとき、ちょうどビルズビーがドアを開けているところだった。目にしたものに衝撃を受け、イモジェンの足がはたと止まる。

大柄で陽気な〈王者の白鳥〉亭の主人であるドナルド・サムソンが、だらしなく酔い潰れたケイレブを支えていたのだ。

「なんてこと」イモジェンは小さな声で言った。彼らに近づく。「ミスター・サムソン、侯爵さまは怪我をしているの？」

「ミス・ダンカン、またお目にかかれてうれしいですが、こんな状況じゃなかったほうがよかったですね」にっと笑ってみせる。「いや、怪我をしようとしなかったわけじゃないですが、怪我はありません」

「この人をベッドに入れたあと、なにがあったのかを話してもらうわね」イモジェンが向きを変え、ドナルドはケイレブを半ば引きずるようにしてあとからついてきた。

執事が両手を必死でひらひらさせてじゃまをした。「ミス・ダンカン、あなたさまはだんなさまの寝室にはお入りになれません。体面がよくありません」

「ばかを言わないで」イモジェンは足を止めてビルズビーと向き合った。背後でドナルドも立ち止まり、ケイレブの重みで息を少しあえがせた。「侯爵さまを介抱しなければならないでしょう。でも、彼がこんな状態なのを階下の使用人たちに知られるのはよくないわ。それに、レディ・ウィルブリッジをこれ以上動揺させたくないし」

幸い、執事はイモジェンの声ににじんだ命令に反応して引き下がった。あいにく、その瞬間にケイレブがイモジェンに気づいた。

彼は顔を上げてぼんやりとイモジェンを見つめた。まぶたは腫れぼったく目は充血していて、赤銅色のひげが伸びたせいで顔が黒ずんでいた。「きみか、イモジェン？　ドナルド」ささやきにしては大きな声だった。「私のイモジェンだ。結婚したいのに、彼女は――うんと言ってくれない。なんでだかわからない」

ドナルドは彼から顔を背けた。ケイレブの息が酒臭かったようで、鼻にしわを寄せている。

「さあね、理由ならすぐにいくつか思い浮かびますけどね」

ケイレブが急にイモジェンのほうに行こうとしたので、ドナルドはうなった。体勢が崩れたせいでふたりともタイルの床に倒れかけたが、大柄なドナルドがケイレブをつかんだまま脚を広げて踏ん張った。彼は長身のケイレブをまっすぐ立たせておこうとして息を切らした。

イモジェンは顔を赤くしてケイレブに近づいた。「いいから聞いて」断固とした口調だ。「部屋に連れていってくれるミスター・サムソンに協力するのよ。それに、みんなを起こしてしまわないように静かにしていて。わかった？」

ケイレブがおとなしくうなずいたので驚いた。ドナルドの満足そうな顔を見ると、イモジェンは向きを変えてすたすたと歩き出し、男ふたりは静かにゆっくりとよろめきながらついてきた。

何度かつまずき、転びそうになりながらも、なんとか主寝室まで来られた。イモジェンがドアを開けて入ろうとしたとき、ドナルドが立ち止まって喉の奥で奇妙な音を発した。イモジェンはもの問いたげに片方の眉を吊り上げた。

「あなたは入らないほうがいいと思いますよ、ミス・ダンカン」彼の顔はまっ赤だったが、奮闘のせいばかりでもなさそうだった。

「あのね、わたしはか弱いお嬢さんなんかじゃないのよ。いまの侯爵さまには助けが必要だし、わたしは彼をベッドに入れることになんのためらいもありません」

イモジェンが部屋に入ると、ドナルドがしぶしぶついてきた。ベッドまで行くと、ケイレブをそこにどさりと下ろした。ケイレブはうめき声をあげた。

「目がまわってる、ドナルド。なにがどうなってる？」ケイレブの頭ががくりと横を向いた。気絶したのかと思ったけれど、じきに大きないびきが聞こえてきた。

イモジェンは吐息をつき、ケイレブの足をつかんでもう一方を指さした。「お願いできるかしら、ミスター・サムソン？　それと、これにかかっているあいだに昨日から侯爵さまがどこでなにをしていたのかを教えてもらえたら助かるのだけど」

「そうですね」ケイレブの脚をつかんでブーツを脱がせにかかる。「この男がひどく頑固なのはたぶんもうご存じだと思います。馬に泡汗をかかせて昨夜早い時刻に宿に来て、酒を頼んだんです。一緒に座ってしゃべっているうちに、気がついたら私の最高のスコッチがかなりなくなっていましてね。そのころにはちょっとやそっとの酔いっぷりじゃなくなってました。遅い時刻で、外は魔女の大釜のなかよりも暗いというのに、彼は屋敷に戻ると言い張ったんです。宿に泊めようとしたんですが、どうしても言うことをきいてくれず、とにかく家に帰りたいの一点張りで」

ドナルドがブーツを脱がせ終えたので、ふたりで上着に取りかかった。彼がケイレブを横向きにしているあいだに、イモジェンが上着の袖から腕を抜いた。「だから、認めたくはないが、そのうち気を失ってくれるのを願いつつ、宿で酒を飲ませ続けたんですよ。そうでもしなけりゃ、彼が落馬してくそいまいましい首の骨を折る危険があったんで。おっと、汚いことばを使ってすみません、ミス・ダンカン」

イモジェンは片手をひらひらとふった。「気にしないで。あなたがいてくださってよかった」顔を上げてドナルドを見る。「ほんとうにいいお友だちなのね」

ドナルドは顔を赤らめてうなずき、イモジェンがもう一方の袖を脱がせられるようケイレブを反対向きにした。

ふたりはしばらく無言で作業し、聞こえるのは服を脱がせるときの荒い息と、ケイレブのやわらかないびきの音だけになった。ようやくブリーチズとシャツだけの姿にできた。眠っているあいだに嘔吐するといけないので、ケイレブを横向きにして背中に枕をあてると、イモジェンとドナルドは幸せそうにすやすやと眠っている彼を見下ろした。

ふたりはドアに向かった。イモジェンがそっとドアを閉め、ドナルドとともに主階段へと廊下を進んだ。

「どうにも理解できないんですが」ドナルドが抑えた声で言う。「そもそも侯爵さまはどうしてあんなに怒っていたんでしょう？　あんな彼は見たことがない」

イモジェンは目を険しくした。「わたしがかならず突き止めてみせるわ、ミスター・サムソン」

はじめにケイレブが気づいたのは、明るく燃える光だった。まぶたを通して赤い霞のように輝き、頭に攻めかかってひどく熱い苦痛をもたらした。

「いまいましいカーテンを閉めてくれ」うなるように言ったところ、自分の声ですらが頭蓋骨のなかで跳ねまわって息ができなくなった。たじろぎ、息を吸いこむと口のなかが乾ききっているのを感じた。唇をぴたりと閉じたがなんの意味もなかった。喉は痛み、口は綿が詰まっているようだ。

ベッドの横で動きを感知した——これは自分のベッドだよな？　動いたのは側仕えにちがいない。いくつかの暴力的な考えが頭のなかで混じり合った。こんな目に遭わせたのだから、給金を減らしてやる。人事不省になるまでほとんどひと晩中飲んでいた自分をこんなに乱暴なやり方で起こすとは、どういう了見なのだ？

一瞬後、答えが降ってきた。

スプラット川の水すべてかと思うくらいの量を顔に浴びせられ、唾を飛ばしてあえいだ。あまりにも予想外の展開——と冷たさ——に衝撃を受け、完全に眠気が吹き飛んだ。かっとなって目を開け、顔の水をふり払おうと手を上げる。

だが、そこに立っていたのは思っていた人物ではなかった。

もちろん、自分のベッドで溺死させかけたのがだれなのかは、ほんとうに見当をつけていたわけではなかった。だが、まさかイモジェンだったとは思いもつかなかった。空の水差しを持って、復讐の女神みたいにこちらをねめつけている。

「いったいどういうつもりだ？」ケイレブはがなり立てた。

見上げたことに、イモジェンはたじろぎすらしなかった。「あなたから答えを聞きたいの。もうじゅうぶん長く待ったと思うわ」横柄な口調だった。こんな彼女を見るのははじめてで、これほど怒り狂っていなければ興奮していただろうとケイレブは思った。それと、びしょ濡れでなければ。

彼は信じられない思いでベッドに目をやった。シーツからは水が滴り、枕はぐしょ濡れで、シャツとブリーチズが体に張りついて気持ち悪かった。「答えを知るために私を溺れさせせなくてはならなかったのか？」

イモジェンは片方の眉をくいっとやった。「もう午後も遅い時刻だから、起こしてあげたほうがいいと思ったのよ」

嘘だろうとさっと窓を見た――急な動きをしたせいでまたたじろぐ――ところ、間接的な光しか射しこんでいなかった。この窓は東を向いており、それはつまり太陽は毎日の旅程をこなして屋敷の反対側にすでにまわっているということだ。一日中眠りこけていたのか？ゆうべ飲んだウイスキーにはなにが入っていたんだ？

慎重な動きでイモジェンに向きなおる。「それで、どんな答えを待っているのかな、マダム？」

イモジェンは水差しをベッド脇のテーブルに置いた。顎の筋肉がひくついている。「昨日の朝、わたしたちが墓地にいるのを見つけたとき、どうしてエミリーにあんなにきつくあたったのか知りたいわ」

突然ケイレブはすべてを思い出した。どうして昨日一日家を離れていたのか、どうして前後不覚になるまで酒を飲んだのか。ジョナサンの墓前にいるエミリーとイモジェン。ケイレブとは結婚できないとエミリーに断言しているイモジェン。その後の喧嘩。イモジェンの裏切りで感じた苦しみ。

憤怒が大きな音で主張をはじめ、いきなり乱暴に起こされてからずっと感じていたとまどいを脇へ押しやった。ベッド脇に脚を下ろしてゆっくりと立ち上がり、大きく息をして癇癪を抑えこもうとする。服から水滴が落ちて磨き抜かれた床にたまったが、気にもかけなかった。イモジェンが縮こまるのを期待してのしかかるように立ったが、彼女は顎を突き出して目を険しくしただけだった。

「答えるのはきみのほうかもしれないな」ケイレブの口調は嚙みつくようだった。

「どうやら」イモジェンは彼のふるまいに少しも怖じ気づいていないようだった。「あなたはご自分が不当に扱われたと信じているみたいね」

「いや、ただ不当に判断されていると思っているだけだ」

「言っておきますけど、わたしは昨日の妹さんに対するあなたの愚かなふるまいにもとづいて判断しているだけです」

「ほんとうかな？」ケイレブの唇がゆがむ。「それならどうして、私とは結婚しないと断言するきみのことばを耳にしたのかな？　エミリーから聞かされた話のせいでそう言ったんじゃないとでも？」

イモジェンは頬を染めたが、目は細めた。「わたしはずっと結婚しないと言っていたでしょう」彼女の声は低く、苦痛に満ちていた。

かすかな疑念が忍びこんできた。

「どういうわけか、あなたは妹さんに結婚の機会を潰されたと思っているみたいだけど」イモジェンが続ける。「それほど真実から遠いことはないわ」

「どういう意味だ？」

「昨日、エミリーはずっとあなたの擁護者だったと言ったのは嘘じゃないのよ。わたしがあなたとは結婚できないと言う前に、彼女は求婚を受けるようわたしを説得していたの」

ケイレブは長々と彼女を見つめた。「ありえない」

「どうして？　わたしが自分で決めたというのが理解できないから？　彼女の話くらいでわたしの決意が揺らぐと思っているの？」

ケイレブは苦痛に呑みこまれた。「そうだ」

イモジェンは、眼鏡をかけていないときにやっていたように目を細めた。「説明してもらったほうがよさそうね」

苦痛に苦々しさが混じった。「そんなことをしてどうなる？　きみはすでに、私とは結婚しないと宣言したじゃないか」

ケイレブはいきなりイモジェンに背を向けた。彼女を失ってしまったとわかったいま、これほど近くにいることに耐えられなくなったのだ。化粧室のドアへ大股で向かった。

「どこへ行くつもり？」イモジェンが叫ぶ。急いで追いかけてくる足音が聞こえたものの、ケイレブはふり返らなかった。

「服を着替えるんだよ」彼自身の耳にすら、疲れて敗北した色がにじむ声だった。「そのあと、きみをロンドンに帰す手配をする」

31

イモジェンの足がふらついた。この壊れた家族に手を貸すのに必要な答えもくれないまま、彼はわたしを追い返そうとしている。けれども、すぐに決意を新たにして前に進んだ。ドアをくぐろうとしていたケイレブの腕をつかみ、ふり向かせた。

「わたしの話を聞いて」声を枯らして言う。「このいまいましい家族が保っている薄っぺらな平穏がどんなものにせよ、あなたがそれを完全に破壊するのを傍観なんてしないから。あなたにはどうしても答えてもらいます。それも、いますぐに」

ケイレブの目がどんよりと曇り、諦めきった敗北のまなざしでイモジェンを見た。「どうしてなんだ？　きみはすぐにもここを出ていく身だろう。きみに話したところでなにも変わらない」

打ち沈んだ彼の目を見て、イモジェンの胸が締めつけられた。でも、あの目はわたしのせいじゃない。だって、彼はわたしを愛していないのだもの。わたしのことなんてすぐに忘れるわ。

だからといって、こちらは彼になにも残さずに立ち去らなければならないわけではない。

「そうかもしれない。でもね、わたしに話すことですべてがいいほうに変わる可能性だってあるの」イモジェンは言った。「心を開いて、ケイレブ」

彼は確信が持てないようすで、つかの間イモジェンを見つめた。打ち明けるならいましかなかった。

「ジョナサンの死に関係があるのだと推測しているのだけど」

彼の目があまりにも痛々しそうになったので、イモジェンは胸が潰れる思いだった。ケイレブの手をつかみ、安心させるようにぎゅっと握る。

「エミリーから聞いたのでなかったら、どうやってわかったんだ?」彼の声は虚ろで諦めの色があった。

イモジェンは悲しげな笑みを浮かべた。「壁の花だからなんでしょうね。わたしって信じられないくらい観察力が鋭いの」

あいかわらずケイレブは確信が持てない表情だった。イモジェンは唇をすぼめ、化粧室のほうへ彼を少し押した。「乾いた服に着替えたら? 戻ってきたら、答えを聞かせてね」

ケイレブはぼんやりとうなずき、化粧室に消えた。イモジェンは窓辺に置かれたどっしりとしたマホガニーの椅子に向かい、灰色がかった青いダマスク織のクッションに身を沈めた。

いくらもしないうちに、胸もとを開けた亜麻布のシャツとやわらかな鹿革のブリーチズに着替えたケイレブが戻ってきた。髪はいまも湿っていたが、額から後ろに梳かしつけてあった。彼はイモジェンのところに来る前に、半ば閉じた目でしばし見つめてきた。イモジェンは几帳面に両手をひざの上で握り合わせ、窓の外の光景に目をやって彼が話し出すのを辛抱強く待った。

「弟を愛していた」ケイレブがためらいがちに言った。「話をする前に、それだけはわかっておいてほしい」

イモジェンは彼に視線を転じてうなずいた。なぜか心臓が胸に激しく打ちつけていた。彼に手を伸ばしてしまわないように、握り合わせた手に力をこめる。

「弟があとをついてくるのをいつだって許した。弟とはばかみたいに仲がよかった。うぬぼれてるわけじゃないが、弟は私を尊敬していた。弟はすごく陽気で、まさに陽光のようで、そんな彼を私も崇めていた」

ここで言いよどむ。「だが、あの最後の朝は――」彼は咳払いをして、窓の外をぼんやりと見た。「二十歳のときだった。親友のトリスタンとモーリーが遊びにきていた。ふたりをおぼえているかい？」イモジェンがうなずくと、ケイレブは続けた。「若い私たちは、年下の者に聞かせるには不適切な女性だとか賭けごとなどを話題にしたがった。翌朝に釣り堀で過ごし、自分たちが仲間入りした新たなおとなの段階をおおいに楽しむ計画を立てた。弟や妹にはついてきてほしくなかった。だから、ジョナサンにそう言った」

ケイレブの唇がゆがんだが、おもしろがっているのではなかった。その表情には深い自己嫌悪がこもっていた。「あいにく、弟は納得しなかった。喧嘩になり、子どもはごめんだ、楽しみが台なしになる、と私はジョナサンに言った。おまえは赤ん坊だ、首にまつわりつく厄介な重荷だ、と言ったんだ」

ケイレブの横顔を見つめるイモジェンは、胸を痛めた。彼は顎の筋肉を苦しげに動かし、唾を飲んだ。

「私たちは翌朝早くに家を出た。ジョナサンとエミリーもこっそり家を抜け出して、あとをついてきていたなんて知らなかった。ふたりは見つからないように遠まわりをして、岩の堤を通ろうとした。ところが、私はふたりに気づいた。あんまり腹が立って……」ケイレブは記憶のなかに没頭しているようで、しばらく無言だった。急に咳払いをすると、ちらりとイモジェンを見てから続けた。

「私は岩を上ってふたりのところに行った。喧嘩になった」唇をぎゅっと結び、ことばを探しているようだった。「後悔するようなことばをさまざまに投げつけた。それからきびすを返して立ち去ろうとした。ジョナサンが私の腕をつかんだ。ふり払おうとして腕を上げた。ジョナサンが体勢を崩して両手をふりまわした。彼は驚愕の表情をしていた。そのとき、岩が崩れて……」

ケイレブのことば尻がすぼんだ。イモジェンは耐えられなくなって彼の手を握った。ケイレブが握り返してくれてほっとする。彼は命綱であるかのようにきつく握ってきた。

「ものすごい音がした。生きているかぎり忘れられないと思う。ジョナサンが倒れつつある岩を必死でつかもうとする動きがゆっくりに見えた。手を伸ばしたが、間に合わなかった。埃《ほこり》がおさまったとき、ジョナサンは岩の下敷きになっていた。じっと動かなくなっていた。

苦痛にまみれたしわがれ声だった。ことばはほとばしり出るようだった。「血だらけだった。エミリーがジョナサンのもとへ行こうと、よろめきながら岩の上を歩いていた。転んで頬が裂けた。まるで野生動物のようなありさまだった。ジョナサンの胸に載った岩を必死でどけようとしていた妹をおぼえている。悲鳴をあげ続けていた。頬の裂傷からの出血がひどく、割れた爪からも血が出ていた。私たちはなんとかエミリーを引き離そうとしたが、彼女は私たちがいることすら気づいていないようだった。ようやく少し落ち着かせられて、ジョナサンの上から岩をどけた。弟が完全に死んでいるのを目にすると、エミリーは気を失った。私たちでジョナサンとエミリーを家に連れ帰った。自分の血まみれの手やぞっとするにおいをいまでもおぼえている」

イモジェンの心臓は痛いほど激しく打ち、目が熱くなっていた。ケイレブたちはどれほどつらかっただろう。でも――。

いまだに納得できないものがあった。どうして事故のあと十年も疎遠になったままだったのだろう？

「ケイレブ」そっと声をかける。「よくわからないのだけど。どうしてご家族とぎくしゃくしているの？」

イモジェンを見た彼のつらそうな目には、信じられないという思いもくわわっていた。

「わからないのか？」ざらついた声で言う。「私の責任だからだよ」

イモジェンは驚愕した。「ちがうわ、ケイレブ」

彼は首を横にふっていた。「仲間に入れてやっていたら、ジョナサンはいまも生きていたはずだ。だが、私は思い上がりの塊だった。弟を傷つけ、軽んじた。引き留めようとしたジョナサンを死へと押しやったも同然なんだ」

彼の目がぎらついているのを見て、簡単には考えを変えてくれそうにないのがわかった。明け方にドナルド・サムソンが言ったように、彼はいまいましいほど頑固だ。

イモジェンは身を乗り出した。「ケイレブ、あなたは弟さんを突き飛ばそうとしたの？」

彼の顔に恐怖と怒りの表情が浮かぶ。「そんなわけがないだろう」

「それならどうしてあなたの責任になるの？」

「私に責任がないはずがないだろう？　私の行ないのせいで弟は落ちたんだ」

「それはつまり、図らずもジョナサンの体勢を崩させたのがエミリーだったら、彼女が罪悪感をすべて引き受けるべきだという意味？」

「ちがうに決まっている」ケイレブは鼻で笑った。「よくもそんなとんでもないことを思いつけるな」

「だったら、どうしてあなたの責任だと考えるのがまともなのか教えて」

ケイレブは窓辺へ行って庭を見下ろした。「きみにはわからない。あの場にいなかったんだから」

イモジェンは彼を見つめ、ローン地の高級なシャツの下で肩がこわばっているのに気づいた。たしかにそのとおりだ。イモジェンはその場にいなかった。なにが起きたのか、すべての詳細を知ることはぜったいにできず、それゆえ自分のことばは頑なな彼の耳には永遠に届かないだろうと悟った。

目を細めながら、どうしたらいいかと考える。事故の場にはほかの人たちもいた。サー・トリスタンとモーリー卿は、ロンドンに戻っている。でも、エミリーもいたのだ。ケイレブに彼女と話をしてもらい、妹から責められていないとわかってもらえれば、罪悪感が少しは薄れるかもしれない。

イモジェンが必死で考えをめぐらせているあいだ、ケイレブは黙ったまま窓辺に立っていた。昨日のエミリーに対する彼の反応が、イモジェンの知りたいことすべてを物語っていた。ケイレブはエミリーに責められていると信じ、彼女が彼を罰しようとしていると信じている。そうではないとわかってもらわなければ。

けれど、エミリーがそんな計画に乗ってくれるだろうか？　特にいまは調子が悪いのに？　兄を擁護し、イモジェンに求婚を受けるよう説得したエミリーを思い出し、きっと助けてくれると直感した。

イモジェンは背筋を伸ばした。「ジョナサンが亡くなったのはあなたのせいだとエミリーが思っている、そう信じているのね」

薄れつつある陽光のせいで、肩越しにふり向いた彼の顔に刻まれたしわが目立っていた。「当然だろう。妹が私を責めないはずがない。彼女が世界でいちばん好きな人間を奪ったのだから。おまけに、あの事故のせいで一生消えない傷を負ったんだ」

「ふたりで事故について話したことはあるの?」

窓に向きなおった彼が耳障りな笑い声をあげた。「話すわけがない。妹の顔を見れば、どう思っているかは明らかだ。わざわざその話を持ち出して、いま以上に惨めになる必要はない」

「だから、エミリーがわたしに悪口を吹きこんであなたに背を向けるように仕向けた、という考えにあっさり飛びついたのね」

ケイレブはそれには答えず、体重を移動させ、肩をさらにこわばらせた。それが返事になっていた。

「でも、あなたが自信たっぷりだったその推測はまちがっていた」

ケイレブが奇妙な静けさをみせた。彼はイモジェンに向きなおった。「そうだな」ぶっきらぼうに認める。「あんな風に考えるなんて、エミリーに失礼だった」

つらそうな彼の目を見て、イモジェンはためらいそうになった。けれど、いまになって引き下がるわけにはいかなかった。いまの彼がどれほどの悲しみを感じていようとも、傷だらけのふたつの心を仲なおりさせられるのであれば、やってみる価値がある。

「それなら、エミリーに関するもうひとつの考えだってまちがっている可能性があるのではない？」

ケイレブはすでに頭をふっていた。「いいや――」

イモジェンは片手を上げた。「わたしの考えを否定する前に、最後までちゃんと聞いてちょうだい。理解しようとしないかぎり、あなたにはエミリーがなにを考えているかわからないでしょう。この数日で少し仲よくなったわたしから言わせてもらえれば、彼女は知り合いのなかでも最高にやさしい女性のひとりだわ。あなたを軽蔑していると思わせるようなことは、一度たりともわたしに言わなかった。それどころか、あなたがよそよそしいのを悲しんでいるという印象を受けたわ」

ケイレブは信じがたいという顔で彼女を見た。「そんなはずはない」

「でも、そうなのよ」

彼の顔をいくつかの感情がよぎる。「それなら、どうしてエミリーは私のところに来なかったんだ？」

「あなたはどうして彼女のところに行かなかったの？」イモジェンが言い返す。「それに、エミリーはある面ではわたしよりも内気な人だわ。そんな彼女が、見知らぬ他人みたいになったあなたのところに自分から近づくと本気で思っている？」

ケイレブがたじろいだ。「私はどうすればよかったというんだ？」

イモジェンは立ち上がり、彼のそばへ行った。「エミリーのところに行って。話をして。失うものはないし、得られるものばかりでしょ。あなたの考えが正しいとエミリーが認めたとしても、この十年のあなたの立場は変わらない。でも、彼女があなたを責めてはいないと言ったら――わたしはそうなると思っているけれど――悪影響をおよぼしてきたこの傷をふたりで治しはじめられる。妹さんを取り戻せる。それに、あなた自身も赦しはじめられたらいいと願っているわ」

疑わしげなケイレブの手を取り、イモジェンは軽く引っ張った。「やってみなければわからないでしょ。この先一生、疑念が頭の上にのしかかった状態で過ごしたいの？」

負けを認めたケイレブの肩が落ちるのを見て、イモジェンはどっと安堵を感じた。もう一度手を引っ張ると、彼がついてきた。これが、みんなが癒える道であることを彼女は願った。

ケイレブとエミリーの部屋はそれほど離れておらず、彼は心の準備ができる前にそこに着いてしまっていた。イモジェンがドアを鋭くノックした。返事はなかった。ケイレブは自信なさげにイモジェンを見た。驚いたことに彼女は唇をぎゅっと結び、取っ手に手をかけてドアを押し開け、ケイレブを連れてなかに入った。

いきなり暗い部屋に入ったケイレブはしばしそこに立ち尽くし、目が慣れるのを待った。まだ日中だというのにカーテンがきっちり閉じられていたのだ。何本かのろうそくに火が灯っていたが、暗がりを蹴散らすほど明るくはなかった。エミリーは火の熾されていない暖炉の前に座っていた。細々と燃えるろうそくが肘の近くに置かれていて、開かれていない本が横にある。

「言ったでしょう、お母さま」痛々しいほど硬い声だった。「お腹は空いていないの」

「あなたのお母さまじゃないわ」イモジェンが言った。やわらかでやさしい声だったが、エミリーははっとふたりに目を向けた。

ケイレブを見たとたん、彼女が顔色を失った。苦痛が目のなかで燃えた。そう、非難でも嫌悪でもなく、苦痛であることにケイレブは気づいた。イモジェンが正しかったなんてことがあるだろうか？　私は自分が見るだろうと思いこんでいたものだけを見ていたのか？

「どういうこと？」エミリーの声はざらついていた。裏切られた思いがその顔に出ていた。

「どうして兄がここにいるの、イモジェン？」

イモジェンはケイレブを部屋のさらに奥へと引っ張った。「彼は話をしにきたのよ」

「話？」信じられないといった声だった。「なにを話すというの？　兄からわたしに話すことがあるとは思えない」

エミリーがこわばった横顔をふたりに向けると、イモジェンはいらだちの小さなうめき声をあげた。「ふたりとも、ご自分たちが思っている以上に似ているわね。まったく、とんでもなく頑固なんだから。いまここですっかり吐き出してもらうわよ。この十年ずっと、ジョナサンが死んだのは自分の責任だと、ケイレブが自分自身を責め続けていたのを知っていた、エミリー?」

苦しみの表情を浮かべ、エミリーは震える息を吐いた。「ええ」小さな声だった。

「そうじゃないと彼を納得させるべきだとは思わなかったの?」

エミリーがさっとふたりを見た。「母も父も、兄のせいじゃないと何年も言い続けてきたわ。両親が言っても信じないのなら、わたしなんかのことばを信じるなんてどうしたら思えるの?」

「なぜなら、いちばん重要なのはあなたの意見だからよ」イモジェンの声はやさしかった。

ケイレブ自身とジョナサンのとそっくりな、エミリーの薄灰色の目が彼を見た。そこにある疑い深い表情を見て、ケイレブの息が詰まった。「でも、どうして?」エミリーがささやく。

ケイレブの横にいたイモジェンは、前に行くよう彼をそっと押した。彼は自信なさそうな表情でイモジェンを見たあと、エミリーのそばへ行き、隣りの椅子に腰を下ろした。イモジェンのいるところで座るなど、教えこまれてきたすべてに反する行ないではあったが、エミリーを威圧するように立ったままではいられなかった。

「おまえが私を責めているのはわかっているんだ、エミリー」声がざらつきうまくしゃべれなかったので、咳払いをした。「なにがあったか、おまえは見た。私がジョナサンを押したのも同然だ。彼が死んだのは、私が身勝手で傲慢だったせいだ」

エミリーが身を乗り出した。先ほどまでどんよりしていた目が突然燃え上がった。「ちがう、あれは事故だったの。お兄さまがジョナサンの体勢を崩させようとしなかったのはわかっているわ。お兄さまはなにも悪くない。責任のある人間がいるとしたら、それはわたしよ」

ケイレブは聞きまちがえたにちがいないと思った。「なんて言った？」

エミリーの目が涙でいっぱいになった。口を開くと、ことばが勢いよくほとばしった。「わたしのせいなのよ。ずっと前にお兄さまにそう話すべきだった。お兄さまがご自分を責めているのはわかっていた。でも、わたしはまだ小さくて、そのうち歳月がどんどん流れていって、なにも言わずにいる状態がますます楽になっていった。自分勝手すぎたわ。ほんとうにごめんなさい」すすり泣きで声が割れた。彼女は手で口を押さえた。

ケイレブは愕然として妹を凝視するばかりだった。まさかこんな話を聞かされるとは夢にも思っていなかった。イモジェンをちらりと見ると、目を丸くしてふたりを見ていた。ケイレブの視線を感じると、すばやく頭をふった。いまの話はイモジェンも知らなかったのだ。

ケイレブは妹に注意を戻した。「どうしておまえのせいなんだ？　たったの十二歳だったんだぞ。おまえはジョナサンをとても愛していたじゃないか。家族にも理解できないほどに」

「でも、それが問題なのよ。わからない？　わたしはお兄さまに嫉妬していたの」

ケイレブは妹を凝視した。「私に嫉妬していただって？」

エミリーは両手に視線を落とした。ひざの上できつく握り合わせている。「前の晩、ふたりでお兄さまの言ったことを笑ったの。おとなになりつつあったお兄さまは、お友だちの前で重要人物みたいにふるまった。ジョナサンはお兄さまをとても崇拝していて、お兄さまのことばを笑い飛ばしはしたけれど、傷ついていたのがわたしにはわかった。でも、彼はお兄さまをいとも簡単に赦して忘れようとした。わたしにはそうできなかった」エミリーがごくりと唾を飲んだ。「ちょっとだけ傷ついたジョナサンの気持ちをついて燃え上がらせたの。ジョナサンはわたしの親友だったけれど、お兄さまを尊敬する気持ちが強すぎて、ときどきわたしなど見えなくなった」

エミリーの息がつかえた。「わたしがなじったせいで、ジョナサンがお兄さまのあとをついていくことになるとは思ってもいなかった。あの朝、屋敷をこっそり抜け出そうとしているジョナサンを見かけた。わたしは彼を止めるのではなく、一緒に行った。止めるべきだったのに――」

すすり泣きでエミリーの声が途切れた。

ケイレブの喉で涙が熱く燃えた。この何年もエミリーはこんなに苦しんでいたのか。自分がずっと自身を責めていたあいだ、エミリーは彼女にこそ咎があると考えていたのだ。そして鏡を見るたびに目にする傷痕でそれを思い出させられていたのだ。

ケイレブは椅子を立ち、エミリーの前にひざをついてそっと引き寄せた。やせ細った体を両腕で包むと、つかの間エミリーは体をこわばらせて固まった。

「おまえのせいじゃないよ」エミリーの頭のてっぺんに向かってささやいた。「おまえのせいじゃない」

エミリーは激しく身を震わせたあと、小さく泣き叫んでケイレブの腕のなかでくずおれた。シャツにしがみつかれ、涙で濡らされながら、ケイレブは妹の体を支え、やさしく揺らした。そっと部屋を出ていこうとしているイモジェンの顔をとらえた。目には涙があったが、彼女は微笑んでいた。

その瞬間、何年も自分を苛んでいた重荷が軽くなるのをケイレブは感じた。ずっと苦しみをもたらしていた胸のひび割れが癒えはじめた。長年ではじめて、ケイレブは心の平穏を感じた。

32

イモジェンがロンドンへ戻るための支度を終えたちょうどそのとき、ドアをノックする音がした。

かれこれ一時間以上前にケイレブとエミリーを残して部屋に戻ってからずっと流れていた涙を慌てて拭い、「どうぞ」と声を張った。

入ってきたのがケイレブでも驚かなかった。胸が痛んだのにも驚かなかった。驚いたのは、彼の目が明るくなっていたことだ。こんなに晴れ晴れしたケイレブは見たおぼえがなかった。

イモジェンはにっこりした。「仲なおりができたのね」

「ああ」いまだに信じられないとばかりに、彼が驚いた表情になった。

「よかった」ささやき声で言う。「ほんとうにうれしいわ。それがいちばんの願いだったから」

ケイレブは長いあいだ無言のまま彼女を見つめていた。そして、いきなりつかつかと近づいてきて、イモジェンの顔を両手で包んだ。唇をさっとかすめるように重ねられて、彼女は驚きにあえいだ。

「ありがとう」小さな声だった。「家族を取り戻させてくれてありがとう」

蝶のようにやさしい彼の唇を口、頰、目に受けているあいだ、イモジェンはぼうっと突っ立っているしかできなかった。手を伸ばして彼の肩にしがみつく。ロンドンへは明日戻り、もう二度と彼に会うこともないと思っていたので、こみ上げるすすり泣きをほとんどこらえられなかった。

彼に会えなくなったら寂しくなるだろう。そう思っただけでも胸が張り裂けそうになるのだから。思い出をあとひとつだけ。イモジェンは貪欲に思った。この先のためにキスをあとひとつだけ、抱擁をあとひとつだけ。

イモジェンはつま先立ちになってケイレブに唇を押しつけた。両手を彼の髪に差し入れて引き寄せ、抱擁を深めた。こんなに大胆になったことはなかった。こんな風に主導権を握るのもはじめてだ。ケイレブが驚いて全身の筋肉をこわばらせるのが感じられた。けれど、ずっとそのままではなかった。うめき声とともに腕をイモジェンの背中にまわし、押し潰さんばかりの勢いで抱きしめた。彼が口を開くと、イモジェンは肺の空気をすべて奪われるように感じた。明日のことは考えないでおこう。ほんの先のことすらこの瞬間に割りこませないでおこう。いまは愛する人の腕のなかにいる——たいせつなのはそれだけだ。

イモジェンは体を反らせてたくましい彼にしなだれかかった。ケイレブの両手は背中で広げられ、何層もの服越しに愛撫しながら下へと移り、臀部を包んだ。彼の硬い部分が腹部に押しつけられると、イモジェンの脚のあいだに熱いものがあふれた。欲望が広がり、脚を伝い下り、立っていられないほどひざに力が入らなくなる。ケイレブが腕に力をこめ、もっと完全にぴたりと体を合わせた。床に横たわり、彼に上になってもらい、彼に満たされるのを感じたくてたまらなかった。

けれど、そう思いつつも、ケイレブがベッドに向かって移動しようとすると、イモジェンは凍りついた。体は彼を求めてうずき、解放を得たいと懇願していたけれど、頭がだめだと叫んだ。支配権を握ろうと頭が必死にあがく。ベッドまで行ってしまったら、もうあと戻りできないとわかっていた。自分のなかにあるとも知らなかった力を出して、とうとう抱擁から逃れた。

イモジェンはよろよろと部屋の反対側に逃げて彼とのあいだに距離をおいた。ケイレブに近づかれたら、またその腕のなかに戻ってしまうとわかっていた。彼は無表情のまま一心にイモジェンを見つめた。聞こえるのはふたりの荒い息づかいの音だけだった。ケイレブは追いかけてこようとはしなかった。

「ごめんなさい」イモジェンが息を切らしながら言う。「いまのはまちがいだったわ。起きてはいけなかったのよ」震える手で眼鏡を押し上げる。

ケイレブは長いあいだ彼女を探るように見つめた。それからいきなり近づいてこようとした。イモジェンは壁沿いに慌てて彼から離れた。ケイレブが立ち止まる。

「まちがいなんかじゃなかった、イモジェン」おびえきった馬に話しかけるように、低く落ち着いた声で慎重に言う。「私たちふたりにあるものがわからないのかい？」

「わかるわ」椅子をまわりながら震え声で言う。詰め物をした椅子の背に指が食いこんでいた。「わたしたちには友情と情熱がある。でも、それだけではじゅうぶんではないのよ、ケイレブ」

愛を告白してしまう前に、喉がふさがった。もっと強い感情を認めてと彼に懇願したも同然だった。愛のことばを口にしてもらえないのはわかっていたのに、それでも息を殺して待った。自分をここに留まらせるには、彼が愛してくれるかもしれないという希望さえあればいいのだとわかっていた。ほんの少しの希望でいい。

けれど、彼はかすかにいらだちをにじませてこう言っただけだった。「じゅうぶんに決まっているじゃないか。イモジェン、この話は前にもしただろう」

「そうね」虚ろな声になってしまった。

「きみの考えを変えさせられると信じていた」髪を掻きむしる。「どうしてそんなに頑なになるのか理解できないよ。双方にとって理想的じゃないか。きみは夫を手に入れて、母上の支配から逃れられる。私は自分を理解してくれ、情熱を感じている理想的な侯爵夫人を手に入れられる」

イモジェンは募りつつある絶望を払いのけ、背筋を伸ばした。「あなたにとっては理想的かもしれないわね。でも、わたしにはちがうの」

ケイレブはお手上げの仕草をし、声を大きくした。「ほんとうかな？　母上に支配され、陰のなかに戻って行き遅れとして過ごす人生のどこが理想的なんだ？」

イモジェンはたじろいだ。彼もそれに気づき、深く後悔する表情になった。「すまない。いまのは言いすぎた」

「ごめんなさい」涙で喉が締めつけられたが、なんとかそう言った。「そこまで言われても、わたしの気持ちは変わりません。あなたとは結婚しません」

ありったけの威厳をかき集め、イモジェンはドアのところへ行って大きく開いた。ケイレブを追い出す仕草だった。

彼があまりにも長く無言だったため、イモジェンは見せかけの落ち着きが剝がれ落ちはじめるのを感じた。ようやく口を開いたとき、彼の声は不信感に満ちていた。「イモジェン、本気じゃないよな」

イモジェンは痛くなるほど背中を伸ばし、まっすぐ前を見据えた。「いいえ、本気です」精一杯冷ややかで自信たっぷりの声を出す。「あなたとは結婚しないとずっと前から言っていたでしょう。びっくりするのはおかしいのでは？」

「最終的な答えなんだな？　もう二度と求婚するつもりはないから、そのつもりでいてほしい」

困惑と傷ついた気持ちに満ちた声だったので、イモジェンは危うく折れそうになった。ド

ア の取っ手をしっかり握り、喉のつかえを押して唾を飲みこむ。「そうよ」小さな声だった。「最終的な答えです」大きく息を吸いこむ。「父とわたしは明日の夜明けとともにここを発ちます。お見送りはけっこうよ。それと、ロンドンでわたしに会おうとしないでいただきたいの」

重苦しい沈黙が落ちた。視界の隅で、荷造りを終えて壁ぎわに置かれている旅行鞄を彼がちらりと見てからまたこちらに目を向けたのが見えた。

「お望みのままに」

ケイレブは彼女をかすめるようにしてドアに向かった。足どりがふらついたのはほんの一瞬だった。彼は部屋を出て廊下を歩いていった。ドアを閉めたイモジェンは、激しくすすり泣きながら床にくずおれ、思いきり泣いた。

翌朝、ケイレブは画廊の大きな窓ぎわに立ち、両手を後ろで握りしめていた。眼下の前庭では馬車が早朝の陽光のなかで待っていた。暁光が木々の上からちょうど射しはじめたところだった。従僕たちが最後の旅行鞄を積み、イモジェンのメイドとタリトン卿の側仕えが小さいほうの馬車に乗りこんだ。

少しするとタリトン卿も姿を現わした。彼は一瞬屋敷をふり返り、悲しげに頭をふると大きいほうの馬車のなかに消えた。

ケイレブの目は鷹のように鋭くまっすぐ下の空間を見つめた。突然彼女が現われた。エミリーがその肩をきつく抱いている。イモジェンの態度は硬く、髪はきつく引っ詰めたお団子に戻っていた。エミリーの抱擁をぎこちなく受けてから馬車に乗りこんだ。窓越しに薄ぼんやりした横顔がかろうじて見え、頬が青ざめ唇がきつく結ばれているのがわかった。

彼女を見据え、貪り、できるだけ見て取っていく。顔を上げてくれ、私に気づいてくれ、私が感じている別れのつらさの少しでもいいから見せてくれと念じる。けれど、イモジェンはそうしてくれず、馬車がガタンと揺れて動き出し、彼女が見えなくなった。馬車はすぐに弧を描く馬車まわしをまわり、高い石柱のあいだを通り抜けて並木道に入ってしまった。

どれくらいそのまま立ち尽くしていたのかわからなかった。わかっているのは、馬車がとっくに見えなくなったことと、肩に手がそっと置かれたときには太陽が天頂へと昇りつつあることだけだった。

疲れた目を地平線から無理やり引き剝がし、こちらを見上げているエミリーを見た。

「ケイレブ」そっと言う。彼女の目も泣き腫らして赤くなっていたが、それでも小さく微笑みを浮かべた。

「いま役に立ちそうなことがなにかわかる？　思いきり馬を飛ばすことよ。一緒にどう？」

ケイレブは笑みを返したかったが、口が思うように動いてくれなかった。ひとりきりにしておいてほしいと言いかけたが、妹の顔に自分と同じ悲しみが浮かんでいるのを見てしまった。エミリーもイモジェンが好きになり、この突然の出発がなにを意味するのかに気づいたにちがいない。

ケイレブは謙虚な気持ちになった。あんなことがあったのに、心を開いて兄を信頼し、兄を必要としていると示すのは勇気がいることだ。その勇気がエミリーにあるのなら、ケイレブだってできる。彼は腕を差し出し、妹の顔に安堵の気持ちがよぎるのを目にすると、心が少し軽くなった。

ふたりで厩に向かい、じきに馬上の人となって広大な裏の芝地を走っていた。ケイレブは去勢馬の好きに走らせ、自身は馬の感触や地面を蹴る蹄《ひづめ》の律動的な音、風が吹きつけて目を焼くようすに集中した。エミリーは雌馬に体を低くして乗って、彼に並走した。エミリーがこれほど乗馬に長けているとは知らず、妹はほかにどんなことができるのだろう、なにが好きでなにが嫌いなのだろうと考えた。妹についてはなにひとつ知らなかった。失われた歳月を思って苦い後悔をおぼえたが、これから先にいくらでもたがいを知り合えると考えてそんな思いを追い払った。妹を、家族全員を取り戻したのだから。

それもこれも、すべてイモジェンのおかげだ。

渋面になり、さまよった心を引き戻した。彼女のことを考えるわけにはいかない。頭がおかしくなってしまう。

馬を少し休ませてから、厩に戻った。馬丁に馬を預けて屋敷に向かって歩き出したとき、おだやかで静かな笑みを浮かべたイモジェンはもういないのだと思い出してしまった。長い夜を思って歯を食いしばり、歩き続けた。

屋敷に入るとエミリーに顔を向けた。今日はずっと静かに支えてくれていた。いま、彼女はほんの少しためらったあとケイレブの手を取り、安心させるようにぎゅっと握った。

「今日はありがとう」妹の手を握り返し、ありきたりなことばで伝えきれない大きな感謝を見て取ってくれるよう願う。

エミリーは微笑んでうなずき、音楽室に向かった。妹の後ろ姿を見送ってしばらくすると、閉じたドアから優美なピアノの音色がかすかに聞こえてきた。ケイレブはあの晩イモジェンが自分のために一度だけ歌ってくれたことを思い出したくなくて、書斎に向かおうとした。彼女の声は甘く、感情がこめられていて、まるでたいせつななにかを自分に伝えようとしているかのようだった。

書斎のドアに手をかけ、不意に動きを止めた。あの晩、彼女はなにかを私に伝えようとしていたのだ。歌っているときの碧青色の目の表情を思い返す。こちらが見ていないと思っているときに彼女が一度ならず浮かべていたのと同じ表情。

その瞬間、彼女が懸命に伝えようとしていたのがなんだったのか、心の奥底で悟った。

「彼女が私を愛している？」信じられない思いでつぶやく。ばかさ加減をあざ笑うかのように、その声が廊下に響いた。

どさりとドアにもたれる。いや、どうしてそんなことが可能なのだ？　イモジェンは私を拒絶したんだぞ。愛しているのなら、なぜ拒絶する？　けれど、その思いが浮かんでしまったいま、忘れられなくなった。どうにも理解できず、頭をふる。信じられない思いとともに活力が全身に湧いてきて、足が勝手に動き出した。立ち止まって顔を上げると、イモジェンの寝室の前だったが、少しも驚きはなかった。

ドアを大きく開けて戸口をくぐった。屋敷のほかの部分と同じく、この部屋も彼女がいないと冷たくて空っぽに感じられた。部屋を見まわしていく。彼女が使っていた化粧台、彼女が覗きこんだ鏡、彼女が眠ったベッド。

ベッドに向かい、きちんと整えられた上掛けを指先でなでる。すべてがあるべき場所にあり、メイドたちの手によって彼女の痕跡は跡形もなく消されていた。肩に力が入って全身がこわばり、手が自然と握り拳になった。おそろしいほどの勢いで体をいっぱいにしているのがなにかに気づいたのは数秒後だった。恐慌だ。

イモジェンは行ってしまった。ほんとうに行ってしまったのだ。私を愛しているのに、それでも私を捨てた。なぜだ？　体をかがめ、拳に握った両手をベッドに押しつける。恐慌は膨らみ、怒りに変わった。どうして彼女は私を置き去りにした？　愛し合っているというのに。それは結婚に最善の理由ではないのか？

次の瞬間、たったいま自分自身になにを認めたのかに気づいた。

自分が思っているようなことであるはずがない。私が彼女を愛しているのは友人としてだ。ロマンティックな意味でではない。若い女性の心をざわめかせ、男を愚鈍にするあのばかげた意味での愛ではない。だが、その瞬間、ケイレブは感じた。自分自身の欠片を並べなおすと、急にはっきりと見えてきた。私は彼女を愛しているのだ。

神よ、私はイモジェンを愛しています。

どうしていままで気づかなかったのだろう？　こんなに重要なことがなぜ見えていなかったのだろう？　だが、その疑問が頭のなかで形になる前に、答えはわかっていた。自分にはもったいないとはいえ、彼女はあっという間にたいせつな友人になった。この何週間かでその友情を失うのがこわくて、彼女に対して深まっていく自分の気持ちの真の姿が見えなくなっていたのだ。

イモジェンが家族を癒してくれていなくても、私を罪悪感から解放してくれていなくても、この気持ちに気づけただろうか？　彼女を友人に持つにふさわしい人間だと感じていなければ、自分が彼女に抱いている気持ちが愛だとはけっして認めていなかっただろう。だが、いまは美しくて明るい愛が見える。

「私はイモジェンを愛している」驚嘆の思いでつぶやく。

だが、次の瞬間、気づいてもむだだと思い至る。彼女は私を捨てた。彼女は行ってしまい、二度と私に会いたくないと言っている。

疲労感に圧倒される。大きくため息をつくと、くるりと向きを変えてベッドに腰を下ろした。幸せになる機会があったのに、それを失ってしまった。ひざに肘をつき、両手で頭を抱える。だが、どれだけきつく目を閉じても、どれだけ強く頭を手で押さえても、イモジェンを追い払えなかった。思い出の数々がよみがえり、それに屈服する。荒れ狂う水の攻撃を受けて防潮門が崩壊するように。

はじめのうち、思い出はでたらめに入り混じり、その中心に彼女のかわいらしい顔があった。だが、じきに思い出が勝手に並び変わった。目に懇願の色を浮かべて、結婚には友情と情熱以外にも必要なものがあると言うイモジェン。それだけあればじゅうぶんだと返した自分の無情なことば。三日前の晩に彼に向かって愛の歌を歌ったあと、こちらを見たせつないほど悲しげな彼女の表情。それから、彼女がウィロウヘイヴンにやってきた最初の晩に図書室で出くわし、恋に落ちるような男ではないと告げた自分がよみがえった。

その間ずっと、少しでも愛される可能性が欲しいと彼女は請うていたのだろうか？　彼女なりのやり方で、もっと多くを感じている、もっと多くを必要としていると伝えていたのだろうか？　ケイレブはますます気持ちが乱れていくのを感じた。なんてばかだったのか。彼女を永遠に失ってしまった。

ケイレブははっとし、眉をひそめた。いや、そんなのは信じられない。ふたりにはまだ望みがあるはずだ。ロンドンへ行って、愛しているとわかってもらい、いい結婚ができると納得してもらおう。かすかな希望が胸のなかで花開いた。そう、ふたりはたがいのために存在しているのだと彼女にわかってもらうのだ。

さっと立ち上がり、弾む足どりで部屋を出る。「ビルズビー！」廊下を抜け、画廊を駆けながら大声で呼ばわる。「くそっ、いったいどこにいるんだ？　すぐにロンドンに行く必要があるんだ」

主階段まで来たとき、近くの部屋から母が出てきた。「とうとう出ていくのね。せっかく帰ってきてくれたのだから、もう少しふたりきりで過ごす時間を持ちたかった、というのが正直な気持ちよ。でも、あなたの心を射止めたのがイモジェンでほんとうによかったわ」

ケイレブは足を止めて母親を凝視した。母は満面の笑みを浮かべており、いまも美しいその顔には長年の苦悩はみじんもなかった。親子の和解はおだやかで自然なもので、時間の経過も心痛もまったくなかったかのようだった。母を前にしているいま、息子への愛を母がなくすなどとどうして考えられたのか想像もできなかった。

感情がこみ上げてきて喉が締めつけられた。「いつから知っていたんですか？」

母が近づいてきて、ケイレブの手を取った。「あなたがイモジェンを愛していることを？　彼女が最初に応接間に入ってきたときからよ」

彼は困惑の表情になった。「でも、私ですら知らなかったのに」

「親にははっきりわかることがあるのよ」満足そうな笑みを浮かべ、手をぎゅっと握ってから放した。「もっといてほしいのは山々だけれど、急いだほうがいいわ。あのすばらしい女性をつかまえたら、すぐに戻ってらっしゃいな。息子と新しい娘をもっとよく知りたいから」

ケイレブの胸のなかで花開いた希望が、盛大に咲き誇った。大きな笑みを浮かべて母を抱き寄せて頬にキスをする。くるりと向きを変えると、階段を駆け下りた。あとに残されたレディ・ウィルブリッジは、にこやかに息子を見送った。

33

ウィロウヘイヴンを発つ前の晩に思う存分泣いておいてよかった、とイモジェンは思った。ただじっと座って考えるしかできないロンドンへの長旅のあいだ、ありがたくも完全に涙が涸れていたのだ。

なにがあったのかと、父は一度だけたずねた。「なあ、おまえ」旅路につくと、父が言った。「ウィルブリッジ卿と喧嘩でもしたのかね？　ずいぶん唐突な出発に思えるんだ。なにかよくないことがあった気がしてね」

「いいえ、お父さま」単調で沈んだ口調だった。「喧嘩はしていないわ」

父は吐息をつき、席に背を預けた。「どうもわからんよ。おまえが彼をたいせつに思っているのはわかっているんだ。どうして彼と結婚しない？　彼が心変わりでもしたのかね？　卑劣なまねをされたのか？」

イモジェンは骨の髄まで疲れ果てていた。窓の外を流れていく景色に目を向ける。あの最初の日に通った長い並木道だ。ずっと昔のように感じられる。まったく別の人生のできごとみたいだ。

「いいえ、そういうんじゃないの。わたしがお断りしたというだけ」

「だが、おまえは彼を愛しているのに！」父がついに大声を出した。

イモジェンは父に顔を向けた。感覚が麻痺していて驚きも感じなかったけれど、ここまで動揺した父を見るのははじめてだった。三十年近く母と暮らしている父は、おだやかな表面を保つ業を会得しており、めったに落ち着きを失わなかった。

「お父さま」イモジェンはゆっくりと言った。「この旅の終わりにわたしが決めたことを受け入れると約束してくださったわよね。その約束を守って、お願い」

最後のところでかすかに声が詰まったのを父は聞き取ったにちがいない。「わかったよ」やさしい声で答え、重々しい表情でイモジェンを見たあと、また本に没頭した。

そのあとは、ほぼ完全なる沈黙のなかで旅が進んだ。いまは翌日の午後も遅い時刻で、ロンドンの町屋敷に着いたところだ。馬車の扉が開く前に、父がイモジェンの手を取った。

「私はおまえの味方だと言っておきたいのだ。常にだよ。お母さんのことばは気にしなくていいんだよ。きついことを言うかもしれないが、お母さんはおまえを愛しているのだよ」

イモジェンは父のやさしい目を覗きこみ、ウィロウへイヴンを発って以来はじめて泣きたくなった。父の顔には無条件の愛しかなかった。

「ありがとう、お父さま」イモジェンがささやいたとき、扉が大きく開けられた。手を借りて馬車を降りると、町屋敷の階段を上った。

執事が待っていて、上着類を受け取った。「だんなさま、ミス・ダンカン、旅を楽しまれたことと存じます」

「ありがとう、ギリアン。レディ・タリトンとミス・マライアはいるかね？」イモジェンの父は玄関広間を見まわした。彼女は父親が心配しているのを感じ取り、胸が締めつけられた。

「はい。おふたりともお戻りになられたばかりで、すぐに階下にいらっしゃるとのことです」

ギリアンがそう言い終わる前に、灰緑色の塊が階段を駆け下りてきた。イモジェンに飛びつき、危うく倒しかける。マライアのほっそりした腕に抱きしめられ、イモジェンは心に建てた壁がどっと崩れるのを感じた。止める間もなく嗚咽が漏れ、妹をきつく抱き返した。

「ああ、イモジェン」マライアが悲しげにつぶやき、背中をなでた。姉のようすからすべてを察したのだ。

突然耳障りな声が玄関広間に響いた。「あら、戻ったのね。それも、予定よりも一日早く。いい知らせを持って帰ってくれたのでしょうね？」

イモジェンはぎゅっと目をつぶってマライアの肩に顔を埋めた。彼女にまわしたマライアの腕に力がこもる。

「いまはやめておきなさい、ハリエット」父の静かな声が聞こえた。

「でも、これはいったいどういうことなの？」レディ・タリトンは続けた。「まさか、またお断りしたのではないでしょうね？」ほとんど金切り声になっていた。

「イモジェンに少し時間をやりなさい」父の声が張り詰めつつあった。「この子が疲れ果てているのがわからないのかね？」

「疲れ果てているですって？」レディ・タリトンがわめき散らした。「それはそうでしょうとも！　侯爵さまの求婚を二度もお断りしたんですからね。この子は頭がどうかしてしまったのよ。娘だなんて呼ぶのも恥ずかしいわ。もういっさいかかわりを持ちたくありません。勘当します」

玄関広間にいる者たちは衝撃を受け、しんと静まった。イモジェンは頭のなかでそのことばが鳴り響くに任せ、理解に努めた。涙は引き、気持ちが落ち着き、鋼のように硬いものが背筋を伝わった。マライアから離れて背筋を伸ばし、母のほうを向いた。

レディ・タリトンはあんぐりと口を開けていた。目を丸くして長女を見る。どうやら言った本人もみんなと同じくらい驚いているようだった。どんなに腹を立てていても、これまではここまで極端なことは言わなかったのだ。けれど、すぐに気を取りなおして肩をいからせ、いつものように傲慢な表情になった。

「なぜ自分が非難されたり反対されたりするようになったのかわからない」イモジェンは威厳たっぷりに静かな声で言った。「お母さまに喜んでもらおうと、ありとあらゆることをしたわ。でも、いつだってそれではじゅうぶんじゃなかった。さっきのことばは動揺のあまり口走ってしまったのだと思うから、お母さまを恨みはしないわ。

でもね、マライアのためだから喜んでロンドンに来たけれど、明日ヒルヴュー・マナーに戻ります。みんなもわかっていると思うけれど、わたしは街の暮らしが好きじゃないの。それに、お母さまがわたしの幸せを願ってくださっているのはわかっているの。すぐにも田舎に戻るのがわたしにとっての幸せなのよ。お母さまが田舎の本邸に戻られたときに、わたしがそこにいるのがおいやなら、お父さまの手を借りて自分の所帯を持ちます」

それだけ言うと、イモジェンはくるりと背を向けて階段に向かった。手すりに手をかけて肩越しに続けた。「差し支えなければ、明日の旅の計画を立ててきます」

そのあとは一度もふり返らずに階段を上がった。

その晩遅く、マライアがイモジェンの部屋にこっそり入ってきた。心配で顔が引きつっていたけれども、目には明らかな畏怖も宿っていた。背中をドアにつけてイモジェンを探るように見ている。

「どうしたの？」上掛けを押しのけて、妹のもとへ急ぐ。

「お姉さまはすごく変わったわ」マライアが息に乗せて言った。「あんな風にお母さまに逆らうなんて思ってもいなかった」

イモジェンはたじろいだ。力がみなぎる感じがしたし、ああするのが正しいことではあったけれど、罪悪感も少し抱いていた。すなおに言われたとおりにするよう躾けられてきたため、親の願いに逆らうのはいつまで経っても気持ちのよいものにはならないだろうと思う。

「お母さまはすごく動転していた?」マライアをベッドに引っ張っていき、ふたりでそこに腰を下ろした。

明るい青色の目がきらめいた。「とっても。あのあと床にくずおれたのよ。お父さまは気つけ薬でお母さまを起こさなくてはならなかったの。そして、意識が戻ってじたばたしたりうめいたりし続けるお母さまを、お父さまは置き去りにしたのよ」くすくすと笑う。「聞いてくれる人がだれもいなくなったのがわかると、お母さまは立ち上がり、鼻をくすんと鳴らし、買い物に出かけるからと馬車を用意させたの」

イモジェンは両手で口を押さえて笑いをこらえた。「冗談でしょう?」

「名誉にかけてほんとうよ」マライアがふくみ笑いをする。「ああ、お姉さまは最高だったわ。ウィルブリッジ卿は少なくともお姉さまに自尊心を取り戻してくださったわね」マライアははっとして、目に後悔を浮かべた。「どうしよう、ごめんなさい」

ケイレブの名前を聞いて、イモジェンは腹部に蹴りを食らったような衝撃を受けた。マライアが惨めそうな顔をしているのがいやで、大丈夫よと手を軽く叩いたものの、胸がまた潰れそうになるのを感じていた。「ほんとうのことだわ。自分でも持っているなんて知らなかった強さを彼はあたえてくれた。それとも、わたしのなかにすでにあった強さに気づかせてくれたと言うべきかしら」

「でも、どうして彼の求婚を断ったの、イモジェン？　お姉さまが彼を愛しているのはわかっているのよ」

イモジェンは乾いた笑い声をあげた。「いやだわ、彼に対するわたしの気持ちをだれもが言いあてるなんて。当の本人が気づかなかったのが驚きよね。彼は自分には人を愛する感情がないと決めつけていたから、気づかれなくてよかったのだけど」苦々しい口調になってしまったので、体のなかで騒ぎ立てている醜い感情を落ち着けようと、深く息を吸いこんだ。

マライアが困惑のまなざしになった。「でも、よくわからないわ。ウィルブリッジ卿はお姉さまをとてもたいせつに思ってらっしゃるのに」

「そうね」不意にもううんざりという気になった。「でも、お友だちとしてだけなの」

「たとえそれがほんとうだとしても――わたしはそうは思わないけれど――結婚してみて、もっと強い感情が芽生えるかどうか試してみてもよかったのでは？」

「マライア、フランシスがどうなったかよくわかっているでしょう」

フランシスの名前を聞いて、マライアがしょんぼりした。「でも、全然ちがうのに」

「そうかしら？　フランシスは夫をどうしようもないほど愛している。でも、彼のほうはフランシスを愛していない。そのせいでフランシスがどうなったかは知っているわよね。昔のあの子は陽気で、いつだって幸せそうで、いつだって笑っていたでしょう。でも、最後に心から微笑むフランシスを見たのがいつだったか思い出せないのよ。そんな人生はわたしには歩めないの、マライア。死んでしまう。わかるでしょう」

マライアですら、イモジェンの論理には抗えないようだった。敗北を認めてマライアが肩を落とした。イモジェンは悲しみを押し殺して、無理やり申し訳なさそうに微笑んだ。「悪いけど、明日ここを発つつもりだからそろそろ寝ないと」

マライアははっとしてまだ自分の意見を言いたそうな顔になったけれど、直前になって唇をぎゅっと結んでうなずいた。それでも、イモジェンを抱きしめたときにこうささやいた。

「お姉さまは彼の気持ちを誤解しているわ。手遅れになる前にそれに気づいてくれればいいのだけれど」

34

何時間かのち、なにかを叩くやわらかな音にイモジェンは起こされた。はっと眠りから覚め、暗がりのなかで目を見開いて耳を澄ませたけれど、それ以上なにも聞こえなかった。勝手な想像だったのだろうと緊張を解いて眠りに戻ろうとしたとき、またそれが聞こえた。

コツ、コツ、コツ。なにかが周期的にやさしく窓にあたっている。近くの木の枝だろうか？

けれど、少しすると小さな悪態が聞こえた。恐怖が全身を駆けめぐる。木は悪態をついたりしない。

そのとき、だれかが窓を押し開けはじめた……外側から。

イモジェンは弾かれたように体を起こし、眼鏡を手探りした。震える手がベッド脇のテーブルに置いた本に触れる。手の届く範囲にある唯一の重い物体だ。

ベッドをするりと降り、部屋にすべりこんでくる人影を目を丸くして見据える。本を胸もとにきつく抱きしめて陰のなかにじっとする。侵入者は足音もたてずにベッドへ行き、そこが空だとわかると躊躇した。イモジェンの体が冷たくなる。

男がベッド脇のテーブルを手探りするのを見つめる。男の背後に忍び寄り、頭の上に本を持ち上げる。男の頭に重い本をふり下ろそうとして筋肉がこわばる。ベッドに持ってきたのがどっしりしたシェイクスピアの戯曲集だったことに熱烈な感謝を捧げたとき、ろうそくに火が灯された。ふり向いた侵入者の顔がろうそくの明かりを受けていた。

イモジェンははっとして本を落とした。裸足に本が直撃してたじろぎ、痛む足をさすろうとさっとかがんだ。

「イモジェン」ケイレブがささやき、彼女の隣りにしゃがみこんだ。「怪我をしたのかい？」

足はずきずきし、目がちくちくする状態で、イモジェンは疑い深い目で彼を見た。「ケイレブ、いったいここでなにをしているの？」

彼は返事もせずにイモジェンの手を取って立ち上がらせた。イモジェンはすぐさま手を引き抜いてあとずさった。頭はぐるぐるまわり、心臓は激しく鼓動していた。

ケイレブが近づいてこようとしたけれど、彼女は震える手を上げて止めた。彼は立ち止まったが、その顔はいらだちもあらわだった。

「どうしてロンドンにいるの？」イモジェンはまたたずねた。「どうしてご家族と一緒にウィロウヘイヴンにいないの？」

「きみに会わずにはいられなかったんだ」イモジェンは動揺のまっただなかにいたにもかかわらず、彼の声のなかにはじめて聞き取ったものがあることにぼんやりと気づいていた。

「ほんの二日前に会ったじゃないの」きつい口調だ。「そのときに、おたがいに言うべきことはすべて言ったと思うけれど」

「いや、まだあるんだ」

彼がまた近づいてきたがっているように見えた。ふたりのあいだに少しでも距離をおきたくて、イモジェンは開けられた窓のところへ行って三階下の地面を見下ろした。華奢な木をよじ登り、幅の狭い石の横桟に足をかけて部屋の窓まで来た彼を想像し、身震いした。

ケイレブに背を向けたまま、ひんやりした夜気を熱い肌に受けながら、彼女はしゃがれ声で言った。「それではるばるこんなところまで来たわけ？　真夜中にわたしの寝室までよじ登ってきたの？　どうして訪問にふさわしい時刻になるまで待てなかったの？」

「きみは会ってくれないとわかっていた」

「当然でしょう。あなたにはその理由がわかっているはず」激しい呼吸をゆっくりにし、鼓動を落ち着けることに集中する。けれど、出てきた声はやはり無理をしているように聞こえた。「どうして放っておいてくれないの？　お願いだからわたしの決断を尊重して。あなたとは結婚しないと言ったはずよ」

彼が近づいてくる音がした。イモジェンは体をこわばらせたが、彼は触れてこようとはしなかった。

「理解もできないのに、どうしてきみの決断を尊重できるんだ？」ケイレブのことばが途切れると、部屋の空気は緊張に満ちていた。「きみが私を愛しているのを知っているんだ、イモジェン」

イモジェンはひざから崩れ落ちそうになった。手を伸ばして体を支えようとしたけれど、その前にケイレブがそばに来て温かい手で腕をつかんだ。

「なんて言ったの？」さっとふり向き彼の顔を見る。

まなざしを和らげ、ケイレブは彼女の頬にかかった髪を払ってやった。「どうして愛していると言ってくれなかったんだい、イモジェン？」

彼の表情のせいでイモジェンは粉々に砕けそうになった。なによりも、彼の腕のなかでとろけたかった。彼のもとを去るために力を使い果たしてしまい、いまはどうしようもなくもろくなっているように感じた。また彼に会うはずではなかった。彼と別れた苦しみでばらばらに引き裂かれてしまったのに、どうしたら彼を入れずにおく壁を作れるだろう？

「そんなことは問題ではないわ」唇がこわばっていた。

ケイレブが彼女に腕をまわして抱き寄せた。寝間着がとても薄くてなにも着ていないように感じられるのを、イモジェンはひどく意識した。

「大問題だよ」そう言ってさっと唇をかすめる。イモジェンはその感触に衝撃を受け、目を閉じて身震いした。けれど、両手を上げて彼の肩をつかんだとき、自分の奥深くをほんのわずかに力が残っているのを発見した。両のてのひらをケイレブの胸につけて押し、彼から離れた。

「やめて、ケイレブ」むせびながら言い、よろよろと彼の手を逃れて背を向けた。「お願い、こんなことには耐えられない」

彼からどうしても逃れたくて、胸を焼き尽くす苦しみから逃れたくて、イモジェンはドアへと駆けた。ケイレブがなぜロンドンまで追いかけてきたのかなどどうでもよかった。これ以上こんなことはできない。今度こそ壊れてしまう確信があった。

「でも、きみを愛しているのに」ケイレブがささやいた。

イモジェンはあえぎ、壁に手をついて体を支えた。

「なんですって？」ほとんど声になっていなかった。

ケイレブがいきなり背後にやってきて彼女のウエストに腕をまわし、耳もとで熱くささやいた。「きみを愛している」やさしくくり返す。胸もとにイモジェンを引き寄せて、たくましい両手を腹部に広げる。

イモジェンが首を横にふると、その髪が彼の上着にこすれた。「それはわかっている。でも、お友だちとしてだわ」

「ちがう、愛しているんだ、イモジェン。心の片割れとして」イモジェンをくるりと自分に向ける。薄灰色の目には、新たな感情の世界があった。「ああ、私たちは友だちだ。ああ、私たちには情熱がある。だが、結婚がうまくいくにはそれ以上のものが必要だと言ったきみが正しかった。イモジェン、私たちにはそれ以上のものがあるんだよ」

ケイレブの手が上がってきて、親指で濡れた頬を拭われるまで、イモジェンは自分が泣いていたことにも気づいていなかった。「はじめて出会った夜、きみは泣いていた。おぼえているかい？」

こみ上げる感情に圧倒されてことばが出てこなかったので、イモジェンは黙ってうなずいた。長いあいだずっと自分の感情を抑えこんできた。いま、それが自由になろうとしていた。

イモジェンはそこに疑念はないかと必死で彼の顔を探った。これが現実のはずがない。夢を見ているにちがいない。それがただひとつの言い訳だった。けれど、こちらに押しつけられた彼の体はがっしりして温かかった。それに、彼の目は率直で正直だった。

長く眠っていた鳥が目覚めるように、イモジェンの胸のなかで希望がほどけていった。そして、歌い出した。

「あの晩きみがぶつかってきてくれたことに一生感謝するよ。二度と得られないと諦めていた――実際、自分はそれにはふさわしくないと思っていた――おだやかさと幸せを、きみは私の人生にもたらしてくれた」

「わたしを愛しているの？」イモジェンはささやいた。

ケイレブはにっこりして彼女をさらに引き寄せた。「愛さずにいられるわけがないじゃないか？　きみは美しくてやさしくて寛大だ。こんなに長く気づかずにいたのが驚きだよ」

イモジェンはあいかわらずことばを見つけられなかった。渦巻く感情で目眩がした――最初はひどい絶望、次いでつかみ取るのがこわいくらいの圧倒的な喜び。ためらいがちにケイレブの顔に、その唇に手を伸ばす。彼がその手を握って口もとへ運び、熱いキスをした。

「私は愚かだった」貪るようにイモジェンの顔を眺めまわす。「真実がまるで見えてなくて、危うくきみを失うところだった。もっと早く気づいていればと思わずにいられない。愛はあまりにゆっくりと近づいてきたため、そうとわからなかったんだ。でも、仮面舞踏会で姿を一変させたときからきみを愛していたのだと思う」

イモジェンは喜びが不意に薄れるのを感じた。わたしが別人に変わったときから愛しているですって？　離れようとしたけれど、彼がしっかり抱きしめてそうさせてくれなかった。

ケイレブは彼女の顎の下を指一本で支えて顔を上げさせた。「社交シーズンにデビューしたての女性のよくある複製じゃなくて、ありのままのきみと一緒にいたいと気づいたときからだ。きみに惹きつけられるのを否定できないと気づいたときから。きみは私の足を地につけさせてくれ、よりよい人間にしてくれる。きみと出会うまで、私の人生は中身のない殻だった。きみがぶつかってきてくれたことにほんとうに感謝している」

彼にぎゅっと抱き寄せられて、イモジェンは腕を大きく開いた。三つ編みからほつれた髪が彼の息で揺れた。

「結婚してくれ、イモジェン」唇を彼女のこめかみに這わせ、両手で彼女をすばらしく貴重な宝物のように抱いている。「私と結婚して、最高に幸せな男にしてほしい」

胸のなかの疑念と悲しみがすべて流れ出て、イモジェンは彼の肩に微笑んだ。「ええ」小さな声で答える。

ケイレブがはっと動きを止め、それから彼女の顔が見えるだけ体を離した。ろうそくの薄明かりのなかで彼の目が大きな喜びに燃え上がった。「もう一度言ってくれ」

イモジェンは笑った。「ええ、あなたと結婚します、ケイレブ」

最後まで言い終える前に、彼に唇をふさがれた。ケイレブは彼女の丸い臀部に指を食いこませるようにして引き寄せた。薄い寝間着は、押しつけてくる硬い体に対してなんの障壁にもならなかった。イモジェンの肌は炎と燃え上がるようだった。指をケイレブのやわらかで豊かな髪に差し入れ、彼がかがみこんでくるとイモジェンの心が歌い出した。彼に包まれて、安全で慈しまれていると感じられた。

ケイレブの唇が離れて頬へ移り、耳もとの敏感な肌につけられた。「愛している」うなるように発せられた彼の声が快感の波となってイモジェンを襲い、そのことばが純然たる喜びを胸にもたらした。「すごく愛しているんだ、イモジェン」

彼の唇が首筋をたどって鎖骨に達すると、イモジェンは息を呑んだ。もっと欲しくて、もっと彼に近づきたくて、懸命に体をすり寄せる。「お願い、ケイレブ」うめき声で言い、彼の服を引っ張った。

ケイレブが両手を離すと、彼女はくずおれそうになった。彼を欲するあまり、脚に力が入らなくなっていたのだ。世界が急に傾き、気づくとケイレブに抱きかかえられていたが、すぐにそっとベッドに下ろされた。

「特別許可証を手に入れるよ」ケイレブはきっぱりと言い、唇を胸へと這わせた。硬くなった頂を薄い寝間着越しに口にふくまれると、その熱さにイモジェンは息が詰まりそうになった。

「ええ、そうして」たった一夜でも彼のいないベッドで眠ると考えただけで耐えられなかった。

「早ければ明日結婚できる」上半身を起こして手早く服を脱ぎながら、わがもの顔の熱いまなざしでイモジェンの体を眺めまわしている。

イモジェンが喉の奥で低く笑った。「戦いが待っているわよ。娘が侯爵さまと結婚するのに、上流社会の全員にそれを自慢する時間も持てないなんて、母が納得すると思う？」

「母上も上流社会も、どうだっていい」

イモジェンはにっこりし、彼が服を脱いでいるところをもっとよく見ようとひざ立ちになった。「一週間なら母にあげてもいいわ」彼の筋肉質な胸があらわになると、イモジェンの脚のあいだがますます熱くなった。咳払いをして眼鏡を押し上げる。

「一週間だ」うなるように言い、目でイモジェンを貪った。彼の顔はイモジェンへの欲求に満ちていた。

このすばらしい男性が自分を熱望しているのだと気づき、イモジェンはこれまで知りもしなかった力が湧いてくるのを感じた。ただ体を求められているのではない。愛も求められているのだ。ケイレブは彼女への愛を宣言するためにはるばる追いかけてきて、三階建ての屋敷をよじ登ってくれた。

イモジェンは微笑んで眼鏡をベッド脇のテーブルに置き、寝間着の裾に手を伸ばしてゆっくりと頭から脱ぎ、絨毯にはらりと落とした。ケイレブは渇望もあらわに彼女を一心に見つめている。三つ編みを前に持ってきてほどきはじめる。彼はほどかれた髪がイモジェンの胸に垂らされるその動きに見入っていた。じっと見つめられて、イモジェンの胸の頂が硬くなった。

「ああ、イモジェン」ケイレブがざらついた声を出し、ブリーチズと下穿きを脱ぎ捨てた。ベッドにひざをついて彼女を抱き寄せ、体を押しつける。

素肌と素肌が触れるその感触に、腹部に欲望の証が押しつけられるその感触に、イモジェンは快感の長い吐息をついた。彼のぴんと張った首の腱を舌でなめ、吸った。ケイレブがざらついた息を漏らす。彼はイモジェンを自分の上にしてやわらかなベッドに横たわった。

体の位置が変わって、イモジェンは驚きの声をあげた。けれど、それから彼の肌に向かって微笑み、主導権を握った感覚を味わった。そのまま彼の胸に唇をつけ、小さくて平らな乳首を口にふくんだ。彼がうめき、体をのけぞらせた。

彼の手がいきなりイモジェンの太腿に触れた。きつくつかんで大きく広げさせ、体をまたがせる。イモジェンは驚愕のあまりあんぐりと口を開けた。

「こんな風にもできるの？」ささやき声でたずねる。

ケイレブの顔に邪な笑みが広がった。「ほかにもまだまだやり方があるよ。この先いろいろと試せばいい」

胸がいっぱいになって弾けるのではないかとイモジェンは思った。涙を瞬きでこらえ、上半身を起こして彼の両手をつかみ、自分の臀部に持っていった。「やり方を教えて」

イモジェンを見上げる彼のまぶたが重たげになった。彼女の胸、丸みを帯びた腹部、脚のあいだのやわらかな巻き毛をゆったりと見ていく。もうこれ以上待っていられないとイモジェンが思ったとき、ケイレブが彼女を持ち上げて自分の上に下ろした。

イモジェンはその感覚にあえぎ、陶然となった。体を彼に完全に満たされ、ほかのものが入る余地などないと感じる。

「こうだ」張り詰めた声で言い、イモジェンの腰をしっかりとつかんで、体がすっかり離れてしまうかと思うくらい持ち上げてから下ろす動きをくり返した。それから手を離した。

イモジェンは腰を小さくまわしてその体勢を試し、感覚をつかもうとした。彼に体をこすりつけると純然たる炎が駆けめぐった。じっと見つめていると、彼が頭をのけぞらせて首の腱がぴんと浮き立った。ふたたび小さく腰をまわすと、ケイレブがあえいだ。快感を得ているようすを目にして、不安な気持ちが消えていった。

すぐにコツをつかんでケイレブを乗りこなしていると、目も眩むほどの高みまで圧力が募っていった。ケイレブは指を太腿に食いこませ、短く荒々しい息をしている。どんどん動きを速めていくうちに体が爆発し、解放の興奮を味わった。汗ばんだ彼の胸にくずおれたとき、ケイレブもまた絶頂に達したのがくぐもった叫び声でわかった。微笑みを浮かべたイモジェンは、彼にしっかりと抱きしめられながら眠りに落ちていった。


イモジェンがやさしいキスで起こされたとき、部屋は暁光でほの明るくなりはじめていた。目を開け、かわいらしく髪を乱したケイレブから覗きこまれているのを見ると、幸せの笑みが広がった。唇を重ねられると、あれは夢ではなかったのね、とうれしくなる。イモジェンはすぐさま体が反応するのを感じた。彼に手を伸ばし、口づけを深めた。ケイレブが小さくうめき、即座に硬くなった下半身が上掛けの下で押しつけられる。けれど、彼はすぐに引いてしまった。

「行かなくては」残念な気持ちで声が不明瞭になっている。

「わかっているわ」イモジェンはささやき返したあと、にっこりした。「だって、大主教さまに会ってきてもらわないといけないんですもの」

イモジェンを見下ろすケイレブのまなざしがやさしくなった。「そうだね」

全身を駆けめぐる幸せを感じながら、イモジェンは彼を見上げた。このときばかりは目に気持ちが出ているのも気にならなかった。なぜなら、彼の気持ちも目の輝きに出ていたからだ。眼鏡がなくてもそれが見えるわ、と思いながら微笑むと、ケイレブが顔を寄せてきた。

訳者あとがき

クリスティーナ・ブリトンのデビュー作、『侯爵と内気な壁の花』（原題*With Love In Sight*）をお届けします。これぞまさに王道のヒストリカル・ロマンスといった感じで、欠かせない要素があれもこれもしっかり盛りこまれていて、それでいてとっ散らからずにまとまっており、これがデビュー作かと驚くできばえになっています。それもそのはずで、十三歳のときにはじめて買ったロマンス小説に夢中になり、自分でも創作をしていたという、このジャンルの筋金入りのファンとのこと。

そんなブリトンは、本作でＲＷＡ（アメリカロマンス作家協会）のゴールデン・ハート賞を二〇一七年に受賞しています。どんな作品かというと――。

八年前に社交界デビューをしたイモジェン・ダンカンは、いまも独身のままで、すっかり壁の花になり果てていた。自分ではその境遇を受け入れているつもりだったが、妹マライアの社交界デビューに付き添って出席した舞踏会で、口さがない既婚婦人たちにうわさされているのを偶然耳にして動揺し、ひとけのない暗い庭に逃げ出す。

視力が悪くてふだんは眼鏡をかけているのだが、きびしい母に人前で眼鏡をかけることを禁じられていたうえ、涙で視界がぼやけた状態で暗がりを駆けていた彼女は、ある男性とぶつかる。それは、ウィルブリッジ侯爵ケイレブ・マスターズだった。

ケイレブは眉目秀麗で爵位も富もあり、結婚市場の目玉とみなされているが、かなりの放蕩者でもあった。彼は暗い庭で逢い引きの約束をしていた未亡人が来たのだと思いこみ、イモジェンにキスをしてしまう。誤解が解け、無垢な女性にたいへんなことをしてしまったと猛省する彼は、名乗ってくれなかった彼女がなぜか気になって頭から離れなかった。

そんなふたりが偶然再会し、友情を育んでいくのだが、イモジェンは自信というものを持ち合わせず、ケイレブのような男性が自分と友だちになりたがるはずもないと思いこみ、おまけに彼をマライアの夫にと願っている母からじゃまをするなときつくあたられる。

一方のケイレブは、過去のつらいできごとで拭い去れない罪悪感を十年も抱き続けており、イモジェンと一緒にいるといっときにせよそんな気持ちを忘れられることからどんどん彼女にのめりこんでいくが、それが愛だとは気づかず――。

イモジェンとケイレブの視点が交互に語られる構成が功を奏し、それぞれの心情が手に取るようにわかってせつなくてたまらなくなります。けなげでいじらしいイモジェンには不幸な結婚をしているすぐ下の妹がいて、それが彼女にブレーキを踏ませますし、ケイレブは心やさしい紳士であることを放蕩者の仮面の下に隠していて、ふたりのロマンスにはたっぷりの障害があるのです。ロマンス小説ですからハッピーエンドは約束されていますが、そこに至るまでの道のりはかならずしもまっすぐで平坦ではありません。そのあたりを思う存分に堪能していただければ幸いです。

ここで無粋な解説をひとつ。イモジェンの父親は子爵なので、その長女である未婚の彼女はミス・ダンカンと姓で呼ばれます。そして、次女から下はミス＋名になるため、三女のマライアはミス・マライアとなります。ヒストリカル・ロマンスでは未婚女性がレディ＋名で呼ばれる作品が多いのですが、それは伯爵以上の令嬢だからなのですね（本作では、エミリーとダフネがこれにあたります）。じつは、原書を最初に読んだとき、「あれ？　ミス？　レディじゃなくて？」と思ったことを白状いたします。子爵の令嬢とわかり、〝ミス〟でまちがいないと確認できましたが。ああ、ややこしい。ブリトンはちゃんと史実をおさえていたのに、一瞬でも疑って申し訳ない気持ちです。

本作は〈Twice Shy〉シリーズの第一作で、本国では好評を博して現在までのところ第三作まで刊行されています。日本でも第二作、第三作と続けて出せることを願っています。

初邦訳なので、著者について冒頭に少しだけつけ足しておきます。クリスティーナ・ブリトンはサンフランシスコのベイ・エリア在住で、夫とふたりの子どもと暮らしています。本作が二〇一七年のゴールデン・ハート賞を受賞したことは前述のとおりです。この賞は新人発掘を目的としたもので、デビュー前の原稿が選考対象となります。そして、晴れてデビューを果たしたブリトンは、二〇一九年のＲＩＴＡ賞の最優秀処女作品（Best First Book）とヒストリカル・ロマンス短編（Historical Romance: Short）の二部門でファイナリストに入るという快挙をなし遂げています（このあとがき執筆時には結果はわかっていませんが、本書が刊行されるころには受賞作が発表されている予定です）。今後が楽しみな作家ですので、読者のみなさんにも気に入ってもらえるよう願ってやみません。

二〇一九年六月　辻　早苗

侯爵と内気な壁の花

2019年8月17日　初版第一刷発行

著 ………………………… クリスティーナ・ブリトン
訳 ………………………………… 辻早苗
カバーデザイン ………………… 小関加奈子
編集協力 …………………… アトリエ・ロマンス

発行人 ……………………………… 後藤明信
発行所 ………………………… 株式会社竹書房
〒102-0072 東京都千代田区飯田橋2-7-3
電話：03-3264-1576(代表)
03-3234-6383(編集)
http://www.takeshobo.co.jp
印刷所 ……………………… 凸版印刷株式会社

定価はカバーに表示してあります。
乱丁・落丁の場合には当社までお問い合わせください。
ISBN978-4-8019-1977-8 C0197
Printed in Japan